TRANZLATY

Sprache ist für alle da

زبان سب کے لیے ہے۔

Die Verwandlung

دی میٹامورفوسس

Franz Kafka

فرانز کافکا

Deutsch

اردو

www.tranzlaty.com

Teil Eins

حصہ اول

Gregor Samsa erwachte eines Morgens aus unruhigen Träumen.

گریگور سامسا ایک صبح پریشان خوابوں سے بیدار ہوا۔

Er befand sich in seinem Bett, konnte sich aber nicht bewegen.

اس نے خود کو اپنے بستر پر پایا، لیکن ہلنے سے قاصر تھا۔

Er war in ein monströses Ungeziefer verwandelt worden.

وہ ایک شیطانی کیڑے میں تبدیل ہو چکا تھا۔

Er lag auf dem Rücken, der sich hart wie eine Rüstung anfühlte.

وہ اس کی پیٹھ کے بل لیٹا تھا جو بکتر کی طرح سخت تھا۔

Indem er den Kopf ein wenig hob, konnte er seinen Bauch sehen.

تھوڑا سا سر اٹھا کر وہ اپنا پیٹ دیکھ سکتا تھا۔

Sein Bauch aber war gewölbt und in Segmente unterteilt.

لیکن اس کا پیٹ گنبد نما تھا، اور حصوں میں بٹا ہوا تھا۔

Die Decke lag auf seinem runden Bauch.

کمبل اس کے گول پیٹ کے اوپر پڑا ہوا تھا۔

Die Decke war jedoch kurz davor, ganz herunterzurutschen.

لیکن کمبل مکمل طور پر نیچے پھسلنے کے قریب تھا۔

Seine Beine wirkten im Vergleich zu ihrer üblichen Größe jämmerlich.

اس کی ٹانگیں اپنے معمول کے سائز کے مقابلے میں قابلِ رحم تھیں۔

Und seine vielen Beine flackerten hilflos vor seinen Augen.

اور اس کی بہت سی ٹانگیں اس کی آنکھوں کے سامنے بے بسی سے ٹمٹما رہی تھیں۔

„Was ist nur mit mir geschehen?", dachte er bei sich.

"مجھے کیا ہو گیا ہے؟" اس نے اپنے آپ کو سوچا۔

Aber es war kein Traum, aus dem er nicht erwachen konnte.

لیکن یہ کوئی خواب نہیں تھا جس سے وہ بیدار نہ ہو سکے۔

Es war tatsächlich sein eigenes Zimmer, in dem er sich wiederfand.

یہ واقعی اس کا اپنا کمرہ تھا جس میں اس نے خود کو پایا۔

Ein richtiges Zimmer für Menschen, aber leider etwas zu klein.

انسانوں کے لیے ایک حقیقی کمرہ، لیکن تھوڑا بہت چھوٹا۔

Er lag still zwischen den vier bekannten Mauern.

وہ چار معروف دیواروں کے درمیان خاموشی سے لیٹ گیا۔

Auf dem Tisch befand sich eine Sammlung von Textilmustern.

میز پر ٹیکسٹائل کے نمونوں کا مجموعہ تھا۔

Samsa war Handelsreisender, daher die Muster.

سمسا ایک سفر کرنے والا سیلزمین تھا، اس لیے نمونے۔

Über den auseinandergenommenen Textilproben hing ein Bild.

جدا کیے گئے ٹیکسٹائل کے نمونوں کے اوپر ایک تصویر تھی۔

Er hatte das Bild erst vor Kurzem aus einer Zeitschrift ausgeschnitten.

اس نے حال ہی میں ایک میگزین سے تصویر کاٹ دی تھی۔

Er hatte das Bild in einen hübschen, vergoldeten Rahmen gefasst.

اس نے تصویر کو ایک خوبصورت، سنہری فریم میں رکھا تھا۔

Das gerahmte Bild zeigte eine aufrecht sitzende Dame.

فریم شدہ تصویر میں ایک خاتون کو سیدھا بیٹھا دکھایا گیا تھا۔

Sie trug eine Pelzmütze und hatte einen Pelzmuff.

اس نے کھال کی ٹوپی پہنی ہوئی تھی، اور اس کے پاس فر کا مف تھا۔

Sie hob ihre Hand in Richtung des Betrachters des Bildes.

وہ تصویر دیکھنے والے کی طرف ہاتھ بڑھا رہی تھی۔

Ihr ganzer Unterarm verschwand in ihrem schweren Pelzmuff.

اس کا پورا بازو اس کی بھاری کھال کے مف میں غائب ہو گیا۔

Gregor blickte aus dem Fenster auf das trübe Wetter.

گریگور نے کھڑکی سے پھیکے موسم کو دیکھا۔

Man konnte hören, wie schwere Regentropfen gegen das Fenster prasselten.

بارش کی تیز بوندیں کھڑکی سے ٹکرا رہی تھیں۔

Das graue Wetter stimmte ihn sehr melancholisch.

سرمئی موسم نے اسے بہت اداس محسوس کیا تھا۔

„Wie wäre es, wenn ich noch ein bisschen länger schlafe?", dachte er.

"میں تھوڑی دیر سونا کیسا ہے؟" اس نے سوچا۔

"Mehr Schlaf könnte mir helfen, diesen Unsinn zu vergessen."

"زیادہ نیند اس بکواس کو بھولنے میں میری مدد کر سکتی ہے۔"

Länger zu schlafen war jedoch völlig unmöglich.

لیکن مزید سونا مکمل طور پر ناقابل عمل تھا۔

Weil er es gewohnt war, auf seiner rechten Seite zu schlafen.

کیونکہ وہ دائیں کروٹ پر سونے کا عادی تھا۔

Sein aktueller Zustand schränkte jedoch seine üblichen Bewegungsfreiheiten ein.

لیکن اس کی موجودہ حالت نے اس کی معمول کی حرکت کو روک دیا۔

Er hatte keine Möglichkeit, in diese Lage zu gelangen.

اس کے پاس خود کو اس پوزیشن میں آنے کا کوئی راستہ نہیں تھا۔

Er versuchte sein Bestes, sich auf die rechte Seite zu werfen.

اس نے خود کو اپنے دائیں طرف پھینکنے کی پوری کوشش کی۔

Er hat diese Bewegung wahrscheinlich hundertmal versucht.

اس نے شاید سو بار اس تحریک کی کوشش کی۔

Aber er kippte immer wieder in die Rückenlage zurück.

لیکن وہ ہمیشہ پیچھے ہٹ جاتا ہے۔

Er schloss die Augen, um seine unruhigen Beine nicht sehen zu müssen.

اس نے آنکھیں بند کر لیں تاکہ اس کی ٹانگیں نہ دیکھ سکیں۔

Am Ende hinderten ihn seine Schmerzen daran, es noch einmal zu versuchen.

آخر کار اس کے درد نے اسے دوبارہ کوشش کرنے سے روک دیا۔

Ein dumpfer Schmerz in der Seite, den er noch nie zuvor gespürt hatte.

اس کے پہلو میں ایک مدھم درد جو اس نے پہلے کبھی محسوس نہیں کیا تھا۔

„Oh Gott", dachte Gregor Samsa verzweifelt bei sich.

"اوہ خدا،" گریگور سامسا نے شدت سے اپنے آپ کو سوچا۔

"Was für einen anstrengenden Beruf ich mir da doch ausgesucht habe!"

"میں نے اپنے لیے کتنا سخت پیشہ چنا ہے" !

„Ich muss beruflich Tag für Tag reisen."

"دن میں، دن باہر، مجھے کام کے لیے گھومنا پڑتا ہے۔"

„Büroarbeit ist viel einfacher als die Arbeit unterwegs."

"دفتری کا کام سڑک پر کام کرنے سے کہیں زیادہ آسان ہے۔"

„Und ich habe den Fluch, ständig reisen zu müssen."

"اور مجھے گھومنے پھرنے کی لعنت ہے۔"

„Die ganze Sorge, die Züge nicht rechtzeitig zu verpassen."

"ٹرینوں کے وقت پر آنے کی تمام پریشانیاں۔"

„Meine Mahlzeiten sind unregelmäßig und das Essen ist schlecht."

"میرے کھانے کے اوقات بے ترتیب ہیں، اور کھانا خراب ہے۔"

„Meine Freunde wechseln ständig, je nachdem, wo ich hinziehe."

"میرے دوست ہمیشہ شہر سے دوسرے شہر بدلتے رہتے ہیں۔"

„Meine Interaktionen sind kühl und professionell."

"میری بات چیت سرد اور پیشہ ورانہ ہے۔"

„Sollen sich doch die Teufel mit solchen Arbeiten vergnügen!"

"شیطان کو اس قسم کے کام سے خود کو خوش کرنے دو" !

Er verspürte ein leichtes Jucken im oberen Bereich seines Bauches.

اسے اپنے پیٹ کے اوپری حصے میں ہلکی سی خارش محسوس ہوئی۔

Er stemmte sich mit dem Rücken gegen den Bettpfosten.

اس نے اپنی پیٹھ کے ساتھ خود کو بیڈ پوسٹ کے خلاف دھکیل دیا۔

Er wollte seinen Kopf besser heben können.

وہ بہتر طور پر اپنا سر اٹھانا چاہتا تھا۔

Er fand die juckende Stelle, die ihn plagte.

اسے خارش والی جگہ ملی جو اسے پریشان کر رہی تھی۔

Sein Kopf schien mit kleinen weißen Punkten bedeckt zu sein.

ایسا لگتا تھا کہ اس کا سر چھوٹے چھوٹے سفید نقطوں سے ڈھکا ہوا ہے۔

Was diese kleinen weißen Punkte waren, konnte er nicht sagen.

یہ چھوٹے سفید نقطے کیا تھے وہ بتا نہیں سکتا تھا۔

Er hatte geplant, die Stelle mit einem seiner Beine zu berühren.

اس نے اپنی ایک ٹانگ سے اس جگہ کو چھونے کا منصوبہ بنایا تھا۔

Doch als er die Stelle berührte, verspürte er ein seltsames Frösteln.

لیکن جب اس نے اس جگہ کو چھوا تو اسے ایک عجیب سی سردی محسوس ہوئی۔

Daraufhin zog er sein Bein sofort von der Stelle weg.

چنانچہ اس نے فوراً اپنی ٹانگ کو موقع سے ہٹا دیا۔

Ihm blieb nichts anderes übrig, als das Jucken zu ertragen.

اس کے پاس کھجلی کے احساس کو قبول کرنے کے سوا کوئی چارہ نہیں تھا۔

Und er kehrte in seine vorherige Position im Bett zurück.

اور وہ بستر پر اپنی سابقہ پوزیشن پر واپس آگیا۔

„Wer so früh aufwacht, wird echt ziemlich dumm.“

"اتنی جلدی جاگنا واقعی میں کافی احمق بنا دیتا ہے۔"

„Ein Mann braucht genug Schlaf“, dachte er sich.

"ایک آدمی کو کافی نیند لینا چاہیے،" اس نے اپنے آپ سے سوچا۔

„Die anderen Handelsreisenden leben in Luxus.“

"دوسرے سفر کرنے والے سیلزمین عیش و آرام کی زندگی گزارتے ہیں۔"

„Morgens übermittle ich die erhaltenen Bestellungen.“

"صبح میں میں موصول ہونے والے آرڈرز کو منتقل کرتا ہوں۔"

„Währenddessen frühstücken die Herren noch.“

"اس دوران وہ حضرات ابھی تک ناشتہ کر رہے ہیں۔"

„Stellen Sie sich nur vor, ich würde das bei meinem Chef
versuchen.“

"ذرا تصور کریں کہ کیا میں نے اپنے باس کے ساتھ ایسا کرنے کی کوشش کی۔"

„Er würde mich feuern, bevor ich mit dem Frühstück fertig
bin.“

"وہ مجھے ناشتہ ختم کرنے سے پہلے ہی نکال دے گا۔"

„Aber vielleicht wäre das auch nicht das Schlimmste.“

"لیکن شاید یہ سب سے بری چیز بھی نہیں ہوگی۔"

„Das Problem ist, dass meine Eltern mich zurückhalten.“

"مسئلہ یہ ہے کہ میرے والدین مجھے روک رہے ہیں۔"

„Ohne sie hätte ich schon längst gekündigt.“

اگر وہ نہ ہوتے تو میں پہلے ہی استعفیٰ دے چکا ہوتا۔

„Ich hätte mich dem Chef entgegengestellt und es ihm
gesagt.“

"میں باس کے سامنے کھڑا ہوتا اور اسے بتاتا۔"

„Ich würde genau sagen, was ich von ihm und der Stelle halte."

"میں بالکل وہی کہوں گا جو میں اس کے اور کام کے بارے میں سوچتا ہوں۔"

„Er würde vom Schreibtisch fallen, wenn ich ihm alles erzählen würde!"

"اگر میں اسے سب کچھ بتا دوں تو وہ اپنی میز سے گر جائے گا"!

„Es ist sehr seltsam, wie er an seinem Schreibtisch sitzt."

"یہ بہت عجیب ہے کہ وہ اپنی میز پر بیٹھتا ہے۔"

„Seine Art, mit seinen Untergebenen zu sprechen, ist nicht in Ordnung."

"وہ اپنے ماتحتوں سے بات کرنے کا طریقہ ٹھیک نہیں ہے۔"

„Und das Schlimmste ist, dass sein Gehör so schlecht ist."

"اور سب سے بری بات یہ ہے کہ اس کی سماعت بہت کمزور ہے۔"

„Sie haben also keine andere Wahl, als ganz nah bei ihm zu sitzen."

"تو تمہارے پاس اس کے بالکل قریب بیٹھنے کے سوا کوئی چارہ نہیں ہے۔"

„Aber trotz allem ist die Hoffnung noch nicht völlig verloren."

"لیکن یہ سب کچھ کہا، امید ابھی پوری طرح ختم نہیں ہوئی ہے۔"

„Ich werde das Geld sparen, um die Schulden meiner Eltern zu begleichen."

"میں اپنے والدین کا قرض چکانے کے لیے پیسے بچاؤں گا۔"

„Ich kann nichts tun, solange sie ihm noch Geld schulden."

"میں کچھ نہیں کر سکتا جب کہ ان کے پاس ابھی بھی پیسے باقی ہیں۔"

„Aber wenn die Schulden beglichen sind, werde ich es auf jeden Fall tun.“

"لیکن جب قرض ادا ہو جائے گا تو میں ضرور کروں گا۔"

„Es wird wahrscheinlich noch fünf bis sechs Jahre dauern.“

"شاید اس میں مزید پانچ چھ سال لگیں گے۔"

"Ja, dann wird die große Trennung definitiv erfolgen."

"ہاں پھر بڑی جدائی ضرور ہو جائے گی۔"

„Fürs Erste muss ich jedoch aufstehen.“

"تاہم، فی الحال مجھے بستر سے اٹھنا چاہیے۔"

„Weil mein Zug um fünf Uhr abfährt.“

"کیونکہ میری ٹرین پانچ بجے نکلنے والی ہے۔"

Gregor blickte auf den tickenden Wecker auf dem Tisch.

گریگور نے میز پر ٹک ٹک کرتے الارم کلاک کی طرف دیکھا۔

"Himmlischer Vater!", dachte er, als er die Uhrzeit sah.

"آسمانی باپ!" اس نے سوچا جیسے اس نے وقت دیکھا۔

Halb sieben war schon still und leise vergangen.

ساڑھے چھ پہلے ہی خاموشی سے گزر چکے تھے۔

Und die Zeiger der Uhr bewegten sich immer weiter vorwärts.

اور گھڑی کے ہاتھ خود کو آگے بڑھاتے رہے۔

Es war nun fast Viertel vor sieben.

اور اب وقت پونے سات کے قریب آ رہا تھا۔

"Vielleicht hat der Wecker nicht geklingelt, um mich zu wecken?", dachte er.

"شاید مجھے جگانے کے لیے الارم نہیں بجیا تھا؟" اس نے سوچا۔

Von seinem Bett aus inspizierte Gregor den Wecker.

اپنے بستر سے گریگور نے الارم کلاک کا معائنہ کیا۔

Der Wecker war korrekt auf vier Uhr eingestellt.

الارم کلاک ٹھیک چار بجے کے لیے سیٹ کیا گیا تھا۔

Er konnte es sich nicht erklären, aber der Alarm musste losgegangen sein.

وہ اس کی وضاحت تو نہیں کر سکتا تھا لیکن خطرے کی گھنٹی ضرور بج گئی ہو گی۔

"Wie konnte ich den Wecker verschlafen, ohne es zu merken?"

"میں جانے بغیر الارم کیسے سو گیا؟"

Wenn der Alarm losgeht, wackeln sogar die Möbel.

جب الارم بجتا ہے تو فرنیچر کو بھی ہلا دیتا ہے۔

Er wusste, dass sein Schlaf alles andere als ruhig gewesen war.

وہ جانتا تھا کہ اس کی نیند بالکل پرامن نہیں تھی۔

Aber vielleicht war das der Grund, warum sein Schlaf so viel tiefer war.

لیکن شاید اسی لیے اس کی نیند بہت گہری تھی۔

Er musste darüber nachdenken, was er nun tun sollte.

اسے سوچنا تھا کہ اب اسے کیا کرنا چاہیے۔

Der nächste Zug fuhr erst um sieben Uhr ab.

اگلی ٹرین سات بجے تک روانہ نہیں ہوئی۔

Diesen Zug zu erreichen, wäre nahezu unmöglich.

اس ٹرین کو پکڑنا تقریباً ناممکن ہو جائے گا۔

Und die benötigten Textilien hatte er noch nicht eingepackt.

اور اس نے ابھی تک وہ کپڑا پیک نہیں کیا تھا جس کی اسے ضرورت تھی ۔

Er fühlte sich auch nicht besonders frisch und agil.

وہ خاص طور پر تازہ اور چست بھی محسوس نہیں کر رہا تھا۔

Vielleicht bestand die Möglichkeit, in den Zug einzusteigen.

شاید ٹرین میں چڑھنے کا موقع تھا۔

Doch ein Tadel vom Chef war so oder so unvermeidlich.

لیکن باس کی طرف سے ڈانٹ کسی بھی طرح سے ناگزیر تھی۔

Der Angestellte wäre in den Fünf-Uhr-Zug eingestiegen.

کلرک پانچ بجے کی ٹرین پر چڑھ گیا ہو گا۔

Der Büroangestellte war ein willensschwaches Werkzeug
des Chefs.

دفتر کا کلرک باس کی ریڑھ کی ہڈی سے خالی مخلوق تھا۔

Gregors Abwesenheit wäre also bereits gemeldet worden.

تو گریگور کی غیر موجودگی کی اطلاع پہلے ہی دی جا چکی ہوتی۔

„Was wäre, wenn ich mich krankmelde?", überlegte Gregor.

"اگر میں بیمار ہو کر فون کروں؟" گریگور غور کر رہا تھا۔

Das wäre aber äußerst peinlich und verdächtig.

لیکن یہ انتہائی شرمناک اور مشکوک ہو گا۔

Gregor war in der gesamten Zeit, die er dort arbeitete, nie
krank gewesen.

گریگور اس وقت کبھی بیمار نہیں ہوا تھا جب اس نے وہاں کام کیا تھا۔

Und er hatte ihnen bereits fünf Jahre Dienst geleistet.

اور وہ ان کو پہلے ہی پانچ سال کی خدمت دے چکا تھا۔

Die Chancen standen gut, dass der Chef vorbeikommen
würde, um nach ihm zu sehen.

امکانات تھے کہ باس اس کا معائنہ کرنے آئے گا۔

Er würde wahrscheinlich den Arzt der Krankenversicherung
mitbringen.

وہ شاید ہیلتھ انشورنس ڈاکٹر کو لے آئے گا۔

Und er würde die Eltern für ihren faulen Sohn
verantwortlich machen.

اور وہ اپنے سست بیٹے کے لیے والدین کو موردِ الزام ٹھہرائے گا۔

Sie könnten gegen ihn keine Einwände erheben.

وہ اس پر کوئی اعتراض نہیں کر سکتے تھے۔

Denn für ihn gab es nur zwei Arten von Arbeitern.

کیونکہ اس کے لیے صرف دو طرح کے کارکن تھے۔

Entweder waren die Arbeiter kerngesund oder arbeitsscheu.

یا تو کارکن مکمل طور پر صحت مند تھے، یا کام سے شرمیلی۔

Und läge er mit dieser grundlegenden Analyse überhaupt
falsch?

اور کیا وہ اس بنیادی تجزیہ میں بھی غلط ہوگا؟

In diesem Fall hatte er sicherlich ein starkes Argument.

یقیناً اس معاملے میں ان کے پاس مضبوط دلیل تھی۔

Trotz seines Aussehens fühlte sich Gregor tatsächlich recht
wohl.

اس کی ظاہری شکل کے باوجود، گریگور نے اصل میں بہت اچھا محسوس کیا۔

Der unnötig lange Schlaf hatte ihn etwas schläfrig gemacht.

غیر ضروری لمبی نیند نے اسے قدرے غنودگی میں مبتلا کر دیا تھا۔

Abgesehen davon konnte er sich aber über keine Krankheit
beklagen.

لیکن اس کے علاوہ وہ بیماری کی شکایت نہیں کر سکتے تھے۔

Er verspürte sogar einen besonders starken und gesunden Hunger.

یہاں تک کہ اس نے خاص طور پر مضبوط اور صحت مند بھوک محسوس کی۔

Während er diesen Gedanken nachging, schlug die Uhr erneut.

یہ سوچتے سوچتے گھڑی پھر سے ٹکرائی۔

Laut Alarm war es jetzt Viertel vor sieben.

الارم کے مطابق اب پونے سات بج چکے تھے۔

Und nun klopfte es auch leise an der Tür.

اور اب دروازے پر ہلکی سی دستک بھی ہوئی تھی۔

„Gregor", rief ihm jemand zu – es war die Mutter.

"گریگور،" کسی نے اسے پکارا - وہ ماں تھی۔

„Es ist Viertel vor sieben", bestätigte sie den Alarm.

"یہ پونے سات ہیں،" اس نے الارم کی تصدیق کی۔

"Wolltest du nicht gehen?", fragte die sanfte Stimme.

"کیا تم جانا نہیں چاہتے تھے؟" نرم لہجے میں پوچھا۔

Gregor erschrak, als er seine eigene Stimme antworten hörte.

اس کی آواز جواب دیتے ہوئے سن کر گریگور ڈر گیا۔

Es war immer noch dieselbe Stimme, die er schon immer hatte.

آواز اب بھی وہی آواز تھی جو اس کے پاس ہمیشہ تھی۔

Doch nun mischte sich ein neuer Klang in seine Stimme.

لیکن اب اس کی آواز میں ایک نئی آواز ملی ہوئی تھی۔

Tief aus seinem Inneren entfuhr ihm auch ein schmerzhafter Schrei.

اس کے اندر سے ایک دردناک چیخ بھی نکلی۔

Zunächst schien seine Stimme die Worte klar zu formen.

پہلے تو اس کی آواز میں وضاحت کے ساتھ الفاظ بنتے دکھائی دیے۔

Doch dann hörte Gregor das Echo seiner Stimme in seinem Kopf.

لیکن پھر گریگور نے اپنی آواز کی ذہنی گونج سنی۔

Die Aufnahme seiner Stimme ist auf seltsame Weise zerbrochen.

اس کی آواز کی ریکارڈنگ عجیب انداز میں ٹوٹ گئی۔

Und er war sich nicht sicher, ob er richtig gehört hatte.

اور اسے یقین نہیں تھا کہ آیا اس نے چیزیں صحیح سنی ہیں۔

Gregor verspürte den starken Wunsch, eine ausführliche Antwort zu geben.

گریگور نے ایک تفصیلی جواب دینے کی شدید خواہش محسوس کی۔

Er wollte seiner Mutter alles genau erklären.

وہ اپنی ماں کو صاف صاف بتانا چاہتا تھا۔

Doch angesichts der Umstände musste er sich einschränken.

لیکن حالات کو دیکھتے ہوئے اسے خود کو محدود کرنا پڑا۔

Und er antwortete viel kürzer, als er es gern getan hätte.

اور اس نے اپنی پسند سے بہت مختصر جواب دیا۔

"Ja, Mutter, keine Sorge, danke, ich bin schon wach."

"ہاں ماں، فکر نہ کرو، شکریہ، میں پہلے ہی اٹھ چکا ہوں۔"

Die Holztür trug vermutlich dazu bei, seine Stimme zu dämpfen.

لکڑی کے دروازے نے شاید اس کی آواز کو مدھم کرنے میں مدد کی۔

Draußen blieb die Veränderung in Gregors Stimme unbemerkt.

باہر گریگور کی آواز میں تبدیلی کسی کا دھیان نہیں رہی۔

Die Mutter schien mit seiner Erklärung zufrieden zu sein.

ماں اس کی وضاحت سے مطمئن نظر آئی۔

Und sie ging genauso leise wieder, wie sie gekommen war.

اور وہ پھر ویسے ہی خاموشی سے چلی گئی جیسے وہ آئی تھی۔

Doch das kurze Gespräch hatte eine unerwünschte Folge.

لیکن چھوٹی سی گفتگو کا ناپسندیدہ اثر تھا۔

Er erregte die Aufmerksamkeit der anderen Familienmitglieder.

اس نے خاندان کے دیگر افراد کی توجہ مبذول کرائی۔

Gregor war noch zu Hause und nicht zur Arbeit gegangen.

گریگور ابھی تک گھر پر تھا اور کام پر نہیں گیا تھا۔

Und nun klopfte auch der Vater an die Seitentür.

اور اب باپ نے بھی سائیڈ کے دروازے پر دستک دی۔

Er klopfte schwach, aber entschlossen mit der Faust.

اس نے کمزوری سے دستک دی، لیکن پرعزم، اپنی مٹھی سے۔

„Gregor, Gregor", rief er, „was ist das Problem?"

"گریگور، گریگور،" اس نے پکارا "کیا مسئلہ ہے؟"

Nach einer Weile warnte er erneut, diesmal mit tieferer Stimme.

تھوڑی دیر بعد اس نے گہری آواز میں پھر تنبیہ کی۔

Doch nun klopfte die Schwester an die andere Tür.

لیکن دوسری طرف کے دروازے پر اب بہن نے دستک دی۔

"Gregor? Geht es dir nicht gut?", fragte sie leise.

"گریگر؟ کیا تم ٹھیک نہیں ہو؟" اس نے خاموشی سے پوچھا۔

„Brauchen Sie irgendetwas?", fragte sie besorgt.

''تمہیں کچھ چاہیے؟'' اس نے تشویش سے پوچھا۔

Gregor antwortete beiden Seiten: „Ich bin schon fertig."

گریگور نے دونوں طرف سے جواب دیا: "میں پہلے ہی ختم ہو چکا ہوں۔"

Er hatte sich größte Mühe gegeben, alle Wörter sorgfältig auszusprechen.

اس نے تمام الفاظ کو احتیاط سے ادا کرنے کی پوری کوشش کی تھی۔

Und er entfernte alles Auffällige aus seiner Stimme.

اور اس نے اپنی آواز میں نمایاں سب کچھ ہٹا دیا۔

Auch der Vater schien mit der Antwort zufrieden zu sein.

والد بھی اس جواب سے مطمئن نظر آئے۔

Und er kehrte zu seinem unvollendeten Frühstück zurück.

اور وہ اپنے نامکمل ناشتے میں واپس آگیا۔

Doch die Schwester flüsterte: „Gregor, mach auf, ich flehe dich an."

لیکن بہن نے سرگوشی کی، "گریگر، کھولو، میں تم سے التجا کرتی ہوں۔"

Doch ihre Sorge um ihn konnte ihn in keiner Weise bewegen.

لیکن اس کے لیے اس کی فکر اسے کسی بھی طرح سے ہلا نہیں سکتی تھی۔

Gregor hatte nicht die Absicht, ihr die Tür zu öffnen.

گریگور کا اس کے لیے دروازہ کھولنے کا کوئی ارادہ نہیں تھا۔

Durch seine Reisen hatte er sich einige vorsichtige Gewohnheiten angeeignet.

اس نے سفر سے کچھ محتاط عادات حاصل کر لی تھیں۔

Und er lobte sich selbst dafür, die Türen abgeschlossen zu haben.

اور دروازے بند کرنے پر اس نے اپنی تعریف کی۔

Zunächst wollte er in Ruhe und in seinem eigenen Tempo aufstehen.

پہلے وہ خاموشی سے اپنے وقت پر اٹھنا چاہتا تھا۔

Und er wollte sich ungestört anziehen.

اور، پریشان ہوئے بغیر، وہ کپڑے پہننا چاہتا تھا۔

Nachdem er das geschafft hatte, wollte er frühstücken.

اس کے حصول کے ساتھ، اس نے پھر ناشتہ کرنا چاہا۔

Erst dann wollte er die Situation weiter überdenken.

تبھی وہ حالات پر مزید غور کرنا چاہتا تھا۔

Er wusste, dass es sinnlos war, im Bett Pläne zu schmieden.

وہ جانتا تھا کہ بستر پر منصوبہ بندی کرنے کا کوئی فائدہ نہیں۔

Zu einem vernünftigen Schluss zu gelangen, wäre unmöglich.

کسی معقول نتیجے پر پہنچنا ناممکن ہو گا۔

Es gab schon andere Male, da war er mit leichten Schmerzen aufgewacht.

دوسری بار بھی وہ ہلکی سی تکلیف کے ساتھ بیدار ہوا تھا۔

Diese Schmerzen erwiesen sich stets als reine Einbildung.

یہ درد ہمیشہ خالص تخیل نکلے۔

Beim Aufstehen verschwanden die Schmerzen ausnahmslos.

جب بستر سے اٹھتے ہیں تو درد ہمیشہ تحلیل ہوجاتا ہے۔

Er war neugierig, was mit diesen Ideen geschehen würde.

وہ تجسس میں تھا کہ ان خیالات کا کیا بنے گا۔

Die Veränderung seiner Stimme war wahrscheinlich nur auf eine Erkältung zurückzuführen.

اس کی آواز میں تبدیلی شاید سردی کی وجہ سے تھی۔

Erkältungen sind für Reisende einfach ein Berufsrisiko.

زکام مسافروں کے لیے صرف ایک پیشہ ورانہ خطرہ ہے۔

Er hatte keinen Zweifel daran, dass dies die logische Erklärung war.

اسے کوئی شک نہیں تھا کہ یہی منطقی وضاحت تھی۔

Es gelang ihm mühelos, die Decke von sich zu streifen.

خود سے کمبل اتارنا آسانی سے حاصل ہو گیا تھا۔

Er musste nur einatmen und sich aufblasen.

اسے صرف سانس لینا تھا اور خود کو پھولنا تھا۔

Die Decke rutschte von seinem Körper und landete auf dem Boden.

کمبل اس کے جسم سے پھسل کر فرش پر گر گیا۔

Sein unglaublich breiter Körperbau erschwerte auch andere Dinge.

اس کے ناقابل یقین حد تک وسیع جسم نے دوسری چیزوں کو مشکل بنا دیا۔

Er hätte Arme und Hände gebraucht, um aufzustehen.

اسے کھڑے ہونے کے لیے بازوؤں اور ہاتھوں کی ضرورت ہوتی۔

Aber er hatte nicht mehr die Gliedmaßen, die er früher gehabt hatte.

لیکن اس کے پاس وہ اعضاء نہیں تھے جو وہ رکھتے تھے۔

Anstelle von Armen und Händen hatte er viele kleine Beine.

بازوؤں اور ہاتھوں کے بجائے اس کی بہت سی چھوٹی ٹانگیں تھیں۔

Und seine Beine bewegten sich ständig, ohne dass er es kontrollieren konnte.

اور اس کی ٹانگیں اس کے قابو کے بغیر مسلسل ہل رہی تھیں۔

Er versuchte, ein Bein zu beugen, aber stattdessen streckte es sich.

اس نے ایک ٹانگ کو موڑنے کی کوشش کی، لیکن اس کے بجائے وہ پھیل گئی۔

Schließlich gelang es ihm, ein Bein unter seine Kontrolle zu bringen.

وہ آخر کار ایک ٹانگ کو اپنے قابو میں لانے میں کامیاب ہو گیا۔

Doch dann wurde die Bewegung der anderen Beine freigegeben.

لیکن پھر دوسری ٹانگوں کی حرکت جاری ہو گئی۔

Und seine Beine zuckten vor lauter Aufregung.

اور اس کی ساری ٹانگیں انتہائی جوش میں مروڑ اٹھیں۔

Zuerst wollte er seinen Unterkörper aus dem Bett bekommen.

پہلے وہ اپنے نچلے جسم کو بستر سے باہر نکالنا چاہتا تھا۔

Seinen Unterkörper hatte er aber noch nicht gesehen.

لیکن اس نے ابھی تک اپنا نچلا حصہ نہیں دیکھا تھا۔

Und es erwies sich ohnehin als zu schwierig, diesen Teil zu versetzen.

اور اسے بھی اس حصے کو منتقل کرنا بہت مشکل ثابت ہوا۔

Schließlich wagte er mit all seiner Kraft einen waghalsigen Schritt.

آخرکار، اپنی پوری طاقت کے ساتھ، اس نے ایک جنگلی حرکت کی۔

Ohne weiter zu zögern, trat er vorwärts.

بغیر کسی ہچکچاہٹ کے اس نے خود کو آگے بڑھایا۔

Doch er hatte die falsche Richtung eingeschlagen.

لیکن اس نے جانے کے لیے غلط سمت کا انتخاب کیا تھا۔

Er schlug mit voller Wucht mit dem Körper gegen den unteren Bettpfosten.

اس نے اپنے جسم کو بیڈ پوسٹ کے نچلے حصے پر زور سے مارا۔

Der brennende Schmerz, den er empfand, lehrte ihn eine wertvolle Lektion.

جلتے ہوئے درد نے اسے ایک قیمتی سبق سکھایا۔

Sein Unterkörper war vielleicht empfindlicher.

اس کے جسم کا نچلا حصہ شاید زیادہ حساس تھا۔

Also versuchte er zuerst, seinen Oberkörper aus dem Bett zu bekommen.

اس لیے اس نے پہلے اپنے اوپری جسم کو بستر سے نکالنے کی کوشش کی۔

Er drehte seinen Kopf vorsichtig in die richtige Richtung.

اس نے احتیاط سے اپنا سر درست سمت میں موڑا۔

Und schon bald lag sein Kopf am Bettrand.

اور جلد ہی اس کا سر بیڈ کے کنارے کی طرف تھا۔

Diese vorsichtige Vorgehensweise fiel ihm tatsächlich leicht.

یہ محتاط حرکت دراصل اس کے لیے آسان تھی۔

Und weder seine Breite noch sein Gewicht hinderten ihn an seinen Bewegungen.

اور اس کی چوڑائی اور وزن نے اس کی حرکت کو نہیں روکا۔

Die Masse seines Körpers folgte langsam der Drehung des Kopfes.

اس کے جسم کا ماس آہستہ آہستہ سر کی باری کا پیچھا کر رہا تھا۔

Doch dann streckte er den Kopf über die Bettkante.

لیکن پھر اس نے اپنا سر بستر کے کنارے پر رکھا۔

Und er sah sich einer neuen Angst gegenüber, über die er noch nicht nachgedacht hatte.

اور اسے ایک نئے خوف کا سامنا کرنا پڑا جس کے بارے میں اس نے ابھی تک سوچا بھی نہیں تھا۔

Ein weiteres Vorgehen in dieser Richtung könnte gefährlich sein.

اس طرح آگے بڑھنا خطرناک ہو سکتا ہے۔

Er hatte gedacht, er würde sich einfach fallen lassen.

اس نے سوچا تھا کہ وہ خود کو گرنے دے گا۔

Es wäre aber ein Wunder, wenn er sich dabei nicht am Kopf verletzen würde.

لیکن یہ ایک معجزہ ہوگا اگر وہ اپنے سر پر چوٹ نہ لگاتا۔

Jetzt war nicht der richtige Zeitpunkt, um ein Bewusstseinsverlustrisiko einzugehen.

اب ہوش کھونے کا خطرہ مول لینے کا وقت نہیں تھا۔

Vielleicht wäre es doch besser, im Bett zu bleiben.

شاید بستر پر ہی رہنا بہتر ہوگا۔

Doch dann musste er denselben Aufwand betreiben, um zurückzukehren.

لیکن پھر اسے واپس آنے کے لیے وہی وہی کوشش کرنی پڑی۔

Nach all der Mühe lag er da, genau wie zuvor.

اتنی کوشش کے بعد وہ پہلے کی طرح وہیں پڑا رہا۔

Und nun schienen seine Beine noch wütender zu sein als zuvor.

اور اب اس کی ٹانگیں پہلے سے بھی زیادہ غصے میں لگ رہی تھیں۔

Die Bewegungen seiner Beine waren noch unkontrollierbarer geworden.

اس کی ٹانگ کی حرکتیں اور بھی بے قابو ہو چکی تھیں۔

Er sah keinen Ausweg aus seiner Situation.

وہ جس حالت میں تھا اس سے نکلنے کا کوئی راستہ اسے نظر نہیں آیا۔

Aus diesem Chaos konnte kein Frieden und keine Ordnung hergestellt werden.

اس افراتفری سے امن و امان نہیں لایا جا سکا۔

Aber er wusste, dass auch im Bett zu bleiben keine Option war.

لیکن وہ جانتا تھا کہ بستر پر رہنا بھی کوئی آپشن نہیں تھا۔

Alles zu opfern war die vernünftigste Option.

سب کچھ قربان کرنا سب سے زیادہ سمجھدار آپشن تھا۔

Er klammerte sich an den kleinsten Hoffnungsschimmer, jemals wieder aufstehen zu können.

اس نے بستر سے اٹھنے کی ہلکی سی امید کو تھام لیا۔

Wenn ihm das gelingt, hat sich das ganze Risiko gelohnt.

اگر وہ اس کا انتظام کرتا تو تمام خطرہ اس کے قابل ہوتا۔

Doch gleichzeitig erinnerte er sich auch an etwas anderes.

لیکن ساتھ ہی اسے کچھ اور بھی یاد تھا۔

„Besser als verzweifelte Entscheidungen sind ruhige Überlegungen."

"مایوس فیصلوں سے بہتر پر سکون عکاسی ہیں۔"

Mit aller Kraft konzentrierte er seinen Blick auf das Fenster.

پوری کوشش کے ساتھ اس نے اپنی نظریں کھڑکی پر مرکوز کر دیں۔

Doch was er sah, stimmte ihn wenig zuversichtlich und erfreute ihn nicht.

لیکن جو کچھ اس نے دیکھا اس سے بہت کم اعتماد اور حوصلہ ملا۔

Der Morgennebel hüllte die gesamte enge Straße ein.

صبح کی دھند نے تمام تنگ گلی کو ڈھانپ لیا تھا۔

Der Wecker klingelte erneut; es war nun sieben Uhr.

الارم گھڑی پھر بجی۔ اب سات بج رہے تھے۔

„Es ist bereits sieben Uhr und es ist immer noch so neblig."

"سات بج چکے ہیں اور ابھی بھی اتنی دھند ہے۔"

Eine Zeitlang lag er still da und atmete nur schwach.

کچھ دیر وہ خاموشی سے لیٹا رہا، صرف کمزوری سے سانس لے رہا تھا۔

Vielleicht würde etwas Ruhe eine gewisse Normalität herbeiführen.

شاید کچھ خاموشی کچھ معمول پر لائے گی۔

Völliges Schweigen könnte die wahren Zustände herbeiführen.

مکمل خاموشی حقیقی حالات کو جنم دے سکتی ہے۔

Doch bevor die Uhr erneut schlug, durchbrach er das Schweigen.

لیکن گھڑی دوبارہ بجنے سے پہلے اس نے خاموشی توڑی۔

Bevor die Uhr wieder schlägt, muss ich aus dem Bett sein.

"اس سے پہلے کہ گھڑی دوبارہ بجنے لگے مجھے بستر سے باہر ہونا چاہیے۔"

„Ich muss bis dahin unbedingt komplett aus dem Bett sein.“

"میں اس وقت تک بالکل بستر سے باہر ہو چکا ہو گا۔"

„Nach Viertel nach sieben schickt das Büro jemanden.“

"ساڑھے سات بجے آفس کسی کو بھیجے گا۔"

„Weil das Büro vor sieben Uhr öffnete.“

"کیونکہ دفتر سات بجے سے پہلے کھل جاتا ہے۔"

Und nun begann er, seinen Körper aus dem Bett zu schaukeln.

اور اب اس نے اپنے جسم کو بستر سے باہر نکالنا شروع کر دیا۔

Er hatte aufgehört, sich auf seinen Ober- oder Unterkörper zu konzentrieren.

اس نے اپنے اوپری یا نچلے جسم پر توجہ مرکوز کرنا چھوڑ دیا تھا۔

Sein ganzer Körper musste aus dem Bett herausragen.

اس کے جسم کی پوری لمبائی کو بستر چھوڑنا پڑا۔

Bei einem Sturz in diese Richtung sollte sein Kopf geschützt sein, dachte er.

اس طرح گرنے سے اس کے سر کی حفاظت کرنی چاہیے، اس نے سوچا۔

Er hatte geplant, den Kopf zu heben, sobald er auf dem Boden aufschlug.

زمین سے ٹکرانے پر اس نے اپنا سر اٹھانے کا منصوبہ بنایا تھا۔

Sein Rücken schien hart genug für den Aufprall zu sein.

اس کے جسم کا پچھلا حصہ اثر کے لیے کافی سخت لگ رہا تھا۔

Und der Teppich diente dazu, die Landung abzufedern.

اور لینڈنگ کو نرم کرنے کے لیے قالین وہاں موجود تھا۔

Seine größte Sorge galt jedoch dem Lärm.

تاہم، اس کی سب سے بڑی تشویش بلند آواز تھی۔

Das krachende Geräusch würde alle im Haus erschrecken.

ٹکرانے کی آواز گھر میں سب کو خوفزدہ کر دیتی۔

Vielleicht hätten sie keine Angst vor dem lauten Lärm.

شاید وہ اونچی آواز سے نہیں گھبراتے۔

Aber sie wären mit Sicherheit besorgt, wenn sie davon hörten.

لیکن اگر وہ سنیں گے تو وہ فکر مند ہوں گے۔

Man musste aber das Risiko eingehen, Aufmerksamkeit zu erregen.

لیکن توجہ مبذول کروانے کا خطرہ مول لینا پڑا۔

Die neue Methode war eher ein Spiel als eine Anstrengung.

نیا طریقہ ایک کوشش سے زیادہ ایک کھیل تھا۔

Er musste seinen Körper in plötzlichen und ruckartigen Bewegungen hin und her wiegen.

اسے اچانک اور جھٹکے سے اپنے جسم کو ہلانا پڑا۔

Gregor war schon halb aus dem Bett aufgestanden.

گریگور بستر سے آدھے راستے پر ہی نکل چکا تھا۔

Nun kam ihm gerade ein neuer Gedanke.

اب اس کے ذہن میں ایک نیا خیال آیا۔

„Es wäre alles so einfach, wenn mir jemand zu Hilfe käme."

"یہ سب اتنا آسان ہو جائے گا اگر کوئی میری مدد کو آئے۔"

„Zwei kräftige Personen würden völlig ausreichen.“

"دو مضبوط لوگ مکمل طور پر کافی ہوں گے۔"

Sein Vater und das Dienstmädchen wären stark genug.

اس کا باپ اور نوکرانی کافی مضبوط ہو گی۔

Sie müssten nur ihre Arme unter seinen Rücken schieben.

انہیں صرف اپنے بازو اس کی پیٹھ کے نیچے پھسلنا ہوں گے۔

Und dann könnten sie ihn ganz leicht aus dem Bett ziehen.

اور پھر وہ اسے آسانی سے بستر سے نکال سکتے تھے۔

Vielleicht hätten sie sein Gewicht langsam reduzieren müssen.

شاید انہیں آہستہ آہستہ اس کا وزن کم کرنا پڑتا۔

Hoffentlich hätten die Beine dann ihren Zweck gefunden.

امید ہے کہ پھر پیروں کو اپنا مقصد مل گیا ہوگا۔

Wäre es nicht letztendlich besser, um Hilfe zu rufen?

"کیا مدد کے لیے پکارنا بہتر نہیں ہوگا؟"

Das Problem war natürlich, dass er die Türen abgeschlossen hatte.

مسئلہ یقیناً یہ تھا کہ اس نے دروازے بند کر رکھے تھے۔

Irgendwie hatte der Gedanke etwas, das ihn amüsierte.

سوچ میں کچھ تھا جو اسے گد گدی کر رہا تھا۔

Und trotz seiner Notlage konnte er sich ein Lächeln nicht verkneifen.

اور سختی کے باوجود وہ مسکراہٹ نہ دبا سکا۔

Er war schon kurz davor, das Gleichgewicht zu verlieren.

وہ اب اپنا توازن کھونے کے قریب تھا۔

Mit jedem Schwung kam er dem Umkippen vom Bett näher.

ہر جھول اسے بستر سے ٹکنے کے قریب لے آیا۔

Bald musste er die endgültige Entscheidung treffen.

جلد ہی اسے حتمی فیصلہ کرنا تھا۔

In fünf Minuten würde es Viertel nach sieben sein.

پانچ منٹ میں ساڑھے سات ہونے والے تھے۔

Während er diesen Gedanken nachging, klingelte es an der Tür.

یہ سوچتے سوچتے دروازے کی گھنٹی بجی۔

„Das ist jemand aus dem Büro", sagte er zu sich selbst.

"یہ آفس سے کوئی ہے۔" اس نے اپنے آپ سے کہا۔

Und er erstarrte fast vor Angst angesichts des Besuchers.

اور وہ آنے والے کے خوف سے تقریباً منجمد ہو گیا۔

Seine Beine tanzten noch wilder als zuvor.

اس کی ٹانگیں پہلے سے بھی زیادہ وحشیانہ انداز میں رقص کرتی تھیں۔

Doch dann herrschte einen Moment lang Stille.

لیکن پھر ایک لمحے کے لیے سب کچھ ساکت ہو گیا۔

„Sie werden die Tür nicht öffnen", sagte Gregor zu sich selbst.

"وہ دروازہ نہیں کھولیں گے،" گریگور نے اپنے آپ سے کہا۔

Er war noch immer einer sinnlosen Hoffnung verfallen.

وہ اب بھی کسی بے ہوش امید میں جکڑا ہوا تھا۔

Doch dann ging das Dienstmädchen natürlich zur Tür.

لیکن پھر، ظاہر ہے، نوکرانی دروازے تک چلی گئی۔

Und wie immer öffnete sie dem Besucher die Tür.

اور ہمیشہ کی طرح اس نے مہمان کے لیے دروازہ کھول دیا۔

Gregor brauchte nur die erste Begrüßung des Besuchers zu hören.

گریگور کو صرف مہمان کا پہلا سلام سننے کی ضرورت تھی۔

Er konnte sofort erkennen, wer ihn gesucht hatte.

وہ فوراً بتا سکتا تھا کہ کون اس کے لیے آیا ہے۔

Der Hauptschreiber selbst war gekommen, um nach Samsa zu sehen.

چیف کلرک خود سمسہ کو چیک کرنے آیا تھا۔

Warum war Gregor der Einzige, der zu diesem Schicksal verurteilt wurde?

صرف گریگور کو ہی اس قسمت کی سزا کیوں دی گئی؟

Warum musste ausgerechnet er in einer solchen Organisation dienen?

ایسی تنظیم میں صرف اسی کو خدمات انجام دینے کی کیا ضرورت تھی؟

Das geringste Versehen weckte sofort Misstrauen.

ذرا سی نظر نے فوری طور پر شک کو جنم دیا۔

Waren alle Angestellten, die dort arbeiteten, Schurken?

کیا وہاں کام کرنے والے تمام ملازمین بدمعاش تھے؟

Gab es denn keinen treuen und ergebenen Menschen unter ihnen?

کیا ان میں کوئی دیانت دار اور دیانت دار نہیں تھا؟

Hätten sie nicht einfach einen Lehrling schicken können?

کیا وہ ابھی ایک اپرنٹیس نہیں بھیج سکتے تھے؟

War diese ganze Infragestellung überhaupt notwendig?

کیا یہ سب پوچھ کچھ واقعی ضروری تھی؟

Musste der Bevollmächtigte persönlich erscheinen?

کیا مجاز نمائندے کو خود آنا پڑا؟

Musste wirklich die gesamte unschuldige Familie informiert werden?

کیا پورے معصوم خاندان کو اطلاع کرنی تھی؟

All diese Überlegungen veranlassten Gregor zum Handeln.

ان تمام غور و فکر نے گریگور کو حرکت میں لایا۔

Er schwang sich mit aller Kraft aus dem Bett.

اس نے پوری طاقت کے ساتھ خود کو بستر سے جھٹک دیا۔

Es gab einen lauten Knall, aber es war eigentlich kein richtiges Geräusch.

ایک زوردار دھماکا تھا، لیکن یہ واقعی کوئی شور نہیں تھا۔

Der Fall wurde durch den Teppich etwas abgemildert.

خزاں کو قالین نے قدرے نرم کر دیا تھا۔

Sein Rücken war elastischer, als Gregor angenommen hatte.

اس کی کمر گریگور کے خیال سے زیادہ لچکدار تھی۔

Der Klang war also dumpfer und nicht so auffällig.

تو آواز زیادہ مدھم تھی، اور اتنی نمایاں نہیں تھی۔

Doch er hatte seinen Kopf während des Sturzes nicht geschützt.

لیکن اس نے گرنے کے دوران اپنے سر کا خیال نہیں رکھا تھا۔

Und als er auf den Boden aufschlug, schlug er auch mit dem Kopf auf.

اور جب وہ زمین پر گرا تو اس کا سر بھی مارا۔

Er rieb sich vor Wut und Schmerz den Kopf am Teppich.

اس نے غصے اور درد سے قالین پر اپنا سر رگڑا۔

Der Manager im Nachbarzimmer hörte jedoch den Lärm.

لیکن ساتھ والے کمرے میں موجود مینیجر نے شور سنا۔

„Da ist etwas hineingefallen", stellte er richtig fest.

"وہاں کچھ گرا تھا،" اس نے صحیح طریقے سے مشاہدہ کیا۔

Gregor versuchte, sich den Manager in seine Lage zu versetzen.

گریگور نے مینیجر کو اپنی صورت حال میں تصور کرنے کی کوشش کی۔

„Könnte ihm dasselbe passieren?", fragte er sich.

"کیا اس کے ساتھ بھی ایسا ہی ہو سکتا ہے؟" اس نے تعجب کیا۔

Er akzeptierte, dass dieses seltsame Ereignis möglich sein könnte.

اس نے قبول کیا کہ یہ عجیب واقعہ ہو سکتا ہے۔

Und dann ging der Hauptsekretär ein paar Schritte in den Raum.

اور پھر چیف کلرک چند قدم لے کر کمرے کی طرف بڑھا۔

Es war fast schon eine plumpe Antwort auf seine Frage.

یہ اس کے پوچھے گئے سوال کا تقریباً ایک خام جواب تھا۔

Seine Lederstiefel knarrten, als er sich der Tür näherte.

دروازے کے قریب پہنچتے ہی اس کے چمڑے کے جوتے پھٹ گئے۔

Aus dem Zimmer zu seiner Rechten flüsterte ihm seine Magd zu.

اس کے دائیں طرف کے کمرے سے اس کی نوکرانی نے سرگوشی کی۔

„Gregor, der Bevollmächtigte, ist hier."

"گریگور، مجاز نمائندہ یہاں ہے۔"

„Ich weiß", sagte Gregor, aber nur leise zu sich selbst.

"میں جانتا ہوں،" گریگور نے کہا، لیکن صرف خاموشی سے اپنے آپ سے۔

Er wagte es nicht, seine Stimme lauter als ein Flüstern zu erheben.

اسے سرگوشی سے اوپر آواز اٹھانے کی ہمت نہیں تھی۔

Weil Gregor nicht wollte, dass seine Schwester ihn hörte.

کیونکہ گریگور نہیں چاہتا تھا کہ اس کی بہن اس کی بات سنے۔

„Gregor", sagte der Vater aus dem Zimmer links.

"گریگر،" بائیں طرف والے کمرے سے باپ نے کہا۔

Der Manager ist gekommen, um nach dem Rechten zu sehen.

"مینیجر آیا ہے چیک کرنے آیا ہے کیا مسئلہ ہے۔"

„Er fragte, warum du nicht den frühen Zug genommen hast."

"اس نے پوچھا تم نے جلدی ٹرین کیوں نہیں چھوڑی؟"

„Wir wissen nicht, was wir ihm sagen sollen", sagte der Vater.

والد نے کہا، "ہمیں نہیں معلوم کہ اس سے کیا کہنا ہے۔

„Übrigens möchte er auch persönlich mit Ihnen sprechen."

"ویسے وہ بھی آپ سے ذاتی طور پر بات کرنا چاہتا ہے۔"

„Bitte öffnen Sie die Tür, damit er mit Ihnen sprechen kann."

"براہ کرم دروازہ کھولیں، تاکہ وہ آپ سے بات کر سکے۔"

„Er wird so freundlich sein, das Chaos im Zimmer zu entschuldigen."

"وہ کمرے کی گندگی کو معاف کرنے کے لئے کافی مہربان ہوگا۔"

"Guten Morgen, Herr Samsa", rief ihm der Manager zu.

"گڈ مارننگ مسٹر سمسا" مینیجر نے اسے پکارا۔

Und er sprach ganz gewiss in freundlicher Weise mit ihm.

اور یقیناً اس نے اس سے دوستانہ انداز میں بات کی۔

„Es geht ihm nicht gut", sagte die Mutter zum Manager.

"وہ ٹھیک نہیں ہے،" ماں نے مینیجر سے کہا۔

„Es geht ihm überhaupt nicht gut, glauben Sie mir, lieber Manager."

'وہ بالکل ٹھیک نہیں ہے، میرا یقین کرو عزیز مینیجر۔'

"Warum sonst sollte Gregor den Morgenzug verpassen?"

"ورنہ گریگور صبح کی ٹرین کیوں چھوٹ جائے گا؟"

„Der Junge hat nichts anderes im Kopf als das Geschäft."

"لڑکے کے ذہن میں کاروبار کے سوا کچھ نہیں ہے۔"

„Es ärgert mich fast, dass er nichts anderes tut."

"یہ تقریباً مجھے پریشان کرتا ہے کہ وہ اور کچھ نہیں کرتا ہے۔"

„Ich wünschte, er würde abends an die frische Luft gehen."

"کاش وہ شام کو تازہ ہوا کے لیے باہر جاتا۔"

„Er war acht Tage geschäftlich in der Stadt."

"وہ کاروبار کے سلسلے میں آٹھ دن سے شہر میں تھا۔"

„Aber er war ja jeden dieser Abende zu Hause."

"لیکن پھر وہ ان شاموں میں سے ہر ایک گھر پر تھا"

„Er sitzt an unserem Tisch und liest die Zeitung."

"وہ ہماری میز پر بیٹھ کر اخبار پڑھتا ہے۔"

„Manchmal studiert er auch die Fahrpläne der Züge."

"دوسرے اوقات میں، وہ ٹرینوں کے ٹائم ٹیبل کا مطالعہ کرتا ہے۔"

„Manchmal beschäftigt er sich mit Tischlerarbeiten."

"بعض اوقات وہ خود کو بڑھئی کے کام میں مصروف رکھتا ہے۔"

„Zum Beispiel schnitzte er einen kleinen Bilderrahmen aus Holz."

"مثال کے طور پر، اس نے لکڑی کا ایک چھوٹا تصویری فریم تراشا۔"

„An zwei oder drei Abenden war er mit der Säge beschäftigt."

"دو تین شام سے زیادہ وہ آری میں مصروف تھا۔"

„Sie werden staunen, wie hübsch der Bilderrahmen ist."

"آپ حیران رہ جائیں گے کہ تصویر کا فریم کتنا خوبصورت ہے۔"

„Er hat den Bilderrahmen in seinem Zimmer aufgehängt."

"اس نے تصویر کا فریم اپنے کمرے میں لٹکا دیا ہے۔"

„Wenn er die Tür öffnet, werden Sie seine Holzarbeiten sehen."

"جب وہ دروازہ کھولے گا تو تمہیں اس کا لکڑی کا کام نظر آئے گا۔"

„Übrigens freut es mich, dass Sie hier sind, Herr Prokurist."

"ویسے، میں خوش ہوں کہ آپ یہاں ہیں، مسٹر پروکورسٹ۔"

„Wir allein hätten Gregor nicht dazu bringen können, die Tür zu öffnen."

"ہم اکیلے گریگور کو دروازہ نہیں کھول سکتے تھے۔"

„Er ist so stur", gestand seine Mutter dem Angestellten.

"وہ بہت ضدی ہے،" اس کی ماں نے کلرک کے سامنے اعتراف کیا۔

„Er ist ganz sicher krank, obwohl er das vorher bestritten hat."

"وہ یقینی طور پر بیمار ہے، حالانکہ اس نے پہلے اس سے انکار کیا تھا۔"

„Ich komme gleich", sagte Gregor langsam und bedächtig.

'میں وہیں ہوں گا، "گریگور نے آہستہ اور احتیاط سے کہا۔

Doch er machte keine Anstalten, sich der Tür des Zimmers zuzuwenden.

لیکن اس نے کمرے کے دروازے کی طرف کوئی حرکت نہیں کی۔

Er wollte kein Wort des Gesprächs verpassen.

وہ گفتگو کا ایک لفظ بھی کھونا نہیں چاہتا تھا۔

Der Hauptsekretär stimmte der Einschätzung der Mutter zu.

چیف کلرک نے ماں کی تعریف سے اتفاق کیا۔

"Ich kann es Ihnen auch nicht anders erklären, Madam."

"میں اسے کسی اور طریقے سے بھی نہیں سمجھا سکتا، میڈم۔"

„Hoffen wir alle, dass er keine schwere Krankheit hat",
sagte er.

انہوں نے کہا کہ ہم سب امید کرتے ہیں کہ انہیں کوئی سنگین بیماری نہیں ہے۔

„Andererseits stellt es eine Gefahr in unserer Branche dar."

"دوسری طرف، یہ ہماری صنعت میں ایک خطرہ ہے۔"

„Wir Geschäftsleute müssen oft Unannehmlichkeiten überwinden."

"ہم کاروباری لوگوں کو اکثر تکلیف پر قابو پانا پڑتا ہے۔"

„Profis müssen leichte Schmerzen einfach aushalten."

"پیشہ ور افراد کو صرف ہلکی سی تکلیف سے گزرنا پڑتا ہے۔"

Währenddessen klopfte sein Vater erneut an die andere Tür.

اسی دوران اس کے والد نے دوبارہ دوسرے دروازے پر دستک دی۔

„Kann der Hauptsekretär jetzt hereinkommen?", wollte er wissen.

"کیا اب چیف کلرک آ سکتا ہے؟" وہ جاننا چاہتا تھا۔

"Nein, das kann er nicht", antwortete Gregor auf die Frage seines Vaters.

"نہیں، وہ نہیں کر سکتا،" گریگور نے اپنے والد کے سوال کا جواب دیا۔

Im Raum links von uns herrschte betretenes Schweigen.

بائیں طرف کمرے میں ایک عجیب سی خاموشی چھا گئی۔

Im Zimmer rechts begann die Schwester zu schluchzen.

دائیں طرف کے کمرے میں بہن رونے لگی۔

Warum war die Schwester nicht zu den anderen gegangen?

بہن دوسروں کے ساتھ کیوں نہیں گئی؟

Sie war wahrscheinlich gerade erst aufgestanden, dachte er.

اس نے سوچا شاید وہ ابھی بستر سے اٹھی تھی۔

Vielleicht hatte sie noch gar nicht angefangen, sich anzuziehen.

اس نے ابھی تک کپڑے پہننا بھی شروع نہیں کیے ہوں گے۔

Gregor aber verstand nicht, warum sie weinte.

لیکن گریگور سمجھ نہیں پا رہا تھا کہ وہ کیوں رو رہی ہے۔

Lag es daran, dass er nicht aufgestanden war und den Manager hereingelassen hatte?

کیا اس کی وجہ یہ تھی کہ اس نے اٹھ کر مینیجر کو اندر جانے نہیں دیا؟

Lag es daran, dass er Gefahr lief, seinen Job zu verlieren?

کیا اس کی وجہ یہ تھی کہ اسے اپنی ملازمت سے ہاتھ دھونے کا خطرہ تھا؟

Könnte der Chef wie früher gegen die Eltern vorgehen?

کیا باس پہلے کی طرح والدین کے پیچھے آئے گا؟

Würde er seine alten Forderungen an sie wiederholen?

کیا وہ ان سے پرانے مطالبات دوبارہ کرنے والا تھا؟

Diese Dinge waren wahrscheinlich unnötig.

ان باتوں سے شاید پریشان ہونے کی ضرورت نہیں تھی۔

Im Moment hatte sie keinen Grund zu weinen.

اس وقت اس کے پاس رونے کی کوئی وجہ نہیں تھی۔

Gregor war noch da und sorgte für seine Familie.

گریگور اب بھی یہیں تھا، خاندان کا بندوبست کر رہا تھا۔

Und er hatte nie die Absicht, die Familie zu verlassen.

اور اس کا خاندان چھوڑنے کا کبھی کوئی ارادہ نہیں تھا۔

Im Moment lag er einfach nur da auf dem Teppich.

اس وقت وہ صرف وہیں قالین پر لیٹ گیا۔

Die Familie wusste nichts von seinem Zustand.

گھر والوں کو معلوم نہیں تھا کہ وہ کس حال میں ہے۔

Hätten sie das gewusst, hätten sie seinen Chef nicht ermutigt.

اگر انہیں معلوم ہوتا تو وہ اپنے باس کی حوصلہ افزائی نہ کرتے۔

Sie hätten nicht einmal den Manager ins Haus gelassen.

وہ مینیجر کو گھر تک نہیں جانے دیتے تھے۔

Ihn abzuweisen wäre nicht besonders unhöflich gewesen.

اسے پھیرنا کوئی خاص بدتمیزی نہ ہوتی۔

Er hätte später problemlos eine passende Ausrede finden können.

بعد میں اسے آسانی سے کوئی مناسب بہانہ مل جاتا۔

Dafür hätte er nicht entlassen werden können.

یہ ایسی چیز نہیں تھی جس کے لیے اسے برطرف کیا جا سکتا تھا۔

Gregor war der Ansicht, dass es jetzt vernünftiger wäre,
allein gelassen zu werden.

گریگور نے محسوس کیا کہ اکیلا رہنا اب زیادہ سمجھدار ہوگا۔

Ihn durch Weinen und Reden zu stören, brachte wenig.

رونے اور بات کرنے سے اسے پریشان کرنا بہت کم حاصل ہوا۔

Doch die anderen beunruhigte die Ungewissheit.

لیکن یہ غیر یقینی صورتحال تھی جس نے دوسروں کو پریشان کیا۔

Und genau diese Unsicherheit entschuldigte ihr Verhalten.

اور یہی غیر یقینی صورتحال تھی جس نے ان کے رویے کو معاف کر دیا۔

„Herr Samsa!", rief der Manager mit erhobener Stimme.

"مسٹر سمسا" مینیجر نے بلند آواز میں پکارا۔

„Was ist los mit dir?", wollte er wissen.

"تمہارے ساتھ کیا ہو رہا ہے؟" وہ جاننا چاہتا تھا.

„Du hast dich in deinem Zimmer verbarrikadiert."

"تم نے خود کو اپنے کمرے میں بند کر رکھا ہے۔"

„Sie antworten nur mit ‚Ja' oder ‚Nein'."

"آپ صرف 'ہاں' یا 'نہیں' میں جواب دیتے ہیں۔"

„Du bereitest deinen Eltern große Sorgen."

"آپ اپنے والدین کو شدید پریشانی میں مبتلا کر رہے ہیں۔"

„Ich sehe keinen guten Grund, warum Sie sie beunruhigen
sollten."

"میں کوئی اچھی وجہ نہیں دیکھ سکتا کہ آپ ان کی فکر کیوں کریں گے۔"

„Es gibt da noch eine Sache, die ich nebenbei erwähnen möchte."

"ایک اور چیز ہے جس کا ذکر میں گزرتے وقت کروں گا۔"

„Sie vernachlässigen auch Ihre geschäftlichen Pflichten uns gegenüber."

"آپ ہمارے لیے اپنے کاروباری فرائض کو بھی نظر انداز کر رہے ہیں۔"

„Eine solche Verantwortungslosigkeit entspricht so gar nicht Ihrem Charakter."

"اس طرح کی غیر ذمہ داری آپ کے کردار سے بالکل ہٹ کر ہے۔"

„Ich spreche hier im Namen Ihrer Eltern und Ihres Chefs."

"میں یہاں آپ کے والدین اور آپ کے باس کی طرف سے بات کر رہا ہوں۔"

„Und ich bitte Sie um eine sofortige und klare Erklärung."

"اور میں آپ سے فوری اور واضح وضاحت طلب کرتا ہوں۔"

„Das Ganze erstaunt mich wirklich, das muss ich sagen."

"یہ ساری چیز واقعی مجھے حیران کر دیتی ہے، مجھے ضرور کہنا چاہیے۔"

„Ich dachte, ich kenne dich als ruhigen und vernünftigen Menschen."

"میں نے سوچا کہ میں آپ کو ایک پرسکون اور معقول شخص کے طور پر جانتا ہوں۔"

„Aber jetzt zeigst du uns eine andere Seite von dir."

"لیکن اب آپ ہمیں اپنا ایک مختلف رخ دکھا رہے ہیں۔"

„Plötzlich zeigst du deine ganz eigenen Launen."

"اچانک تم اپنی عجیب و غریب خواہشات دکھا رہے ہو۔"

„Aber es könnte eine Erklärung für Ihr Scheitern geben."

"لیکن آپ کی ناکامی کی کوئی وضاحت ہو سکتی ہے۔"

„Der Chef erwähnte eine Forderung, die Sie für uns
eingetrieben hatten."

"باس نے ایک قرض کا ذکر کیا جو تم نے ہمارے لیے جمع کیا تھا۔"

"Ich habe dem Chef in Ihrem Namen mein Ehrenwort
gegeben."

"میں نے باس کو آپ کی طرف سے اپنی عزت کا لفظ دیا۔"

„Aber jetzt sehe ich deine unverständliche Sturheit."

"لیکن اب مجھے تمہاری سمجھ سے باہر کی ضد نظر آرہی ہے۔"

"Vielleicht verliere ich auch noch jegliche Lust, dir
überhaupt zu helfen."

"میں اب بھی آپ کی مدد کرنے کی اپنی تمام خواہش کھو سکتا ہوں۔"

„Ihre Arbeitsplatzsicherheit ist keineswegs völlig stabil."

"آپ کی ملازمت کی حفاظت کسی بھی طرح سے مکمل طور پر مستحکم نہیں ہے۔"

„Eigentlich wollte ich euch das alles unter vier Augen
erzählen."

"میں اصل میں آپ کو یہ سب کچھ ذاتی طور پر بتانا چاہتا تھا۔"

„Aber jetzt sehe ich, dass Sie wollen, dass ich hier meine
Zeit verschwende."

"لیکن اب میں دیکھ رہا ہوں کہ آپ چاہتے ہیں کہ میں یہاں اپنا وقت ضائع کروں۔"

„Ich sehe also keinen Grund, warum deine Eltern das nicht
wissen sollten."

"لہذا مجھے کوئی وجہ نظر نہیں آتی کہ آپ کے والدین کو کیوں معلوم نہ ہو۔"

„Ihre Leistungen in letzter Zeit waren nicht
zufriedenstellend."

"آپ کی حالیہ کارکردگی تسلی بخش نہیں رہی۔"

„Ich räume ein, dass die Verkäufe zu dieser Jahreszeit
langsamer laufen."

"میں یہ بتاتا ہوں کہ سال کے اس وقت فروخت سست ہے۔"

„ Aber es gibt keine Jahreszeit, in der es keine Verkäufe
gibt."

"لیکن فروخت کے لئے سال کا کوئی وقت نہیں ہے۔"

Für einen Moment vergaß Gregor alles um sich herum.

ایک لمحے کے لیے گریگور اپنے اردگرد کی ہر چیز کو بھول گیا۔

„ Aber Herr Prokurist!", rief Gregor verzweifelt aus.

"لیکن مسٹر پروکورسٹ،" گریگور مایوسی سے پکارا۔

"Ich öffne die Tür sofort, jetzt gleich, keine Sorge."

"میں فوراً دروازہ کھول دوں گا، ابھی، فکر نہ کرو۔"

„Das Problem ist, dass ich mich ziemlich unwohl fühle."

"مسئلہ یہ ہے کہ میں کافی خراب محسوس کر رہا ہوں۔"

„ Mir war schwindelig, deshalb konnte ich die Tür nicht
erreichen."

"میرے چکر نے مجھے دروازے تک جانے سے روک دیا۔"

„ Ich liege zwar noch im Bett, aber es geht mir schon viel
besser."

"میں اب بھی بستر پر لیٹا ہوں، لیکن میں بہت بہتر محسوس کر رہا ہوں۔"

"Einen Moment bitte, ich stehe gerade erst auf."

"ایک لمحے، پلیز، میں ابھی بستر سے اٹھ رہا ہوں۔"

"Einen Moment Geduld, Herr Prokurist, ist alles, worum ich
bitte."

"میں صرف ایک لمحے کا صبر مانگتا ہوں، مسٹر پروکورسٹ۔"

„Es läuft nicht so gut, wie ich dachte, aber ich werde es schon schaffen."

"یہ ویسا نہیں چل رہا جیسا میں نے سوچا تھا، لیکن میں ٹھیک ہو جاؤں گا۔"

"Wie kann so etwas einem Menschen so schnell passieren?"

"ایک شخص کے ساتھ اتنی جلدی کیسے ہو سکتا ہے؟"

„Mir ging es gestern Abend gut, das wissen meine Eltern."

"میں کل رات ٹھیک محسوس کر رہا تھا، میرے والدین جانتے ہیں۔"

„Aber vielleicht hatte ich damals schon eine kleine Vorahnung."

"لیکن شاید اس وقت مجھے پہلے ہی تھوڑی سی پیشنگوئی تھی۔"

„Man könnte sich fragen, warum ich es nicht im Büro gemeldet habe."

"آپ پوچھ سکتے ہیں کہ میں نے دفتر میں اس کی اطلاع کیوں نہیں دی؟"

„Ich dachte, ich würde mich morgen früh wieder viel besser fühlen."

"میں نے سوچا کہ میں صبح دوبارہ بہت بہتر محسوس کروں گا۔"

„Man denkt immer, dass sie die Krankheit bis dahin besiegt haben werden."

"ایک ہمیشہ سوچتا ہے کہ وہ تب تک بیماری کو شکست دے دیں گے۔"

„Aber bitte! Verschonen Sie meine Eltern vor diesen Anschuldigungen!"

"لیکن پلیز! میرے والدین کو ان الزامات سے بچائیں"!

„Mir wurde kein Wort von dem erzählt, was Sie mir erzählt haben."

"تم نے مجھے جو کچھ کہا اس کے بارے میں مجھے ایک لفظ بھی نہیں بتایا گیا ہے۔"

„Sie haben möglicherweise die letzten von mir versandten Befehle nicht gelesen."

"شاید آپ نے میرے بھیجے ہوئے آخری احکامات نہیں پڑھے ہوں گے۔"

„Übrigens, du brauchst dir heute keine Sorgen um mich zu machen.“

"وسے آج تمہیں میری فکر کرنے کی ضرورت نہیں ہے۔"

„Ich werde trotzdem den Zug um acht Uhr nehmen.“

"میں ابھی بھی آٹھ بجے کی ٹرین لینے جا رہا ہوں۔"

„Die wenigen Stunden Ruhe haben mich ausreichend gestärkt.“

"چند گھنٹوں کے آرام نے مجھے کافی مضبوط کیا ہے۔"

"Sie müssen wirklich nicht warten, Manager."

''واقعی آپ کو انتظار کرنے کی ضرورت نہیں ہے مینجر۔''

„Auch ich werde schon bald im Büro sein.“

"میں بھی بہت جلد آفس پہنچ جاؤں گا۔"

"Und bitte seien Sie so freundlich, ein gutes Wort für mich einzulegen."

"اور مہربانی فرما کر میرے لیے ایک اچھا لفظ ڈالیں۔"

Gregor hatte seine Erklärung recht hastig vorgetragen.

گریگور نے اپنی وضاحت کافی عجلت میں کہی تھی۔

Er wusste selbst kaum, was er eigentlich sagen wollte.

اسے شاید ہی معلوم تھا کہ وہ واقعی کیا کہنا چاہ رہا ہے۔

Er ging zu der Kiste und versuchte, sich daran hochzuziehen.

وہ باکس کے پاس گیا، اور اسے کھڑے ہونے کے لیے استعمال کرنے کی کوشش کی۔

Er hatte wirklich die feste Absicht, die Tür zu öffnen.

اس کا واقعی دروازہ کھولنے کا ہر ارادہ تھا۔

Er wollte vom Bevollmächtigten empfangen werden.

وہ مجاز نمائندے سے دیکھنا چاہتا تھا۔

Und er wollte das Problem persönlich mit ihm lösen.

اور وہ اس کے ساتھ ذاتی طور پر مسئلہ حل کرنا چاہتا تھا۔

Er war gespannt darauf, wie die anderen auf ihn reagieren würden.

وہ یہ جاننے کے لیے بے چین تھا کہ دوسرے اس پر کیا ردعمل ظاہر کریں گے۔

Sie sind bestimmt inzwischen auch gespannt darauf, wie es ihm geht.

انہیں اب تک یہ دیکھنے کے لیے بھی بے چین ہونا چاہیے کہ وہ کیسا ہے۔

Es gab zwei mögliche Arten, wie sie auf ihn reagieren konnten.

دو ممکنہ طریقے تھے جن سے وہ اس پر ردعمل ظاہر کر سکتے تھے۔

Eine Möglichkeit war, dass sie Angst bekommen würden.

ایک امکان یہ تھا کہ وہ خوفزدہ ہو جائیں گے۔

Wenn sie Angst hatten, dann trug er keine Verantwortung.

اگر وہ خوفزدہ تھے تو اس کی کوئی ذمہ داری نہیں تھی۔

Und dann müsste er sich keine Sorgen mehr um die Situation machen.

اور پھر اسے حالات کے بارے میں فکر کرنے کی ضرورت نہیں ہوگی۔

Es gab aber auch noch eine andere Möglichkeit, die man in Betracht ziehen musste.

لیکن سوچنے کا ایک اور امکان بھی تھا۔

Vielleicht würden sie ihn so, wie er war, einfach hinnehmen.

ہو سکتا ہے کہ وہ سکون سے اس کے طریقے کو قبول کر لیں۔

Dann hätte auch Gregor keinen Grund, sich aufzuregen.

تب گریگور کو بھی پریشان ہونے کی کوئی وجہ نہیں ہوگی۔

Es bliebe noch genügend Zeit, den Zug zu erreichen.

ٹرین کے آنے میں ابھی کافی وقت ہوگا۔

Das Aufrechtstehen war jedoch alles andere als einfach.

تاہم، سیدھا کھڑا ہونا کسی بھی طرح آسان کام نہیں تھا۔

Bei seinen ersten Versuchen rutschte er von der Kiste ab.

اپنی پہلی کئی کوششوں پر وہ باکس سے کھسک گیا۔

Die Kiste war zu glatt, als dass er sich dagegen stemmen
konnte.

باکس اتنا ہموار تھا کہ اس کے خلاف کھڑا نہیں ہو سکتا تھا۔

Und schließlich gab er sich noch einen letzten Anstoß, um
aufzustehen.

اور آخر کار اس نے کھڑے ہونے کے لیے خود کو ایک آخری دھکا دیا۔

Er schenkte den Schmerzen in seinem Bauch keine
Beachtung mehr.

اس نے اپنے پیٹ کے درد پر مزید توجہ نہیں دی۔

Egal wie groß der Schmerz sein würde, er würde es
durchstehen.

خواہ کتنا ہی درد کیوں نہ ہو، وہ اس سے گزر جائے گا۔

Er ließ sich gegen die Lehne eines nahegelegenen Stuhls
fallen.

اس نے اپنے آپ کو قریب کی کرسی کی پشت پر گرنے دیا۔

Und er hielt sich mit seinen kleinen Beinchen am Rand fest.

اور اس نے اپنی چھوٹی ٹانگوں سے کناروں کو تھام لیا۔

Zu diesem Zeitpunkt hatte er sich besser im Griff.

اس وقت اس نے خود پر زیادہ قابو پا لیا تھا۔

Und sein Fall war stiller als der vorherige.

اور اس کا زوال پچھلے سے زیادہ خاموش تھا۔

Weil er dem Manager zuhören musste.

کیونکہ اسے مینجر کی بات سننی تھی۔

„Habt ihr irgendetwas davon verstanden?", fragte er die Eltern.

"کیا تم اس میں سے کچھ سمجھے؟" اس نے والدین سے پوچھا۔

"Er würde uns doch nicht zum Narren halten, oder?"

"وہ ہمیں بیوقوف نہیں بنائے گا، کیا وہ؟"

„Um Gottes Willen!", rief die Mutter und weinte bereits.

"خدا کے لیے" ماں کو پکارا، پہلے ہی رو رہی تھی۔

„Er könnte schwer krank sein und wir quälen ihn."

"وہ شدید بیمار ہو سکتا ہے اور ہم اسے اذیت دے رہے ہیں۔"

"Grete! Grete!", schrie sie ihrer Tochter zu.

"گریٹ! گریٹ!" اس نے بیٹی کو چیخ کر کہا۔

„Mutter?", rief die Schwester von der anderen Seite.

"ماں؟" دوسری طرف سے بہن کو بلایا۔

Dann kommunizierten sie durch Gregors Zimmer.

پھر انہوں نے گریگور کے کمرے سے رابطہ کیا۔

„Gregor ist sehr krank und braucht Medikamente."

"گریگور بہت بیمار ہے اور اسے دوا کی ضرورت ہے۔"

„Sie müssen sofort zum Arzt gehen.“

"تمہیں فوراً ڈاکٹر کے پاس جانا پڑے گا۔"

Hast du gehört, wie Gregor eben gesprochen hat?

"کیا آپ نے ابھی گریگور کی بات سنی ہے؟"

„Das war die Stimme eines Tieres“, sagte der Manager.

"یہ کسی جانور کی آواز تھی،" مینیجر نے کہا۔

Seine Worte waren leise im Vergleich zu den Schreien der Mutter.

ماں کی چیخوں کے مقابلے اس کے الفاظ خاموش تھے۔

"Anna! Anna!", rief der Vater durch das Vorzimmer.

"انا ! انا !" باپ نے اینٹر روم سے پکارا۔

Und er klatschte in die Hände, um ihre Aufmerksamkeit zu erregen.

اور ان کی توجہ حاصل کرنے کے لیے تالی بجا دی۔

"Holt sofort einen Schlüsseldienst!", befahl er dem Dienstmädchen.

"فوری طور پر ایک تالہ تیار کرو !" اس نے نوکرانی کو حکم دیا۔

Die Mädchen rannten in ihren Röcken durch das Vorzimmer.

لڑکیاں، اپنی اسکرٹ میں، اینٹر روم سے گزریں۔

Und ihre Röcke raschelten, als sie an seinem Zimmer vorbeiliefen.

اور جب وہ اس کے کمرے کے پاس سے بھاگے تو ان کی اسکرٹ سرسری ہوئی۔

„Wie konnte sich die Schwester so schnell anziehen?“, dachte er.

"بہن اتنی جلدی کیسے تیار ہو گئی؟" اس نے سوچا.

Die Tür war aufgerissen, aber nicht zugeschlagen.

دروازہ پھٹا ہوا تھا، لیکن اسے بند نہیں کیا گیا تھا۔

Dies kommt häufig in Haushalten vor, in denen ein großes
Unglück geschieht.

یہ ان گھروں میں عام ہے جہاں بڑی بد قسمتی ہوتی ہے۔

All das hatte Gregor jedoch deutlich ruhiger gemacht.

لیکن اس سب نے گریگور کو کافی پرسکون بنا دیا تھا۔

Als er seine eigenen Worte hörte, erschienen sie ihm klar.

جب اس نے اپنی بات سنی تو وہ اسے صاف نظر آنے لگے۔

Tatsächlich war er der Ansicht, seine Worte seien eigentlich
klarer gewesen.

در حقیقت اس نے محسوس کیا کہ اس کے الفاظ حقیقت میں واضح ہو چکے ہیں۔

Die anderen aber verstanden nicht mehr, was er sagte.

لیکن باقیوں کو سمجھ نہیں آرہی تھی کہ وہ کیا کہہ رہا ہے۔

Vielleicht hatte er sich inzwischen an seine Ohren gewöhnt.

شاید اب تک وہ اپنے کانوں کا عادی ہو چکا تھا۔

Aber zumindest verstanden sie seine Situation jetzt besser.

لیکن کم از کم اب وہ اس کی صورت حال کو بہتر سمجھتے تھے۔

Sie erkannten, dass mit ihm tatsächlich etwas nicht stimmte.

انہیں احساس ہوا کہ واقعی اس کے ساتھ کچھ غلط ہے۔

Und sie taten nun alles, was sie konnten, um ihm zu helfen.

اور اب وہ اس کی ہر ممکن مدد کر رہے تھے۔

Dies gab Gregor ein Gefühl des Selbstvertrauens, das ihm
gefehlt hatte.

اس سے گریگور کو اعتماد کا احساس ہوا کہ وہ غائب تھا۔

Und er fühlte sich in der Familie wieder viel sicherer.

اور اس نے خاندان میں دوبارہ بہت زیادہ محفوظ محسوس کیا۔

Er hatte das Gefühl, wieder in den menschlichen Kreis aufgenommen zu sein.

اسے لگا کہ وہ دوبارہ انسانی دائرے میں شامل ہو گیا ہے۔

Nun musste er hoffen, dass der Schlüsseldienst die Tür öffnen konnte.

اب اسے امید تھی کہ تالا لگانے والا دروازہ کھول سکتا ہے۔

Und er hoffte, der Arzt könne solche Aufgaben ausführen.

اور اس نے امید ظاہر کی کہ ڈاکٹر اسے کام انجام دے سکتا ہے۔

Er würde bald wieder mehr reden müssen.

وہ جلد ہی مزید باتیں کرنے والا تھا۔

Seine Stimme musste so klar wie möglich sein.

اس کی آواز کو ہر ممکن حد تک صاف کرنا تھا۔

Zur Vorbereitung auf das Treffen räusperte er sich.

ملاقات کی تیاری کے لیے اس نے اپنا گلا صاف کیا۔

Er bemühte sich jedoch, nur sehr leise zu husten.

تاہم، اس نے بہت خاموشی سے کھانسی کرنے کی پوری کوشش کی۔

Das Geräusch klang möglicherweise anders als ein menschlicher Husten.

شور انسانی کھانسی سے مختلف ہو سکتا ہے۔

Er wusste, dass er solche Dinge nicht mehr unterscheiden konnte.

وہ جانتا تھا کہ اب وہ ایسی چیزوں میں فرق نہیں کر سکتا۔

Im Nebenzimmer war es vollkommen still geworden.

اگلے کمرے میں بالکل خاموشی چھا گئی تھی۔

Die Eltern saßen wahrscheinlich am Tisch.

والدین شاید میز پر بیٹھے تھے۔

Möglicherweise flüsterten sie mit dem Manager.

وہ مینیجر سے سرگوشی کر رہے ہوں گے۔

Vielleicht lehnten alle an der Tür und lauschten.

شاید سب دروازے پر ٹیک لگائے سن رہے تھے۔

Gregor schob den Stuhl langsam in Richtung Tür.

گریگور نے آہستہ سے کرسی دروازے کی طرف دھکیل دی۔

Er stemmte sich gegen die Tür und hielt sich aufrecht.

اس نے دروازے کی طرف دھکیل کر خود کو سیدھا کر لیا۔

Er stellte fest, dass sich an seinen Fußsohlen ein wenig Klebstoff befand.

اسے معلوم ہوا کہ اس کے پاؤں سکھیڈ میں تھوڑا سا گوند تھا۔

Und er ruhte sich dort einen Moment lang von der Anstrengung aus.

اور مشقت سے کچھ لمحے وہیں آرام کیا۔

Nachdem er sich ausreichend ausgeruht hatte, begann er mit der nächsten Aufgabe.

کافی آرام کر کے وہ اگلے کام پر لگ گیا۔

Er begann, den Schlüssel mit dem Mund im Schloss zu drehen.

وہ تالے کی چابی منہ سے گھمانے لگا۔

Leider schien er gar keine Zähne zu haben.

بدقسمتی سے، ایسا لگتا تھا کہ اس کے کوئی حقیقی دانت نہیں تھے۔

Aber welche andere Möglichkeit hätte er gehabt, an die Schlüssel zu gelangen?

لیکن اس کے پاس چابیاں پکڑنے کا اور کیا طریقہ تھا؟

Zum Glück für ihn waren seine Kiefer natürlich sehr kräftig.

خوش قسمتی سے اس کے جبڑے یقیناً بہت مضبوط تھے۔

Mit Hilfe seiner Kiefermuskeln brachte er den Schlüssel tatsächlich in Bewegung.

اپنے جبڑوں کی مدد سے اس نے واقعی چابی کو حرکت دی۔

Er hatte keinen Zweifel daran, dass er sich damit auch selbst schadete.

اسے کوئی شک نہیں تھا کہ وہ خود کو بھی نقصان پہنچا رہا ہے۔

Weil eine braune Flüssigkeit aus seinem Mund kam.

کیونکہ اس کے منہ سے بھورے رنگ کا مائع نکل رہا تھا۔

Die braune Flüssigkeit ergoss sich über den Schlüssel und die Tür hinunter.

بھورا مائع چابی کے اوپر اور دروازے کے نیچے بہہ رہا تھا۔

Aber Gregor kümmerte es nicht, dass er sich selbst schadete.

لیکن گریگور کو اس بات کی پرواہ نہیں تھی کہ وہ خود کو نقصان پہنچا رہا ہے۔

„Können Sie das hören?", fragte der Manager im Nebenraum.

"کیا تم سن سکتے ہو؟" ساتھ والے کمرے میں موجود مینیجر نے کہا۔

„Er dreht den Schlüssel um", hatte der Manager bemerkt.

"وہ چابی موڑ رہا ہے،" مینیجر نے دیکھا تھا۔

Diese Worte waren eine große Ermutigung für Gregor.

یہ الفاظ گریگور کے لیے ایک بہت بڑا حوصلہ تھے۔

Aber auch Vater und Mutter hätten rufen sollen:

لیکن والد اور والدہ کو بھی پکارنا چاہئے تھا:

„Gut gemacht, Gregor!", hätten sie ihm zurufen sollen.

"اچھا، گریگور،" انہیں اسے پکارنا چاہیے تھا۔

„Immer weiter, immer weiter am Schlüssel drehen, du schaffst das."

"جاتے رہو، اس چابی کو موڑتے رہو، تم یہ کر سکتے ہو۔"

Stattdessen musste Gregor sich ihre Begeisterung vorstellen.

لیکن اس کے بجائے گریگور کو ان کے جوش و خروش کا تصور کرنا پڑا۔

Er presste die Zähne zusammen mit aller Kraft, die er hatte.

اس نے اپنی پوری طاقت سے جبڑے بھینچ لیے۔

Und er drehte den Schlüssel weiter im Schloss.

اور تالے میں چابی گھماتا رہا۔

Sein Körper wand sich schmerzhaft im Kreis.

دردناک طور پر اس کا جسم ایک دائرے میں گھوم گیا۔

Er konnte sich nur noch mit dem Mund aufrecht halten.

وہ اب صرف اپنے منہ سے خود کو سیدھا کر رہا تھا۔

Um den Schlüssel weiterzudrehen, drückte er gegen die Tür.

چابی گھماتے رہنے کے لیے اس نے دروازے پر زور دیا۔

Schließlich weckte das Knacken des Schlosses Gregor wieder auf.

آخر کار تالے کی چھٹکے نے گریگور کو پھر سے جگایا۔

„Ich brauchte also keinen Schlüsseldienst", seufzte er erleichtert.

'' تو مجھے تالے بنانے والے کی ضرورت نہیں تھی، ''اس نے سکون کا سانس

لیا۔

Jetzt musste er nur noch die Tür öffnen, die er
aufgeschlossen hatte.

ابھی اس نے دروازہ کھولنا تھا جو اس نے کھولا تھا۔

Und mit dem Kopf auf dem Türgriff öffnete er die Tür.

اور ہینڈل پر سر رکھ کر اس نے دروازہ کھولا۔

Er befand sich hinter der Tür, die in sein Zimmer führte.

وہ دروازے کے پیچھے تھا جو اس کے کمرے میں کھلا۔

Die Tür war also schon offen, bevor man ihn sehen konnte.

تو اس کے دیکھنے سے پہلے ہی دروازہ کھلا تھا۔

Als Nächstes musste er sich um die Tür herummanövrieren.

اس کے بعد اسے خود ہی دروازے کے ارد گرد ہتھکنڈہ لگانا پڑا۔

Diese schwierige Bewegung erforderte auch viel Mühe.

اس مشکل تحریک میں بھی بہت محنت کرنا پڑی۔

Er wollte nicht ungeschickt in den nächsten Raum fallen.

وہ اگلے کمرے میں اناڑی سے گرنا نہیں چاہتا تھا۔

So hatte er keine Zeit, sich auf irgendetwas anderes zu
konzentrieren.

اس لیے اس کے پاس کسی اور چیز پر توجہ دینے کا وقت نہیں تھا۔

Doch dann hörte er den Hauptsekretär laut „Oh!" ausrufen.

لیکن پھر اس نے چیف کلرک کو اونچی آواز میں "اوہ"!

Es klang, als würde der Wind durchs Haus rauschen.

یوں لگتا تھا جیسے ہوا گھر سے گزر رہی ہو۔

Er war zufällig derjenige, der der Tür am nächsten stand.

ایسا ہوا کہ وہ دروازے کے سب سے قریب تھا۔

Und als er ihn nun sah, presste er die Hand an den Mund.

اور اب اسے دیکھ کر اس نے اپنا ہاتھ منہ سے دبا لیا۔

Langsam bewegte er sich rückwärts, weg von Gregor.

اس نے آہستہ آہستہ خود کو پیچھے کی طرف بڑھایا، گریگور سے دور۔

Aber es war, als ob eine unsichtbare Kraft auf ihn einwirkte.

لیکن ایسا لگتا تھا جیسے کوئی نادیدہ قوت اس پر عمل کر رہی ہو۔

Das Erste, was die Mutter tat, war, den Vater anzusehen.

ماں نے پہلا کام باپ کی طرف دیکھا۔

Trotz der Anwesenheit des Managers war ihr Haar zerzaust.

منیجر کی موجودگی کے باوجود اس کے بال بکھرے ہوئے تھے۔

Sie verschränkte die Arme und machte zwei Schritte nach
vorn.

اس نے اپنے بازو کھولے، اور دو قدم آگے بڑھی۔

Doch dann brach sie mitten in ihrem Rock zusammen.

لیکن پھر وہ اپنی اسکرٹ کے درمیان گر گئی۔

Ihr Kleid breitete sich um sie herum auf dem Boden aus.

اس کا لباس فرش پر اس کے چاروں طرف پھیل گیا۔

Und ihr Kopf verschwand auf ihren eigenen Brüsten.

اور اس کا سر اس کی اپنی چھاتیوں پر غائب ہو گیا۔

Der Vater ballte mit feindseligem Gesichtsausdruck die
Faust.

باپ نے مخالفانہ لہجے میں اپنی مٹھی بھینچ لی۔

Er schien Gregor zurück in sein Zimmer drängen zu wollen.

اسے لگتا تھا کہ گریگور واپس اپنے کمرے میں دھکیل دے۔

Dann blickte er unsicher im Wohnzimmer umher.

اس نے پھر بے یقینی سے کمرے کے ارد گرد دیکھا۔

Und schließlich bedeckte er seine Augen mit den Händen.

اور آخر کار اس نے اپنی آنکھوں کو اپنے ہاتھوں کے درمیان ڈھانپ لیا۔

Und er weinte bitterlich, bis seine mächtige Brust erbebte.

اور وہ پھوٹ پھوٹ کر روتا رہا یہاں تک کہ اس کا زبردست سینہ کانپ گیا۔

Gregor betrat ihr Zimmer tatsächlich gar nicht.

گریگور دراصل ان کے کمرے میں بالکل نہیں گیا تھا۔

Stattdessen lehnte er sich an den Türrahmen.

اس کے بجائے اس نے خود کو دروازے کے فریم سے جھکا دیا۔

Von außen war nur die Hälfte seines Körpers sichtbar.

اس کے جسم کا صرف آدھا حصہ باہر والوں کو دکھائی دے رہا تھا۔

Und auf seinem Körper befand sich sein Kopf, zur Seite geneigt.

اور اس کے جسم کے اوپر اس کا سر تھا، ایک طرف جھکا ہوا تھا۔

Das Licht war inzwischen viel heller geworden als zuvor.

اب تک روشنی پہلے سے زیادہ روشن ہو چکی تھی۔

Man konnte nun deutlich die andere Straßenseite sehen.

اب گلی کا دوسرا رخ صاف نظر آرہا تھا۔

Ein Teil des endlosen, grauen Krankenhauses gab sich zu erkennen.

لامتناہی، سرمئی ہسپتال کے ایک حصے نے خود کو ظاہر کیا۔

Der Morgenregen hatte noch nicht ganz aufgehört.

صبح کی بارش ابھی پوری طرح سے نہیں رکی تھی۔

Doch nun waren die Regentropfen größer und weiter
voneinander entfernt.

لیکن اب بارش کی بوندیں بڑی اور الگ الگ تھیں۔

Das Frühstücksbuffet war in Hülle und Fülle vorhanden.

میز پر ناشتے کے برتن وافر مقدار میں موجود تھے۔

Der Vater hielt das Frühstück für die wichtigste Mahlzeit.

باپ نے ناشتہ کو سب سے اہم کھانا سمجھا۔

Das Frühstück war eine Mahlzeit, die er stundenlang in die
Länge zog.

ناشتہ ایک ایسا کھانا تھا جسے وہ گھنٹوں گھسیٹتا رہا۔

Und in diesen Stunden las er die verschiedenen Zeitungen.

اور ان گھنٹوں میں اس نے مختلف اخبارات پڑھے۔

Direkt gegenüber hing ein Foto von Gregor.

بالکل مخالف دیوار پر گریگور کی تصویر لٹکی ہوئی تھی۔

Das Foto an der Wand zeigte ihn als Leutnant.

دیوار پر لگی تصویر نے اسے لیفٹیننٹ کے طور پر دکھایا۔

Es war ein Foto aus seiner Zeit beim Militär.

یہ اس وقت کی تصویر تھی جب اس نے فوج میں گزارا تھا۔

Seine Hand ruhte auf seinem Schwert, und er hatte ein
unbeschwertes Lächeln im Gesicht.

اس کا ہاتھ تلوار پر تھا، اور وہ بے فکر مسکراہٹ تھی۔

Seine Haltung und seine Uniform flößten einen gewissen
Respekt ein.

اس کی کرسی اور اس کی وردی ایک خاص احترام کا تقاضا کرتی تھی۔

Die andere Tür, die zum Vorzimmer führte, war ebenfalls offen.

دوسرا دروازہ جو اینٹر روم کی طرف لے جاتا تھا وہ بھی کھلا تھا۔

Und die Tür zur Wohnung war auch noch offen.

اور اپارٹمنٹ کا دروازہ بھی کھلا تھا۔

Man konnte bis zum Vorhof des Wohnhauses sehen.

اپارٹمنٹ کے سامنے والے راستے تک کوئی بھی دیکھ سکتا تھا۔

Und dann führte die Treppe hinunter auf die Straße.

اور پھر سیڑھیاں نیچے گلی کی طرف جاتی تھیں۔

Gregor war der Einzige, der die Fassung bewahrt hatte.

صرف گریگور ہی تھا جس نے اپنا حوصلہ برقرار رکھا تھا۔

Er hat das gesehen, daher lag die Verantwortung für das Gespräch bei ihm.

اس نے یہ دیکھا تو گفتگو اس کی ذمہ داری تھی۔

"So, ich werde mich jetzt für die Arbeit anziehen", sagte er.

"اچھا، میں ابھی کام کے لیے کپڑے پہننے جا رہا ہوں،" اس نے کہا۔

„Sobald ich die Textilmuster verpackt habe, werde ich abreisen.“

"میں ٹیکسٹائل کے نمونے پیک کرنے کے بعد چھوڑ دوں گا۔"

"Beabsichtigen Sie immer noch, mich zu entlassen, Herr Prokurist?"

"کیا آپ اب بھی مجھے فائر کرنے کا ارادہ رکھتے ہیں مسٹر پروکورسٹ؟"

„Wie Sie sehen, bin ich nicht so stur, wie Sie dachten.“

"جیسا کہ آپ دیکھ سکتے ہیں میں اتنا ضدی نہیں ہوں جتنا آپ نے سوچا تھا۔"

„Und Sie können sehen, dass ich doch gerne arbeite.“

"اور آپ دیکھ سکتے ہیں کہ میں آخر کار کام کرنا پسند کرتا ہوں۔"

„Ich kann zugeben, dass Reisen aus beruflichen Gründen nicht einfach ist."

"میں تسلیم کر سکتا ہوں کہ کام کے لیے سفر کرنا آسان نہیں ہے۔"

„Aber ich kann auch akzeptieren, dass es Teil meines Jobs ist."

"لیکن میں یہ بھی قبول کر سکتا ہوں کہ یہ میرے کام کا حصہ ہے۔"

"Manager, wo gehen Sie hin? Zurück ins Büro?"

"مینجر، کہاں جا رہے ہو؟ آفس واپس؟"

„Werden Sie alles, was Sie gesehen haben, wahrheitsgemäß berichten?"

"کیا آپ سچائی کے ساتھ ہر چیز کی اطلاع دیں گے جو آپ نے دیکھا ہے؟"

„Manchmal kommt es vor, dass man nicht zur Arbeit gehen kann."

"کبھی کبھی ایسا ہوتا ہے کہ کوئی کام پر نہیں جا پاتا۔"

„Das ist der richtige Zeitpunkt, um sich an vergangene Erfolge zu erinnern."

"یہ ماضی کی کامیابیوں کو یاد کرنے کا صحیح وقت ہے۔"

„Nachdem die Schwierigkeit beseitigt wurde, funktioniert es sogar noch besser."

"مشکل دور کرنے کے بعد، ایک اور بھی بہتر کام کرتا ہے۔"

„Mein Fleiß und meine Konzentration werden zunehmen."

"میری مستعدی اور ارتکاز میں اضافہ ہونے والا ہے۔"

"Sie wissen ganz genau, dass ich dem Chef etwas schulde."

"تم اچھی طرح جانتے ہو کہ میں باس کا مقروض ہوں۔"

„Aber ich mache mir auch Sorgen um meine Eltern und
meine Schwester."

"لیکن، میں اپنے والدین اور اپنی بہن کے بارے میں بھی پریشان ہوں۔"

„Ich stecke in einer schwierigen Lage, aber ich werde einen
Weg finden, da wieder herauszukommen."

"میں ایک تنگ جگہ پر ہوں، لیکن میں اس سے باہر نکلنے کا راستہ اختیار کروں گا۔"

„Macht es nicht noch schwieriger, als es ohnehin schon ist."

"اسے پہلے سے زیادہ مشکل نہ بنائیں۔"

„Als Kollegen müssen wir uns auch gegenseitig helfen."

"ساتھی کارکنوں کے طور پر ہمیں بھی ایک دوسرے کی مدد کرنی ہوگی۔"

„Ich weiß, dass die Büroangestellten die Reisenden nicht
mögen."

"میں جانتا ہوں کہ دفتری کارکن مسافروں کو پسند نہیں کرتے۔"

„Ihr glaubt, wir verdienen ein Vermögen und führen ein
gutes Leben."

"آپ کو لگتا ہے کہ ہم خوش قسمتی کماتے ہیں اور اچھی زندگی گزارتے ہیں۔"

„Sie haben keinen wirklichen Grund, ihre Vorurteile zu
hinterfragen."

"ان کے پاس اپنے تعصب پر غور کرنے کی کوئی حقیقی وجہ نہیں ہے۔"

„Sie als befugter Beamter haben jedoch eine andere Rolle."

"لیکن آپ، مجاز افسر، ایک مختلف کردار رکھتے ہیں۔"

„Sie haben einen besseren Überblick als die anderen
Mitarbeiter."

"آپ کے پاس دوسرے عملے سے بہتر جائزہ ہے۔"

„Tatsächlich glaube ich, dass Sie den besten Überblick
haben."

"حقیقت میں مجھے لگتا ہے کہ آپ کے پاس بہترین جائزہ ہو سکتا ہے۔"

„Sie haben einen besseren Überblick als der Chef selbst.“

"آپ کے پاس خود باس سے بہتر جائزہ ہے۔"

„Ich gebe zu, dass der Chef die unternehmerische Arbeit leistet.“

"میں تسلیم کرتا ہوں کہ باس کاروباری کام کرتا ہے۔"

„Aber es ist leicht, dass seine Urteile in die Irre geführt werden.“

"لیکن اس کے فیصلوں کو گمراہ کرنا آسان ہے۔"

„Und diese kleinen Fehleinschätzungen können uns zum Nachteil gereichen.“

"اور یہ چھوٹی چھوٹی غلط فہمیاں ہمارے نقصان کا باعث بن سکتی ہیں۔"

„Sie wissen ja, wie leicht es ist, über den Reisenden zu sprechen.“

"تم جانتے ہو کہ مسافر کے بارے میں بات کرنا کتنا آسان ہے۔"

„Er ist nicht da, um seinen Ruf vor Gerüchten zu verteidigen.“

"وہ وہاں اپنی ساکھ کو گپ شپ سے بچانے کے لیے نہیں ہے۔"

„Diese Anschuldigungen können leicht nur Zufälle sein.“

"یہ الزامات آسانی سے محض اتفاق ہو سکتے ہیں۔"

„Viele Beschwerden beruhen nicht einmal auf irgendeiner Wahrheit.“

"بہت سی شکایات کی جڑیں کسی سچائی میں بھی نہیں ہوتیں۔"

„Er ist fast das ganze Jahr über nicht im Büro.“

"وہ تقریباً پورا سال دفتر سے باہر ہے۔"

Welche Chance hat er, seinen Ruf zu verteidigen?

"اس کے پاس اپنی ساکھ کے دفاع کا کیا موقع ہے؟"

„Er erfährt gar nichts von den Anschuldigungen.“

"وہ الزامات کے بارے میں بھی سننے کو نہیں ملتا ہے۔"

„Er erfährt erst, was gesagt wurde, wenn es zu spät ist.“

"اسے پتہ چلتا ہے کہ کیا کہا گیا ہے جب بہت دیر ہو چکی ہے۔"

„Zu diesem Zeitpunkt ist er von der Tagesreise völlig
erschöpft.“

"اس مرحلے تک وہ دن بھر کے سفر سے تھک چکا ہے۔"

„Er muss die schrecklichen Konsequenzen trotzdem am
eigenen Leib erfahren.“

"اسے بہر حال خوفناک نتائج کا سامنا کرنا پڑے گا۔"

„Auch wenn er keine Möglichkeit hat, das Problem zu
verstehen.“

"حالانکہ اس کے پاس مسئلہ کو سمجھنے کا کوئی طریقہ نہیں ہے۔"

"Oh Manager, gehen Sie nicht, ohne mir ein Wort zu sagen."

"اوہ مینیجر، مجھ سے ایک لفظ کہے بغیر مت جانا۔"

„Sag mir wenigstens, dass du mir teilweise zustimmst.“

"کم از کم یہ تو بتاؤ کہ تم مجھ سے جزوی طور پر اتفاق کرتے ہو۔"

Der Manager hatte sich aber schon viel früher von Gregor
abgewandt.

"لیکن مینیجر بہت پہلے گریگور سے ہٹ چکا تھا۔"

Seine Schulter zuckte, als er Gregor anblickte.

"جب اس نے گریگور کی طرف پیچھے دیکھا تو اس کا کندھا ہل گیا۔"

Und er blieb während der gesamten Rede kein einziges Mal
stehen.

اور وہ تقریر کے دوران ایک بار بھی خاموش نہ رہے۔

Er hatte Gregor mit zusammengepressten Lippen angesehen.

وہ بھِنچے ہوئے ہونٹوں سے گریگور کی طرف دیکھ رہا تھا۔

Er hatte sich allmählich in Richtung Tür zurückgezogen.

وہ دروازے کی طرف دھیرے دھیرے پیچھے ہٹ رہا تھا۔

Aber auch er konnte den Blick nicht von Gregor abwenden.

لیکن وہ گریگور سے بھی نظریں ہٹا نہیں سکتا تھا۔

Er hatte das Gefühl, es gäbe ein geheimes Verbot, den Raum zu verlassen.

اسے لگا جیسے کمرے سے نکلنے پر کوئی خفیہ پابندی لگا دی گئی ہو۔

Zu diesem Zeitpunkt befand er sich aber bereits in der Eingangshalle.

لیکن اس مرحلے تک وہ پہلے ہی داخلی ہال میں موجود تھا۔

Und nun machte er eine plötzliche Bewegung in Richtung Ausgang.

اور اب اس نے باہر نکلنے کی طرف اچانک حرکت کی۔

Er streckte seine rechte Hand in Richtung der Treppe aus.

اس نے اپنا دایاں ہاتھ سیڑھیوں کی طرف بڑھایا۔

Vielleicht wartete eine übernatürliche Macht darauf, ihn zu retten.

شاید کوئی مافوق الفطرت قوت اسے بچانے کی منتظر تھی۔

Gregor wusste, dass er ihn so nicht gehen lassen konnte.

گریگور جانتا تھا کہ وہ اسے اس طرح جانے کی اجازت نہیں دے سکتا۔

Der Manager darf nicht in der Stimmung zurückkehren, in der er sich befand.

مینیجر کو اس موڈ میں واپس نہیں آنا چاہیے جس میں وہ تھا۔

Gregors Arbeitsplatz war stark gefährdet.

گریگور کی ملازمت کی سلامتی بہت زیادہ خطرے میں تھی۔

Die Eltern konnten das alles nicht vollständig verstehen.

والدین اس سب کو پوری طرح نہ سمجھ سکے۔

Über die Jahre hatten sie sich an seine Arbeitsplatzsicherheit gewöhnt.

برسوں کے دوران وہ اس کی ملازمت کی حفاظت کے عادی ہو چکے تھے۔

Und sie waren davon überzeugt, dass er den Job auf Lebenszeit hatte.

اور انہیں یقین ہو گیا تھا کہ اس کے پاس زندگی بھر کی نوکری ہے۔

Stattdessen hatten sie sich mit anderen Sorgen beschäftigt.

اس کے بجائے وہ مزید دیگر پریشانیوں میں مصروف ہو گئے تھے۔

Doch diese Bedenken führten dazu, dass sie jegliche Weitsicht verloren.

لیکن ان خدشات کی وجہ سے وہ ساری دور اندیشی کھو بیٹھے۔

Gregor hatte jedoch die elterliche Weitsicht nicht verloren.

تاہم، گریگور نے والدین کی دور اندیشی نہیں کھوئی تھی۔

Jemand musste den Bevollmächtigten stoppen.

کسی نے مجاز نمائندے کو روکنا تھا۔

Er musste ihn beruhigen und überzeugen.

اسے اسے پرسکون کرنا تھا، اور اسے قائل کرنا تھا۔

Davon hing die Zukunft von Gregor und seiner Familie ab!

گریگور اور اس کے خاندان کا مستقبل اس پر منحصر تھا!

Wenn doch nur die kluge Schwester da gewesen wäre, um zu helfen.

اگر صرف ذہین بہن مدد کے لئے یہاں موجود ہوتی۔

Sie hatte schon geweint, als Gregor noch in seinem Zimmer war.

وہ پہلے ہی رو چکی تھی جب گریگور ابھی تک اپنے کمرے میں تھا۔

Zu diesem Zeitpunkt lag er einfach nur ruhig auf dem Rücken.

اس وقت وہ بالکل خاموشی سے پیٹھ کے بل لیٹا تھا۔

Sie wusste damals schon um die Bedeutung der Situation.

وہ اس وقت کے حالات کی اہمیت کو پہلے ہی جان چکی تھی۔

Der Manager hatte bekanntermaßen eine Schwäche für Frauen.

منیجر خواتین کے لیے ایک معروف نرم گوشہ رکھتا تھا۔

Sie hätte ihn leicht dazu überreden können, länger zu bleiben.

وہ آسانی سے اسے مزید ٹھہرنے پر راضی کر سکتی تھی۔

Sie hätte die Tür geschlossen und ihn wieder hineingeführt.

وہ دروازہ بند کر کے اسے واپس اندر جانے کی رہنمائی کرتی۔

Doch leider war die Schwester bereits aufgebrochen, um einen Arzt zu holen.

لیکن بد قسمتی سے بہن ڈاکٹر کے پاس گئی ہوئی تھی۔

Deshalb blieb Gregor nichts anderes übrig, als es selbst zu tun.

اس لیے گریگور کو خود کرنے کے سوا کوئی چارہ نہیں تھا۔

Er hatte nicht bedacht, welche Fähigkeiten er tatsächlich besaß.

اس نے اس بات پر غور نہیں کیا تھا کہ اس کی صلاحیتیں اصل میں کیا ہیں۔

Und er hatte vergessen, seiner Fähigkeit zu sprechen zu misstrauen.

اور وہ اپنی بولنے کی صلاحیت پر اعتماد کرنا بھول گیا تھا۔

Dennoch verließ er die Sicherheit seines Zimmers.

لیکن اس کے باوجود وہ اپنے کمرے کی سیکورٹی چھوڑ کر چلا گیا۔

Und er drängte sich durch die Öffnung des Zimmers.

اور اس نے خود کو کمرے کے دروازے سے دھکیل دیا۔

Der Manager war bereits auf dem Weg die Treppe hinunter.

مینیجر پہلے ہی سیڑھیوں سے نیچے جا رہا تھا۔

Aber er hielt sich mit beiden Händen am Geländer fest.

لیکن وہ دونوں ہاتھوں سے ریلنگ کو پکڑے ہوئے تھا۔

Gregor stürzte, als er sich durch die Tür schob.

گریگور گر گیا جب اس نے خود کو دروازے سے دھکیل دیا۔

Er stieß einen kleinen Schrei aus, als er nach Halt griff.

اس نے ایک چھوٹی سی چیخ نکالی جب اس نے سہارا پکڑا۔

Doch anstatt in Panik zu geraten, verspürte er ein körperliches Wohlbefinden.

لیکن گھبرانے کے بجائے، اس نے جسمانی تندرستی محسوس کی۔

Zum ersten Mal an diesem Morgen fühlte sich etwas richtig an.

اس صبح پہلی بار کچھ ٹھیک محسوس ہوا۔

Alle seine Beine standen nun auf festem Boden.

اس کی تمام ٹانگوں کے نیچے اب مضبوط زمین تھی۔

Er war überrascht, wie gut er seine Beine kontrollieren konnte.

وہ حیران تھا کہ وہ اپنی ٹانگوں پر کتنی اچھی طرح قابو پا سکتا ہے۔

Er freute sich, festzustellen, dass seine Beine ihm vollkommen gehorchten.

اسے یہ دیکھ کر خوشی ہوئی کہ اس کی ٹانگیں اس کی پوری طرح اطاعت کر رہی ہیں۔

Tatsächlich trugen ihn seine Beine überall hin, wo er hinwollte.

درحقیقت اس کی ٹانگیں اسے لے جاتی تھیں جہاں وہ چاہتا تھا۔

Bald würden all seine Sorgen ein Ende finden.

جلد ہی اس کے تمام دکھ ختم ہونے والے تھے۔

Doch im selben Augenblick sprang seine eigene Mutter auf.

لیکن اسی لمحے اس کی اپنی ماں کود پڑی۔

Ihre Arme waren ausgestreckt und ihre Finger gespreizt.

اس کے بازو پھیلے ہوئے تھے، اور اس کی انگلیاں پھیلی ہوئی تھیں۔

Und sie schrie: „Hilfe, um Gottes willen, helft mir!“

اور اس نے پکارا، "مدد کرو، خدا کے لیے کوئی مدد کرے"!

Sie neigte den Kopf; sie wollte Gregor besser sehen.

اس نے سر جھکا لیا؛ وہ گریگور کو بہتر دیکھنا چاہتی تھی۔

Doch im Gegensatz zu ihrer ersten Handlung rannte sie zurück.

لیکن پہلی کارروائی کے سنکچن میں، وہ واپس بھاگ گیا۔

Sie hatte vergessen, dass der Tisch hinter ihr gedeckt war.

وہ بھول گئی تھی کہ اس کے پیچھے میز رکھی تھی۔

Alle Speisen fürs Frühstück standen noch auf dem Tisch.

ناشتے کی ساری چیزیں ابھی میز پر تھیں۔

Sie setzte sich hastig auf den Tisch, als sei sie abgelenkt.

وہ عجلت سے میز پر بیٹھ گئی، جیسے مشغول ہو۔

Und sie schien den verschütteten Kaffee nicht zu bemerken.

اور ایسا لگتا ہے کہ وہ گری ہوئی کافی کو محسوس نہیں کرتی تھی۔

Der Kaffee, der inzwischen in den Teppich eingezogen war.

کافی جو اب قالین میں بھگو رہی تھی۔

„Mutter, Mutter", sagte Gregor leise und blickte zu ihr auf.

"ماں، ماں،" گریگور نے آہستہ سے اس کی طرف دیکھتے ہوئے کہا۔

Im Moment war ihm der Manager nicht wichtig.

اس لمحے کے لیے منیجر اس کے لیے اہم نہیں تھا۔

Aber da war auch noch der Kaffee, der auf den Teppich tropfte.

بلکہ قالین پر کافی ٹپک رہی تھی۔

Gregor konnte nicht widerstehen und schnappte nach dem Kaffee.

گریگور کافی پر اپنے جبڑے چھپنے سے باز نہ آ سکا۔

Die Mutter fing wegen seines Verhaltens wieder an zu weinen.

اس کے رویے پر ماں پھر سے رونے لگی۔

Sie sprang vom Tisch, um Abstand von ihm zu gewinnen.

اس نے خود کو اس سے دور کرنے کے لیے میز سے چھلانگ لگا دی۔

Und sie rannte in die Arme ihres Vaters, um Schutz zu suchen.

اور وہ حفاظت کے لیے باپ کی بانہوں میں بھاگ گئی۔

Doch Gregor hatte jetzt keine Zeit mehr für seine Eltern.

لیکن گریگر کے پاس اب اپنے والدین کے لیے وقت نہیں تھا۔

Der zuständige Beamte befand sich bereits auf der Treppe.

مجاز افسر پہلے ہی سیڑھیوں پر موجود تھا۔

Er hatte sein Kinn auf dem Geländer, um ins Haus zu schauen.

گھر میں جھانکنے کے لیے اس نے اپنی ٹھوڑی ریلنگ پر رکھی تھی۔

Offenbar wollte er sich das Spektakel noch ein letztes Mal ansehen.

بظاہر وہ تماشے کو آخری بار دیکھنا چاہتا تھا۔

Und Gregor unternahm einen letzten Versuch, den Manager zu erreichen.

اور گریگور نے مینیجر تک پہنچنے کی آخری کوشش کی۔

Er rannte so sicher wie möglich zur Tür.

وہ جتنی بحفاظت کر سکا دروازے کی طرف بھاگا۔

Aber der Hauptsekretär muss etwas geahnt haben.

لیکن چیف کلرک کو کچھ شک ضرور ہوا ہوگا۔

Denn er sprang mehrere Stufen hinunter und verschwand.

کیونکہ وہ کئی قدم نیچے کود کر غائب ہو گیا۔

"Huh!", rief Gregor, und sein Ruf hallte durch das Treppenhaus.

"ہہ!" سیڑھیوں سے گونجتے ہوئے گریگور نے چلایا۔

Die Flucht des Managers schien auch seinen Vater zu verwirren.

مینیجر کا فرار اس کے باپ کو بھی الجھاتا نظر آیا۔

Bis dahin war es ihm gelungen, recht gefasst zu bleiben.

اس وقت تک وہ کافی کمپوزڈ رہنے میں کامیاب رہا۔

Doch leider verlor auch er die Fassung, die er zuvor
besessen hatte.

لیکن بدقسمتی سے وہ بھی اپنے پاس موجود سکون کھو بیٹھا۔

Er hätte Gregor bei seinem Vorhaben helfen sollen.

اسے کیا کرنا چاہیے تھا گریگور کو اس کے تعاقب میں مدد کرنا۔

Doch er packte den Gehstock des Managers mit einer Hand.

لیکن، اس نے ایک ہاتھ میں منیجر کی واکنگ اسٹک پکڑ لی۔

In seiner anderen Hand hielt er nun eine Zeitung.

اور دوسرے ہاتھ میں اب اخبار پکڑا ہوا تھا۔

Und nun behinderte er Gregor direkt bei seinem Vorhaben.

اور اب اس نے براہ راست گریگور کو اس کے تعاقب میں روک دیا۔

Er hatte sich zwischen Gregor und die Straße gestellt.

اس نے خود کو گریگور اور گلی کے درمیان کھڑا کر دیا تھا۔

Er stampfte mit den Füßen auf und fuchtelte mit dem Stock
und der Zeitung herum.

اس نے اپنے پیروں پر مہر لگائی، اور چھڑی اور اخبار لہرایا۔

Und er zwang Gregor aktiv zurück in sein Zimmer.

اور وہ گریگور کو زبردستی اپنے کمرے میں واپس لے جا رہا تھا۔

Keine der Bitten, die Gregor äußerte, half.

گریگور نے جو درخواستیں کرنے کی کوشش کی ان میں سے کسی نے بھی مدد نہیں کی۔

Weil keines seiner Anliegen verstanden wurde.

کیونکہ اس نے جو درخواستیں کی تھیں ان میں سے کوئی بھی نہیں سمجھا گیا۔

Er wandte den Kopf in eine tiefere, demütigere Haltung.

اس نے اپنا سر ایک گہرے، زیادہ شائستہ زاویے کی طرف موڑ لیا۔

Doch sein Vater antwortete, indem er noch heftiger mit den
Füßen aufstampfte.

لیکن اس کے باپ نے اس سے بھی زیادہ زور سے پاؤں مارتے ہوئے جواب دیا۔

Die Mutter öffnete trotz des kühlen Wetters ein Fenster.

ماں نے ٹھنڈے موسم کے باوجود کھڑکی کھولی۔

Und sie presste ihr Gesicht in die Hände vor Kälte.

اور اس نے سردی میں چہرہ اپنے ہاتھوں میں دبا لیا۔

Der Wind konnte nun durch die gesamte Wohnung strömen.

ہوا اب پورے اپارٹمنٹ میں سے گزر سکتی تھی۔

Ein starker Luftzug wehte vom Treppenhaus in die Gasse.

ایک مضبوط ڈرافٹ سیڑھیوں سے گلی تک اڑا۔

Die Vorhänge wurden vom starken Wind hin und her
bewegt.

تیز ہوا سے پردے پھڑ پھڑا رہے تھے۔

Und die Zeitung auf dem Tisch raschelte im Wind.

اور میز پر پڑا اخبار ہوا میں اڑ گیا۔

Sogar einige Blätter wurden von draußen ins Haus geweht.

یہاں تک کہ کچھ شیٹس باہر سے گھر میں اڑا دیے گئے۔

Der Vater stampfte mit den Füßen und schob unerbittlich.

باپ نے اپنے پیروں پر مہر لگائی اور بے تحاشہ دھکیل دیا۔

Und er zischte und gab Geräusche von sich, wie es ein
Wilder tun würde.

اور اس نے سسکیاں ماری اور کسی جنگلی آدمی کی طرح شور مچایا۔

Gregor hatte das Rückwärtsgehen aber noch nicht geübt.

لیکن گریگور نے ابھی تک پیچھے کی طرف چلنے کی مشق نہیں کی تھی۔

Selbst Gregor würde zugeben, dass diese Bewegung wesentlich langsamer vonstatten ging.

یہاں تک کہ گریگر تسلیم کرے گا کہ یہ تحریک بہت سست تھی۔

Doch alles, was er wollte, war die Gelegenheit, umzukehren.

اگرچہ وہ چاہتا تھا کہ گھومنے کا موقع ملے۔

Dann wäre er sofort in sein Zimmer gegangen.

پھر سیدھا اپنے کمرے میں چلا جاتا۔

Aber er hatte zu große Angst, seinen Vater ungeduldig zu machen.

لیکن وہ اپنے باپ کو بے صبرے کرنے سے بہت ڈرتا تھا۔

Und es bestand die Drohung mit einem Schlag mit dem Stock.

اور لاٹھی سے مارنے کا خطرہ تھا۔

Ein solcher Schlag auf den Hinterkopf könnte tödlich sein.

سر کے پچھلے حصے پر ایسا دھچکا مہلک ہو سکتا ہے۔

Am Ende blieb Gregor jedoch keine andere Wahl.

لیکن آخر میں گریگور کے پاس کوئی اور چارہ نہیں بچا تھا۔

Ihm wurde klar, dass er nicht einmal mehr geradeaus rückwärts gehen konnte.

اسے احساس ہوا کہ وہ سیدھا پیچھے کی طرف بھی نہیں چل سکتا۔

Er begann sich so schnell wie möglich umzudrehen.

وہ جتنی جلدی کر سکتا تھا گھومنے لگا۔

Doch in Wirklichkeit war diese Drehbewegung genauso langsam.

لیکن حقیقت میں یہ ٹرننگ موومنٹ اتنی ہی سست تھی۔

Und ihm folgten die besorgten Blicke des Vaters.

اور باپ کی فکر مند نظریں اس کے پیچھے پڑی تھیں۔

Vielleicht bemerkte der Vater Gregors gute Absichten.

شاید والد نے گریگور کے نیک ارادوں کو دیکھا۔

Weil er ihn nicht daran hinderte, sich umzudrehen.

کیونکہ اس نے اسے مڑنے سے نہیں روکا تھا۔

Er benutzte sogar die Spitze seines Stocks, um die Drehung zu steuern.

یہاں تک کہ اس نے اپنی چھڑی کی نوک کو گردش کی رہنمائی کے لیے استعمال کیا۔

Gregor wünschte sich aber dennoch, sein Vater hätte ihn nicht angefaucht!

لیکن گریگور پھر بھی خواہش کرتا تھا کہ باپ نے اس پر قہقہہ نہ لگایا ہوتا!

Das Zischen trug nur noch zur Verwirrung des Augenblicks bei.

ہسنے کی آواز نے اس لمحے کی الجھن میں اضافہ کیا۔

Und dann unterlief ihm ein Fehler, und er bog in die falsche Richtung ab.

اور پھر اس نے غلطی کی اور غلط راستہ اختیار کیا۔

Am Ende gelang es ihm schließlich doch, den richtigen Weg einzuschlagen.

آخر کار اس نے صحیح راستے کا سامنا کرنے کا انتظام کیا۔

Und er war zufrieden mit den Fortschritten, die er gemacht hatte.

اور اس نے جو ترقی کی تھی اس سے وہ خوش تھا۔

Doch dann trat das nächste Problem noch deutlicher zutage.

لیکن پھر اگلا مسئلہ اور بھی واضح ہو گیا۔

Sein Körper war zu breit, um problemlos durch die Tür zu passen.

اس کا جسم اتنا چوڑا تھا کہ دروازے سے آسانی سے فٹ نہیں ہو سکتا۔

In seinem jetzigen Zustand bemerkte der Vater dies nicht.

اس کی موجودہ حالت میں والد نے اس پر توجہ نہیں دی۔

Deshalb kam es ihm nicht in den Sinn, die Tür weiter zu öffnen.

اس لیے اس کے ذہن میں یہ خیال نہیں آیا کہ وہ مزید دروازہ کھولے۔

Dann wäre genügend Platz für Gregor gewesen.

پھر گریگور کے لیے کافی جگہ ہوتی۔

Seine einzige Priorität war es, Gregor in sein Zimmer zu bringen.

اس کی واحد ترجیح گریگور کو اپنے کمرے میں لانا تھی۔

Er hätte aufstehen müssen, um durch die Tür zu passen.

اسے دروازے سے فٹ ہونے کے لیے کھڑا ہونا پڑتا۔

Der Vater hätte ein solches Manöver jedoch nicht zugelassen.

لیکن باپ نے ایسا کوئی ہتھکنڈہ نہیں ہونے دیا ہوگا۔

Tatsächlich fauchte er ihn noch heftiger an als zuvor.

درحقیقت وہ پہلے سے بھی زیادہ ہڑبڑا رہا تھا۔

Es klang nach mehr als nur einem Mann, der ihn anzischt.

ایسا لگتا تھا جیسے صرف ایک آدمی اس پر ہس رہا ہو۔

Seine Forderungen schienen nun an Dringlichkeit gewonnen zu haben.

ان کے مطالبات کے پیچھے ایک نئی عجلت نظر آتی تھی۔

Für Spielereien war jetzt wirklich keine Zeit mehr.

واقعی اب گڑبڑ کرنے کا وقت نہیں تھا۔

Was auch immer geschah, Gregor musste durch die Tür
gelangen.

جو بھی ہوا، گریگور کو دروازے سے گزرنا پڑا۔

Er kämpfte sich ohne jegliche Rücksicht auf sich selbst
durch.

اس نے بغیر کسی خود غرضی کے خود کو آگے بڑھایا۔

Durch die Bewegung wurde eine Seite seines Körpers nach
oben gedrückt.

اس کے جسم کا ایک رخ حرکت سے اوپر کی طرف مجبور ہو گیا تھا۔

Und er lag unbeholfen und schief zwischen den Türrahmen.

اور وہ دروازے کے درمیان عجیب اور ٹیڑھی لیٹ گیا۔

Eine seiner Flanken war am Holz wundgescheuert.

اس کا ایک حصہ لکڑی کے ساتھ کچا رگڑا ہوا تھا۔

Und er hatte hässliche Flecken auf der weiß gestrichenen
Tür hinterlassen.

اور اس نے سفید رنگ کے دروازے پر بدصورت داغ چھوڑے تھے۔

Auf einer Seite seines Körpers hingen die Beine zitternd in
der Luft.

اس کی ایک طرف کی ٹانگیں ہوا میں لٹک رہی تھیں۔

Seine anderen Beine drückten schmerzhaft gegen den
Boden.

اس کی دوسری ٹانگیں درد سے فرش میں دبی ہوئی تھیں۔

Bald würde er vollständig zwischen den Türen eingeklemmt sein.

جلد ہی وہ پوری طرح دروازے کے درمیان پھنس جانے والا تھا۔

Und dann hätte er sich überhaupt nicht mehr bewegen können.

اور پھر وہ بالکل بھی ملنے کے قابل نہ رہتا۔

Doch der Vater gab ihm einen wahrhaft befreienden, starken Anstoß.

لیکن باپ نے اسے واقعی آزاد کرنے والا زبردست دھکا دیا۔

Und er stürzte, stark blutend, tief in sein Zimmer hinein.

اور وہ گر پڑا، بہت زیادہ خون بہہ رہا تھا، بہت دور اپنے کمرے میں۔

Der Vater knallte die Tür hinter sich mit seinem Stock zu.

باپ نے اپنی لاٹھی سے اس کے پیچھے دروازہ مارا۔

Und dann kehrte endlich wieder Ruhe ein.

اور پھر آخر کار کچھ سکون اور خاموشی دوبارہ ہوئی۔

Teil Zwei

حصہ دو

Gregor wachte erst viel später am Tag auf.

گریگور دن کے بہت بعد تک نہیں جاگا تھا۔

Die Dämmerung war hereingebrochen; er hatte tief und fest geschlafen.

شام ڈھل چکی تھی۔ وہ بھاری اور لاشعوری طور پر سو گیا تھا۔

Er wäre auch ohne Störung aufgewacht.

وہ پریشان ہوئے بغیر بھی جاگ جاتا۔

Denn er fühlte sich ausreichend ausgeruht und gut geschlafen.

کیونکہ اس نے کافی آرام محسوس کیا تھا اور اچھی طرح سو گیا تھا۔

Aber er glaubte, draußen flüchtige Schritte zu hören.

لیکن اس نے سوچا کہ اس نے باہر کچھ تیز قدموں کی آواز سنی۔

Und vielleicht hat jemand die Haustür sorgfältig geschlossen.

اور ہو سکتا ہے کسی نے سامنے کا دروازہ احتیاط سے بند کر دیا ہو۔

Das Licht der elektrischen Straßenbahn lag blass an der Decke.

بجلی کی ٹرام کی روشنی چھت پر ہلکی پڑی تھی۔

Auch die Oberseite der Möbel wurde ein wenig beleuchtet.

فرنیچر کے اوپری حصے کو بھی ہلکی سی روشنی ملی۔

Doch unten am Boden, auf Gregors Höhe, war es dunkel.

لیکن نیچے زمین پر، گریگور کی سطح پر، اندھیرا تھا۔

Seine Beine schoben ihn langsam wieder in Richtung Tür.

اس کی ٹانگوں نے آہستہ آہستہ اسے دوبارہ دروازے کی طرف دھکیل دیا۔

Er war sehr neugierig, zu sehen, was dort geschehen war.

وہ بہت تجسس سے دیکھ رہا تھا کہ وہاں کیا ہوا ہے۔

Seine Kontrolle über seine Fühler war jedoch noch nicht entwickelt.

لیکن اپنے محسوس کرنے والوں پر اس کا کنٹرول ابھی تک تیار نہیں ہوا تھا۔

Obwohl er diese neuen Sensoren allmählich zu schätzen begann.

حالانکہ اس نے ان نئے سینسر کی تعریف کرنا شروع کر دی۔

Eine lange, unansehnliche Narbe schien seine linke Seite hinunterzulaufen.

ایک لمبا ناگوار داغ اس کے بائیں جانب نیچے دوڑتا دکھائی دے رہا تھا۔

Die Narbe fühlte sich an, als würde sie diese Seite seines Körpers einengen.

داغ نے محسوس کیا جیسے اس کے جسم کے اس حصے کو سخت کر دیا گیا ہو۔

Und so musste er buchstäblich auf seinen zwei Beinreihen humpeln.

اور اس طرح اسے لفظی طور پر ٹانگوں کی دو قطاروں پر لنگڑانا پڑا۔

Eines seiner Beine war an diesem Morgen schwer verletzt worden.

اس صبح اس کی ایک ٹانگ شدید زخمی ہو گئی تھی۔

Es war wirklich ein Wunder, dass er sich nicht noch mehr Beine gebrochen hatte.

واقعی یہ ایک معجزہ تھا کہ اس کی مزید ٹانگیں نہیں ٹوٹی تھیں۔

Und so schleppte er sein verletztes Bein leblos hinter sich her.

اور یوں وہ اپنی زخمی ٹانگ کو بے جان طریقے سے اپنے پیچھے گھسیٹتا رہا۔

Als er die Tür erreichte, erkannte er etwas Tiefgreifendes.

دروازے پر پہنچ کر اسے کچھ گہرا احساس ہوا۔

Es war der Geruch von etwas, der ihn dorthin gelockt hatte.

یہ کسی چیز کی بو تھی جس نے اسے وہاں اپنی طرف مائل کیا تھا۔

In Gregors Zimmer war etwas Essbares für ihn hinterlassen worden.

گریگور کے لیے اس کے کمرے میں کھانے کی کوئی چیز رہ گئی تھی۔

Stückchen Weißbrot schwimmen in einer Schüssel mit süßer Milch.

میٹھے دودھ کے پیالے میں سفید روٹی کے ٹکڑے تیر رہے ہیں۔

Er konnte seine innere Freude kaum verbergen.

وہ مشکل سے اپنے اندر کی خوشی کو روک سکتا تھا۔

Er war jetzt noch hungriger als am Morgen.

اسے اب صبح سے بھی زیادہ بھوک لگی تھی۔

Er tauchte sofort seinen Kopf in die Schüssel mit Milch.

اس نے فوراً دودھ کے پیالے میں سر ڈبو دیا۔

Die Milch quoll ihm fast über den ganzen Kopf, bis zu den Augen.

دودھ اس کے سر سے تقریباً تمام آنکھوں تک نکل آیا۔

Doch schon bald riss er den Kopf zurück, bitter enttäuscht.

لیکن اس نے جلد ہی مایوسی سے اپنا سر پیچھے ہٹا لیا۔

Das Essen war aufgrund seiner empfindlichen linken Seite schwierig.

اس کے بائیں جانب نازک ہونے کی وجہ سے کھانا پینا مشکل تھا۔

Und er konnte nur essen, indem er mit dem ganzen Körper keuchte.

اور وہ صرف اپنے پورے جسم کے ساتھ ہانپ کر کھا سکتا تھا۔

Das war jedoch nicht der wahre Grund für seine Enttäuschung.

لیکن یہ اس کی مایوسی کی اصل وجہ نہیں تھی۔

Milch war schon immer eines seiner Lieblingsgerichte gewesen.

دودھ ہمیشہ سے ان کے پسندیدہ پکوانوں میں سے ایک رہا ہے۔

Er hatte keinen Zweifel daran, dass seine Schwester sich daran erinnerte.

اسے کوئی شک نہیں تھا کہ اس کی بہن کو یہ بات یاد تھی۔

Und das war der Grund, warum sie ihm Milch gegeben hatte.

اور یہی وجہ تھی کہ اس نے اسے دودھ پلایا تھا۔

Er konnte nicht erklären, warum er Milch jetzt nicht mehr mochte.

وہ یہ بتانے کے قابل نہیں تھا کہ اب اسے دودھ کیوں ناپسند ہے۔

Und er wandte sich fast widerwillig von der Schüssel ab.

اور وہ تقریباً ہچکچاتے ہوئے پیالے سے ہٹ گیا۔

Enttäuscht kroch er zurück in die Mitte des Raumes.

مایوس ہو کر وہ رینگتے ہوئے کمرے کے وسط میں چلا گیا۔

Hier konnte er durch den Türspalt hindurchsehen.

یہاں وہ دروازے کی شگاف سے دیکھ سکتا تھا۔

Er konnte sehen, dass im Wohnzimmer das Feuer brannte.

وہ دیکھ سکتا تھا کہ کمرے میں آگ جل رہی ہے۔

Gewöhnlich las der Vater um diese Zeit die Zeitung.

عموماً اس وقت والد صاحب اخبار پڑھتے تھے۔

Er las seiner Mutter immer mit erhobener Stimme vor.

وہ ہمیشہ ماں کو بلند آواز میں پڑھا کرتے تھے۔

Manchmal lauschte auch die Schwester dem Vater.

کبھی کبھی بہن بھی باپ کی بات سن لیتی۔

Sie hatte Gregor immer von diesem Vorlesen erzählt.

اس نے ہمیشہ گریگور کو اس پڑھنے کے بارے میں بلند آواز میں بتایا تھا۔

Doch heute war aus dem Zimmer kein Laut zu hören.

لیکن آج کمرے سے کوئی آواز نہیں آرہی تھی۔

Vielleicht war diese Gewohnheit bereits in Vergessenheit geraten.

شاید یہ عادت پہلے ہی چلی گئی تھی۔

Eine tiefe Stille hatte sich über die gesamte Wohnung gelegt.

پورے اپارٹمنٹ پر ایک گہری خاموشی چھائی ہوئی تھی۔

Obwohl er wusste, dass die Wohnung ganz sicher nicht leer war.

حالانکہ وہ جانتا تھا کہ اپارٹمنٹ یقینی طور پر خالی نہیں تھا۔

„Was für ein ruhiges Leben die Familie doch führte", dachte Gregor.

"خاندان کتنی پرسکون زندگی گزارتا ہے،" گریگور نے سوچا۔

Und er blickte mit großem Stolz in die Dunkelheit.

اور اس نے بڑے غرور سے اندھیرے کی طرف دیکھا۔

Er war stolz auf das Leben, das er ihnen hatte ermöglichen können.

اسے اس زندگی پر فخر تھا جو وہ انہیں دینے کے قابل تھا۔

Er war stolz auf die schöne Wohnung, in der sie lebten.

اسے اس خوبصورت اپارٹمنٹ پر فخر تھا جس میں وہ رہتے تھے۔

Doch sollte dieser Frieden nun ein schreckliches Ende
nehmen?

لیکن کیا یہ سب امن ایک خوفناک انجام کو پہنچنے والا تھا؟

Würde man ihnen ihren Wohlstand nehmen?

کیا ان کی خوشحالی ان سے چھین لی جائے گی؟

War ihre Zufriedenheit nun in Zukunft ungewiss?

کیا ان کی قناعت اب مستقبل میں غیر یقینی تھی؟

Doch er wollte sich nicht in solchen Gedanken verlieren.

لیکن وہ خود کو ایسی سوچوں میں کھونا نہیں چاہتا تھا۔

Um sich die Zeit zu vertreiben, kroch er die Wände rauf und
runter.

اپنے آپ کو مصروف رکھنے کے لیے وہ دیواروں سے اوپر نیچے رینگتا رہا۔

Im Laufe des langen Abends wurde eine Tür einen Spalt
breit geöffnet.

طویل شام کے دوران ایک دروازہ ہلکا سا کھلا تھا۔

Und zu einem anderen Zeitpunkt öffnete sich die andere
Tür einen Spaltbreit.

اور کسی وقت دوسرا دروازہ تھوڑا سا کھلا۔

Doch beide Male wurden die Türen schnell wieder
geschlossen.

لیکن دونوں بار دروازے جلدی سے دوبارہ بند ہو گئے۔

Offenbar hatte jemand draußen den Wunsch,
hereinzukommen.

ظاہر ہے کہ باہر سے کوئی اندر آنے کی خواہش رکھتا تھا۔

Aber sie hatten auch zu viele Bedenken, hereinzukommen.

لیکن ان کے اندر آنے کے بارے میں بہت زیادہ خدشات بھی تھے۔

Gregor blieb nun direkt vor der Wohnzimmertür stehen.

گریگور اب سیدھا کمرے کے دروازے پر رک گیا۔

Er war fest entschlossen, den zögernden Besucher irgendwie zu verführen.

اس نے تذبذب کا شکار آنے والے کو کسی نہ کسی طرح بہلانے کا تہیہ کر رکھا تھا۔

Und er wollte auch wissen, wer der Besucher gewesen war.

اور یہ بھی جاننا چاہتا تھا کہ آنے والا کون تھا۔

Doch an diesem Abend wurde die Tür kein drittes Mal geöffnet.

لیکن اس شام تیسری بار دروازہ نہیں کھولا گیا۔

Und Gregor verbrachte seine Zeit vergeblich damit, an der Tür zu warten.

اور گریگور نے دروازے پر انتظار کرتے ہوئے اپنا وقت بیکار گزارا۔

Früher am Tag wollten sie alle in den Raum kommen.

اس دن پہلے وہ سب کمرے میں آنا چاہتے تھے۔

Jetzt, da die Türen unverschlossen waren, würde es ihnen leichter fallen.

اب دروازے کھل گئے تو ان کے لیے آسان ہو جائے گا۔

Aber sie entschieden sich dafür, auf der anderen Seite des Raumes zu bleiben.

لیکن انہوں نے کمرے کے دوسری طرف رہنے کا انتخاب کیا۔

Gregor bemerkte, dass die Schlüssel nicht mehr in ihren Schlössern steckten.

گریگور نے دیکھا کہ چابیاں اب ان کے تالے میں نہیں تھیں۔

Jemand muss die Schlüssel zum Außenschloss umgesteckt
haben.

کسی نے چابیاں باہر کے تالے میں منتقل کی ہوں گی۔

Erst spät in der Nacht wurde das Licht im Wohnzimmer
ausgeschaltet.

رات گئے ہی کمرے کی لائٹ آف تھی۔

Die Familie muss die ganze Zeit wach geblieben sein.

گھر والے پورے وقت جاگتے رہے ہوں گے۔

Und Gregor konnte deutlich hören, wie sie sich auf
Zehenspitzen davonschlichen.

اور گریگور واضح طور پر انہیں ٹپٹو کرتے ہوئے سن سکتا تھا۔

Nun würde bis zum Morgen niemand zu Gregor kommen.

اب صبح تک گریگور کے پاس کوئی آنے والا نہیں تھا۔

So hatte er lange Zeit für sich, um ungestört nachzudenken.

اس لیے اس کے پاس اپنے آپ کو ایک لمبا وقت تھا کہ وہ بے فکر سوچے۔

Wie könnte man sein Leben jetzt am besten neu ordnen?

اب اس کی زندگی کو دوبارہ ترتیب دینے کا بہترین طریقہ کیا ہوگا؟

Doch die hohen Wände des leeren Zimmers ängstigten ihn.

لیکن خالی کمرے کی اونچی دیواریں اسے خوفزدہ کر رہی تھیں۔

Ihm blieb keine andere Wahl, als sich flach auf den Boden
zu legen.

اس کے پاس زمین پر لیٹنے کے سوا کوئی چارہ نہیں تھا۔

Und er fand in diesem Raum niemals die Ursache seiner
Angst.

اور اسے اس جگہ میں اپنے خوف کی وجہ کبھی نہیں ملی۔

Es war dasselbe Zimmer, in dem er seit fünf Jahren lebte.

یہ وہی کمرہ تھا جس میں وہ پانچ سال سے مقیم تھا۔

Halb bewusst machte er eine Bewegung in Richtung Sofa.

آدھے ہوش میں اس نے صوفے کی طرف حرکت کی۔

Und ohne jede Scham versteckte er sich unter dem Sofa.

اور بغیر کسی شرم کے اس نے خود کو صوفے کے نیچے چھپا لیا۔

Dort unten fühlte er sich sofort wieder sehr wohl.

وہاں اس نے فوراً ہی دوبارہ بہت آرام محسوس کیا۔

Obwohl sein Rücken etwas gequetscht war.

باوجود اس کے کہ اس کی پیٹھ تھوڑی دبی ہوئی تھی۔

Auch unter dem Sofa konnte er seinen Kopf nicht mehr heben.

وہ اب صوفے کے نیچے بھی سر نہیں اٹھا سکتا تھا۔

Aber selbst das zog er einem Aufenthalt im Freien vor.

لیکن اس کے باوجود اس نے کسی بھی کھلے علاقے میں رہنے کو ترجیح دی۔

Er bedauerte jedoch, dass sein Körper so breit war.

تاہم، اسے افسوس ہوا کہ اس کا جسم اتنا وسیع تھا۔

Das Sofa konnte seinen ganzen Körper nicht vollständig bedecken.

صوفہ اس کے تمام جسم کو مکمل طور پر ڈھانپ نہیں سکتا تھا۔

Er blieb die ganze Nacht unter dem Sofa.

وہ ساری رات صوفے کے نیچے بیٹھا رہا۔

Die Nacht verbrachte er halb schlafend, geplagt von seinem Hunger.

رات اس نے بھوک سے پریشان ہو کر آدھی نیند میں گزاری۔

Und die Zeit, die er wach war, verbrachte er entweder in
Sorgen oder in Hoffnung.

اور جاگنے کا وقت اس نے یا تو فکر میں گزارا، یا امید میں۔

Doch all seine vagen Hoffnungen führten zu demselben
Schluss.

لیکن اس کی تمام مبہم امیدیں اسی نتیجے پر پہنچیں۔

Ihm blieb nichts anderes übrig, als vorerst zu schweigen.

اس کے پاس اس وقت خاموش رہنے کے سوا کوئی چارہ نہیں تھا۔

Er musste der Familie gegenüber Geduld und
Rücksichtnahme zeigen.

اسے گھر والوں کے لیے صبر و تحمل کا مظاہرہ کرنا تھا۔

Es war die einzige Möglichkeit, die Unannehmlichkeiten
erträglich zu machen.

تکلیف کو برداشت کرنے کا یہ واحد طریقہ تھا۔

Die Unannehmlichkeiten, die er nun der Familie auferlegte.

اس تکلیف کو وہ اب گھر والوں پر مجبور کر رہا تھا۔

Er musste nicht lange warten, um sein Mitgefühl unter
Beweis zu stellen.

اسے اپنی ہمدردی ثابت کرنے کے لیے زیادہ انتظار نہیں کرنا پڑا۔

Früh am Morgen schaute die Schwester in sein Zimmer.

صبح سویرے بہن نے اپنے کمرے میں جھانکا۔

Obwohl es eigentlich genauso viel Nacht wie Morgen war.

حالانکہ واقعی اتنی ہی رات تھی جتنی صبح تھی۔

Sie war vollständig angezogen und schien aufgeregt zu sein.

وہ پوری طرح سے ملبوس تھی، اور جوش و خروش دکھا رہی تھی۔

Die Tragfähigkeit seiner neu getroffenen Entscheidung könnte sich bewähren.

اس کے نئے فیصلے کی طاقت کو جانچا جا سکتا ہے۔

Sie entdeckte ihn nicht sofort auf Anhieb.

اس نے اسے اپنی پہلی نظر میں فوراً نہیں پایا۔

Er musste irgendwo sein; weggeflogen konnte er nicht sein.

اسے کہیں ہونا تھا۔ وہ بھاگ نہیں سکتا تھا۔

Doch dann schweifte ihr Blick ein zweites Mal durch den Raum.

لیکن پھر اس کی نظروں نے کمرے پر ایک اور جھاڑو دیا۔

Und dieses Mal entdeckte sie seinen Oberkörper unter dem Sofa.

اور اس بار اس نے اس کا دھڑ صوفے کے نیچے دیکھا۔

Sie war so verängstigt, dass sie jegliche Selbstbeherrschung verlor.

وہ اس قدر خوفزدہ تھی کہ وہ خود پر قابو کھو بیٹھی۔

Und ihre erste Reaktion war, die Tür wieder zuzuschlagen.

اور اس کا پہلا ردعمل دروازہ دوبارہ بند کرنا تھا۔

Doch sie schien ihr Verhalten auch sofort zu bereuen.

لیکن وہ بھی اپنے رویے پر فوراً پشیمان دکھائی دیتی تھی۔

Kaum hatte sie die Tür zugeschlagen, öffnete sie sie auch schon wieder.

دروازے پر دستک دیتے ہی اس نے دوبارہ کھولا۔

Und diesmal schlich sie sich leise auf Zehenspitzen in den Raum.

اور اس بار وہ آہستہ سے کمرے میں داخل ہوا۔

Sie bewegte sich, als ob sie eine schwerkranke Person besuchen würde.

وہ اس طرح حرکت کر رہی تھی جیسے وہ کسی شدید بیمار شخص کی عیادت کر رہی ہو۔

Oder sie könnte einen völlig Fremden besucht haben.

یا وہ کسی مکمل اجنبی سے ملنے جا رہی ہو گی۔

Gregor drückte seinen Kopf fast bis an den Rand des Sofas.

گریگور نے اپنا سر تقریباً صوفے کے کنارے پر دھکیل دیا۔

Und von unterhalb des Tresors beobachtete er sie im Zimmer.

اور سیف کے نیچے سے اس نے اسے کمرے میں دیکھا۔

Würde sie bemerken, dass er die Milch stehen gelassen hatte?

کیا وہ محسوس کرنے والی تھی کہ اس نے دودھ چھوڑ دیا تھا؟

Er hatte die Milch nicht etwa aus Mangel an Hunger stehen gelassen.

بھوک نہ لگنے کی وجہ سے اس نے دودھ نہیں چھوڑا تھا۔

Wollte sie ihm stattdessen anderes Essen bringen?

کیا وہ اس کے بجائے مختلف کھانا لانے والی تھی؟

Vielleicht ein Gericht, das seinen Vorlieben besser entsprach.

شاید ایک ڈش جو اس کی ترجیحات کے مطابق بہتر ہو۔

Aber sie hätte seinen Appetit selbst bemerken müssen.

لیکن اسے خود اس کی بھوک کو محسوس کرنا پڑے گا۔

Er wäre lieber verhungert, als sie davon erfahren zu lassen.

وہ اسے اس سے آگاہ کرنے کے بجائے بھوکا رہتا۔

Eigentlich hätte er es ihr sehr gerne gesagt.

دراصل وہ اسے بتانا بہت پسند کرتا۔

Er war wirklich versucht, unter dem Sofa hervorzuschießen.

وہ واقعی صوفے کے نیچے سے گولی مارنے کا لالچ میں تھا۔

Er wollte sich seiner Schwester zu Füßen werfen.

وہ خود کو اپنی بہن کے قدموں میں گرانا چاہتا تھا۔

Und er wollte sie um etwas Leckeres zu essen bitten.

اور وہ اس سے کھانے کے لیے کچھ مانگنا چاہتا تھا۔

Doch dann blickte die Schwester zu der Schüssel mit Milch.

لیکن پھر بہن نے دودھ کے پیالے کی طرف دیکھا۔

Sie bemerkte sofort, dass die Schüssel noch voll war.

اس نے فوراً دیکھا کہ پیالہ ابھی بھرا ہوا ہے۔

Sie war ziemlich überrascht, dass Gregor nichts gegessen
hatte.

وہ حیران تھی کہ گریگور نے کچھ نہیں کھایا۔

Nur ein wenig Milch war auf den Boden verschüttet worden.

فرش پر تھوڑا سا دودھ ہی گرا تھا۔

Sie nahm sofort die Schüssel und trug sie hinaus.

اس نے فوراً پیالہ اٹھایا، اور باہر لے گیا۔

Er sah, dass sie die Schüssel nicht mit bloßen Händen
aufgehoben hatte.

اس نے دیکھا کہ اس نے اپنے ننگے ہاتھوں سے پیالہ نہیں اٹھایا۔

Stattdessen hob sie die Schüssel mit einem der Lappen hoch.

اس کے بجائے اس نے ایک چیتھڑے کا استعمال کرتے ہوئے کٹورا اٹھایا۔

Gregor vergaß dieses kleine Detail jedoch sehr schnell.

لیکن گریگور بہت جلد اس معمولی تفصیل کو بھول گیا۔

Er war nun von etwas ganz anderem viel begeisterter.

وہ اب کسی اور چیز کو لے کر بہت زیادہ پرجوش تھا۔

Was könnte sie als Ersatz für die Milch mitbringen?

وہ دودھ کے متبادل کے طور پر کیا لا سکتی ہے؟

Er hatte verschiedene Vermutungen darüber, was sie wohl mitbringen könnte.

اس کے ذہن میں مختلف خیالات تھے کہ وہ کیا لا سکتی ہے۔

Doch die Güte seiner Schwester übertraf seine Erwartungen.

لیکن اس کی بہن کی مہربانی اس کی توقعات سے بڑھ گئی۔

Ihr wurde klar, dass sie herausfinden musste, was seine neuen Vorlieben waren.

اسے احساس ہوا کہ اسے جانچنا ہے کہ اس کے نئے ذوق کیا ہیں۔

Deshalb brachte sie eine ganze Auswahl an verschiedenen Speisen mit.

تو وہ مختلف کھانوں کا ایک مکمل انتخاب لے کر آئی۔

Halbverfaultes Gemüse, Knochen vom Abendessen.

شام کے کھانے سے آدھی بوسیدہ سبزیاں، ہڈیاں۔

Die eingedickte Soße von der anderen Mahlzeit, die sie gegessen hatten.

دوسرے کھانے سے ٹھوس چٹنی جو انہوں نے کھائی تھی۔

Ein paar Rosinen, einige Mandeln, trockenes Brot, Butterbrot.

چند کشمش، کچھ بادام، خشک روٹی، مکھن کی روٹی۔

Etwas Brot, das mit Butter bestrichen und gesalzen war.

کچھ روٹی جو مکھن لگائی گئی تھی اور نمکین بھی۔

Käse, den Gregor vor zwei Tagen noch für ungenießbar
erklärt hatte.

وہ پنیر جسے گریگور نے دو دن پہلے ناقابلِ خوردنی قرار دیا تھا۔

Die gesamte Auswahl an Speisen wurde auf einer Zeitung
ausgelegt.

کھانے کا یہ تمام انتخاب اخبار پر رکھا گیا تھا۔

Und sie stellte auch eine Schüssel mit Wasser neben seine
Mahlzeiten.

اور اس نے اس کے کھانے کے پاس پانی کا ایک پیالہ بھی رکھ دیا۔

Sie wusste, dass Gregor nicht vor ihr gegessen hätte.

وہ جانتی تھی کہ گریگور نے اس کے سامنے کھانا نہیں کھایا ہوگا۔

Aus Respekt vor ihm verließ sie deshalb wieder den Raum.

تو اس کے احترام میں وہ پھر سے کمرے سے نکل گئی۔

Und sie hat beim Weggehen sogar den Schlüssel im Schloss
umgedreht.

اور اس نے جاتے جاتے تالے کی چابی بھی گھما دی۔

Aber sie drehte den Schlüssel ganz leise und vorsichtig um.

لیکن اس نے بہت خاموشی اور احتیاط سے چابی گھمائی۔

Auf diese Weise würde nur Gregor wissen, dass die Tür
verschlossen war.

اس طرح صرف گریگور کو پتہ چلے گا کہ دروازہ بند ہے۔

Nun konnte er es sich so bequem machen, wie er wollte.

اب وہ خود کو اتنا آرام دہ بنا سکتا تھا جتنا وہ چاہتا تھا۔

Gregors Beine surrten, als es Zeit zum Essen war.

جب کھانے کا وقت ہوا تو گریگور کی ٹانگیں کانپ رہی تھیں۔

Bemerkenswert ist, dass er keinerlei Beschwerden mehr verspürte.

قابلِ غور بات یہ ہے کہ اسے اب کوئی تکلیف محسوس نہیں ہوئی۔

Seine Wunden müssen bereits vollständig verheilt sein.

اس کے زخم پہلے ہی پوری طرح بھر چکے ہوں گے۔

Weil er seine früheren Behinderungen nicht mehr spürte.

کیونکہ اسے اب اپنی سابقہ معذوری کا احساس نہیں رہا۔

Seine neue Fähigkeit zu heilen überraschte und verblüffte ihn.

اس کی شفایابی کی نئی صلاحیت نے اسے حیران اور حیران کر دیا۔

Vor mehr als einem Monat schnitt er sich mit einem Messer in den Finger.

ایک ماہ سے زائد عرصہ قبل اس نے اپنی انگلی کو چاقو سے کاٹ دیا تھا۔

Bis vor zwei Tagen schmerzte ihn diese Wunde noch.

دو دن پہلے تک وہ زخم ابھی تک اسے ستا رہا تھا۔

„Bin ich jetzt viel weniger empfindlich?", dachte er bei sich.

"کیا میں اب بہت کم حساس ہوں؟" اس نے اپنے آپ کو سوچا۔

Inzwischen lutschte er gierig an dem Käse.

اب تک وہ لالچ سے پنیر چوس رہا تھا۔

Er fühlte sich vom Käse mehr angezogen als von den anderen Speisen.

وہ دوسرے کھانے سے زیادہ پنیر کی طرف راغب تھا۔

Er aß schnell ein Stück Käse nach dem anderen.

اس نے تیزی سے ایک کے بعد ایک پنیر کا ٹکڑا کھایا۔

Beim Genuss des Geschmacks traten ihm vor Zufriedenheit die Tränen in die Augen.

اس کے ذائقے کو دیکھ کر اس کی آنکھیں اطمینان سے تر ہو گئیں۔

Nach dem Käse aß er das Gemüse und die Soße.

پنیر کے بعد اس نے سبزی اور چٹنی کھائی۔

Das frische Essen schmeckte ihm jedoch nicht.

تاہم تازہ کھانا اسے اچھا نہیں لگا۔

Tatsächlich konnte er nicht einmal den Geruch von frischen Lebensmitteln ertragen.

در حقیقت وہ تازہ کھانے کی بو بھی برداشت نہیں کر سکتا تھا۔

Er hat sogar die anderen Lebensmittel von den frischen Lebensmitteln weggezerrt.

یہاں تک کہ اس نے تازہ کھانے سے دوسرے کھانے کو بھی گھسیٹ لیا۔

Und im Nu hatte er auch noch das Essbare aufgegessen.

اور بہت جلد اس نے سب سے زیادہ کھانے کا کھانا ختم کر دیا۔

Das ganze leckere Essen hatte eine schläfrig machende Wirkung auf ihn.

تمام لذیذ کھانوں کا اس پر اثر تھا۔

Und er lag träge an der Stelle, wo er gegessen hatte.

اور وہ سستی سے اسی جگہ لیٹ گیا جہاں اس نے کھایا تھا۔

Schließlich kam seine Schwester zurück, um noch einmal nach ihm zu sehen.

آخر کار اس کی بہن دوبارہ اس کا معائنہ کرنے آئی۔

Sie hatte die Weitsicht, den Schlüssel ganz langsam umzudrehen.

وہ چابی بہت آہستہ سے گھمانے کی دور اندیشی رکھتی تھی۔

Dies war für Gregor ein Warnsignal, sich zurückzuziehen.

اس نے گریگور کو ایک انتباہ دیا کہ وہ واپس لے لے۔

Benommen und erschrocken huschte er zurück unter das Sofa.

گھبرا کر وہ جلدی سے صوفے کے نیچے آ گیا۔

Doch diesmal war es nicht so einfach, unter dem Sofa zu bleiben.

لیکن صوفے کے نیچے رہنا اس بار اتنا آسان نہیں تھا۔

Sein Körper war durch das viele Essen etwas runder geworden.

اس کا جسم تمام کھانے سے تھوڑا سا گول ہو گیا تھا۔

Und er musste sich beherrschen, nicht wieder auszulaufen.

اور اسے دوبارہ رن آؤٹ نہ ہونے کے لیے خود پر قابو رکھنا تھا۔

Auch wenn die Schwester nicht lange im Zimmer blieb.

حالانکہ بہن کمرے میں زیادہ دیر نہیں ٹھہری تھی۔

In dem engen Raum rang er nach Luft.

وہ اس تنگ جگہ کے نیچے سانس لینے میں دشواری کر رہا تھا۔

Doch er überwand die kurzen Anfälle von Atemnot.

لیکن اس نے دم گھٹنے کے چھوٹے موٹے ہتھکنڈوں سے دھکیل دیا۔

Mit aufgerissenen Augen beobachtete er die Aktivitäten der Schwester.

پھٹی پھٹی آنکھوں سے وہ بہن کی سرگرمیاں دیکھتا رہا۔

Die ahnungslose Schwester schüttete alles in einen Eimer.

بے شک بہن نے سب کچھ بالٹی میں ڈال دیا۔

Sie entsorgte nicht nur das Essen, das Gregor nicht gegessen hatte.

اس نے نہ صرف اس کھانے کو ضائع کیا جو گریگور نے نہیں کھایا تھا۔

Aber sie entsorgte auch das Essen, das er nicht angerührt hatte.

لیکن اگر اس نے کھانے کو ہاتھ نہیں لگایا تو اس نے اسے بھی ٹھکانے لگایا۔

Offenbar war dieses Essen nun für niemanden mehr genießbar.

بظاہر وہ کھانا اب کسی کے کھانے کے قابل نہیں رہا۔

Anschließend verschloss sie den Futtereimer mit einem Holzdeckel.

اس کے بعد اس نے کھانے کی بالٹی کو لکڑی کے ڈھکن سے بند کر دیا۔

Und mit dem Essen, dem Eimer und dem Wischmopp ging sie.

اور کھانا، بالٹی اور موپ کے ساتھ وہ چلی گئی۔

Gregor hätte nicht mehr lange warten können.

گریگور زیادہ انتظار نہیں کر سکتا تھا۔

Sobald sie weg war, entkam er unter dem Sofa hervor.

جیسے ہی وہ چلا گیا وہ صوفے کے نیچے سے بھاگا۔

Und er streckte sich aus und atmete erleichtert auf.

اور اس نے خود کو آگے بڑھایا اور سکون سے پھول گیا۔

So erhielt Gregor von nun an regelmäßig seine Nahrung.

گریگور کو اب سے ہر بار کھانا اسی طرح ملتا تھا۔

Seine Schwester gab ihm einmal früh am Morgen etwas zu essen.

اس کی بہن نے اسے ایک بار صبح سویرے کھانا دیا۔

Zu dieser Stunde schliefen die Eltern und das Dienstmädchen noch.

اس وقت والدین اور نوکرانی ابھی تک سوئے ہوئے تھے۔

Und er erhielt eine zweite Mahlzeit, nachdem alle anderen bereits zu Mittag gegessen hatten.

اور سب کے کھانے کے بعد اسے دوسرا کھانا ملا۔

Denn zu dieser Zeit schliefen die Eltern auch eine Weile.

کیونکہ اس وقت والدین بھی کچھ دیر کے لیے سوتے تھے۔

Und das Dienstmädchen wurde von der Schwester mit einer Besorgung weggeschickt.

اور نوکرانی کو بہن نے کسی کام سے رخصت کیا۔

Sie hatten ganz sicher nicht die Absicht, Gregor verhungern zu lassen.

ان کا یقیناً گریگور کو بھوکا مارنے کا کوئی ارادہ نہیں تھا۔

Aber sie hätten ihm auch nicht beim Essen zusehen wollen.

لیکن وہ اسے کھاتے ہوئے بھی نہیں دیکھنا چاہتے تھے۔

Die Angaben der Schwester reichten als Information aus.

بہن نے جو بتایا وہ کافی معلومات تھی۔

Vielleicht war es ihre Art, den Eltern den Kummer zu ersparen.

شاید یہ والدین کو غم سے بچانے کا طریقہ تھا۔

Sie hatten unter seinen Taten schon genug gelitten.

وہ پہلے ہی اس کی حرکتوں سے کافی نقصان اٹھا چکے تھے۔

Der erste Tag verblasste langsam zu einer fernen
Erinnerung.

پہلا دن آہستہ آہستہ ایک دور کی یاد بنتا جا رہا تھا۔

Gregor hatte keine Möglichkeit zu erfahren, was an diesem
Tag geschah.

گریگور کو یہ جاننے کا کوئی طریقہ نہیں تھا کہ اس دن کیا ہوا تھا۔

Wie wurde der Schlüsseldienstmitarbeiter aus der Wohnung
geleitet?

تالے بنانے والے کو اپارٹمنٹ سے باہر کیسے نکالا گیا؟

Mit welchen Ausreden war der Arzt schließlich zufrieden?

آخر ڈاکٹر کس بہانے سے مطمئن ہوا؟

Er hatte keinen Weg gefunden, sich verständlich zu machen.

اسے خود کو سمجھنے کا کوئی راستہ نہیں ملا تھا۔

Es gelang ihm nicht einmal, mit seiner Schwester zu
kommunizieren.

وہ اپنی بہن سے بات چیت کرنے کا بھی انتظام نہیں کر سکا۔

Und so dachten sie, er könne sie nicht verstehen.

اور اس لیے انہوں نے سوچا کہ وہ انہیں سمجھ نہیں سکتا۔

Und deshalb wurde auch kein Versuch unternommen, mit
ihm zu sprechen.

اور اس لیے اس سے بات کرنے کی کوئی کوشش نہیں کی گئی۔

Seine Schwester kam jeden Morgen und jeden Mittag in
sein Zimmer.

اس کی بہن روزانہ صبح اور دوپہر کا کھانا اس کے کمرے میں آتی تھی۔

Doch er musste sich damit begnügen, ihre Seufzer zu hören.

لیکن اس کی آہیں سن کر اسے مطمئن ہونا پڑا۔

Später gewöhnte sie sich dann doch etwas mehr an Gregors Gestalt.

بعد میں وہ گریگور کی شکل میں کچھ زیادہ ہی عادی ہو گئی۔

Und sie fühlte sich etwas freier, weitere Bemerkungen zu machen.

اور اس نے مزید ریمارکس کرنے کے لیے تھوڑی زیادہ آزادی محسوس کی۔

(Obwohl sie sich nie ganz an ihn gewöhnen würde.)

(حالانکہ وہ کبھی بھی اس کی پوری طرح عادی نہیں ہوگی۔)

Und dann fühlte sich Gregor wieder etwas mehr angesprochen.

اور پھر گریگور نے پھر سے کچھ زیادہ بولا ہوا محسوس کیا۔

Und er nahm wahr, was er als freundliche Kommentare empfand.

اور اس نے اسے دوستانہ تبصروں کے طور پر سمجھا۔

„Ihm hat das Essen heute geschmeckt" oder „Er hat alles aufgegessen".

"اس نے آج اپنے کھانے کا لطف اٹھایا،" یا "اس نے سب کچھ کھایا۔"

Das war aber erst der Fall, nachdem er sein gesamtes Essen aufgegessen hatte.

لیکن یہ تب ہی تھا جب وہ اپنا سارا کھانا کھا چکا تھا۔

Doch in letzter Zeit kam dies immer seltener vor.

لیکن حال ہی میں یہ زیادہ سے زیادہ غیر معمولی ہوتا جا رہا ہے۔

„Er hat sein Essen kaum angerührt", sagte sie jetzt immer öfter.

"اس نے مشکل سے اپنے کھانے کو چھوا،" وہ اب اکثر کہتی تھی۔

Und jedes Mal schwang ein Hauch von Traurigkeit in ihrer Stimme mit.

اور ہر بار اس کی آواز میں اداسی کا لمس تھا۔

Gregor konnte keine anderen Nachrichten direkter empfangen.

گریگور اس سے زیادہ براہ راست کوئی اور خبر نہیں سن سکتا تھا۔

Aber er hörte viele Neuigkeiten aus den angrenzenden Zimmern mit.

لیکن اس نے ساتھ والے کمروں سے بہت سی خبریں سنی تھیں۔

Als er Stimmen hörte, rannte er zur entsprechenden Tür.

آوازیں سن کر وہ اسی دروازے کی طرف بھاگا۔

Und er presste seinen ganzen Körper gegen die Tür, um zu hören.

اور اس نے سننے کے لیے اپنے سارے جسم کو دروازے کے ساتھ دبا دیا۔

Alle Gespräche drehten sich in irgendeiner Weise um ihn.

تمام مکالمے کسی نہ کسی طرح اس سے متعلق تھے۔

Selbst wenn es scheinbar um etwas ganz anderes ging.

یہاں تک کہ جب موضوع کسی اور کے بارے میں لگتا تھا۔

Diese Beobachtung traf insbesondere in der Anfangszeit zu.

یہ مشاہدہ ابتدائی دنوں میں خاص طور پر درست تھا۔

Bei jeder Mahlzeit wiederholten sie die gleiche Diskussion.

ہر کھانے کے دوران انہوں نے یہی بحث دہرائی۔

Sie waren sich noch immer unsicher, wie sie sich ihm gegenüber verhalten sollten.

وہ ابھی تک اس بات پر یقین نہیں رکھتے تھے کہ اس کے ارد گرد کیسے برتاؤ کرنا ہے۔

Das gleiche Thema wurde aber auch zwischen den Mahlzeiten besprochen.

لیکن کھانے کے درمیان بھی یہی موضوع زیر بحث رہا۔

Weil immer zwei Familienmitglieder zu Hause waren.

کیونکہ گھر میں ہر وقت دو فیملی ممبر ہوتے تھے۔

Niemand wollte allein im Haus bleiben.

کوئی بھی گھر میں اکیلے رہنا نہیں چاہتا تھا۔

Aber die Wohnung leer stehen zu lassen, kam auch nicht in Frage.

لیکن فلیٹ کو خالی چھوڑنا بھی سوال سے باہر تھا۔

Das Dienstmädchen war die Einzige, die nicht an die Wohnung gebunden war.

نوکرانی واحد تھی جو اپارٹمنٹ کی پابند نہیں تھی۔

Sie hatte bereits am ersten Tag darum gebeten, gehen zu dürfen.

وہ پہلے ہی دن جانے کو کہہ چکی تھی۔

Sie kniete nieder und flehte darum, entlassen zu werden.

وہ گھٹنوں کے بل گری اور برخاست ہونے کی التجا کرنے لگی۔

Die Familie wusste nicht, wie viel das Dienstmädchen tatsächlich wusste.

گھر والوں کو یہ نہیں معلوم تھا کہ ملازمہ اصل میں کتنا جانتی تھی۔

Zu diesem Zeitpunkt hatte sie nicht mehr gesehen als alle anderen.

اس مرحلے پر اس نے کسی اور سے زیادہ نہیں دیکھا تھا۔

Was geschehen war, blieb der Familie weiterhin ein Rätsel.

جو کچھ ہوا وہ ابھی تک خاندان کے لیے ایک معمہ تھا۔

Doch eine Viertelstunde später verabschiedete sie sich.

لیکن ایک چوتھائی گھنٹے بعد اس نے الوداع کیا۔

Und sie dankte der Familie mit Tränen in den Augen.

اور آنکھوں میں آنسو لیے گھر والوں کا شکریہ ادا کیا۔

Aber eigentlich dankte sie ihnen dafür, dass sie sie freigelassen hatten.

لیکن واقعی اس نے ان کا شکریہ ادا کیا کہ انہوں نے اسے رہا کیا۔

Sie schienen ihr größte Freundlichkeit entgegengebracht zu haben.

ایسا لگتا تھا کہ انہوں نے اس پر سب سے بڑی مہربانی کا مظاہرہ کیا ہے۔

Sie leistete sogar einen Eid, ohne dazu aufgefordert worden zu sein.

یہاں تک کہ اس نے حلف بھی اٹھایا، بغیر ایسا کرنے کو کہا۔

Sie sagte, sie würde niemandem erzählen, was passiert war.

اس نے کہا کہ وہ کسی کو نہیں بتائے گی کہ کیا ہوا ہے۔

Nun musste die Schwester zusammen mit ihrer Mutter kochen.

اب بہن کو اپنی ماں کے ساتھ مل کر کھانا بنانا تھا۔

Das war aber keine allzu große Unannehmlichkeit.

لیکن یہ واقعی بہت زیادہ تکلیف نہیں تھی۔

Weil die beiden sowieso fast nichts aßen.

کیونکہ ان دونوں نے تقریباً کچھ بھی نہیں کھایا تھا۔

Immer und immer wieder hörte Gregor dasselbe Gespräch mit.

گریگور نے بار بار وہی گفتگو سنی۔

Einer der beiden sagte dem anderen, er müsse mehr essen.

ایک شخص دوسرے سے کہہ رہا تھا کہ انہیں زیادہ کھانا پڑے گا۔

Diese Person erhielt jedoch keine Antwort von der betreffenden Person.

لیکن اس شخص کی طرف سے کوئی جواب نہیں ملا۔

„Danke, ich habe genug", oder etwas Ähnliches.

"آپ کا شکریہ، میرے پاس کافی ہے" یا کچھ ایسا ہی۔

Vielleicht tranken sie auch gar nichts mehr.

شاید انہوں نے بھی کچھ نہیں پیا تھا۔

Die Schwester fragte ihren Vater oft, ob er Bier wolle.

بہن اکثر اپنے والد سے پوچھتی تھی کہ کیا وہ بیئر چاہتے ہیں۔

Und sie bot freundlicherweise an, das Bier selbst zu holen.

اور اس نے گرمجوشی سے خود بیئر لانے کی پیشکش کی۔

Der Vater schwieg auf ihre Bitte hin stets.

والد ہمیشہ اس کے کہنے پر خاموش رہے۔

Die Schwester musste also einen Weg finden, jeden Zweifel auszuräumen.

لہٰذا بہن کو کسی شک کو دور کرنے کا راستہ تلاش کرنا پڑا۔

Und sie sagte, sie würde das Dienstmädchen losschicken, um Bier zu holen.

اور اس نے کہا کہ وہ نوکرانی کو بیئر لانے کے لیے بھیجے گی۔

Doch dann sagte der Vater schließlich ein lautes, deutliches „Nein".

لیکن پھر باپ نے آخرکار بڑی آواز میں کہا، "نہیں"۔

Das Thema, dass er ein Bier trank, wurde danach nicht mehr erwähnt.

پھر اس کے بیئر مینے کے موضوع کا مزید تذکرہ نہیں کیا گیا۔

Er hatte die finanzielle Situation bereits zuvor erläutert.

وہ پہلے ہی مالی حالات کی وضاحت کر چکے تھے۔

Tatsächlich sprach er schon am ersten Tag über Finanzen.

دراصل، اس نے پہلے ہی دن مالیات کا ذکر کیا۔

Er machte ihnen die Aussichten deutlich.

اس نے انہیں اچھی طرح سے آگاہ کیا کہ کیا امکانات ہیں۔

Sein eigenes Unternehmen war vor etwa fünf Jahren zusammengebrochen.

تقریباً پانچ سال پہلے اس کا اپنا کاروبار تباہ ہو گیا تھا۔

Hin und wieder stand er auf, um den Tisch zu verlassen.

بار بار وہ میز چھوڑنے کے لیے اٹھ کھڑا ہوا۔

Und er ging zur Kasse seines alten Geschäfts.

اور وہ اپنے پرانے کاروبار کے کیش رجسٹر میں چلا گیا۔

Aus Sentimentalität hatte er die Kasse aufgehoben.

اس نے جذباتی ہو کر کیش رجسٹر محفوظ کر لیا تھا۔

Gregor hörte, wie er ein schweres und kompliziertes Schloss öffnete.

گریگور نے اسے ایک بھاری اور پیچیدہ تالا کھولتے ہوئے سنا۔

Und er holte Quittungen und Bücher aus der Kasse.

اور کیش باکس سے رسیدیں اور کتابیں نکالیں۔

Nachdem er die Gegenstände an sich genommen hatte, schloss er die Geldkassette wieder ab.

اشیاء لینے کے بعد اس نے کیش باکس کو دوبارہ تالا لگا دیا۔

Gregor hatte seit seiner Gefangennahme keine guten Nachrichten mehr erhalten.

گریگور نے قید کے بعد سے کوئی اچھی خبر نہیں سنی تھی۔

Er glaubte, das Geschäft habe seinen Vater in den Ruin getrieben.

اس کا خیال تھا کہ کاروبار نے اس کے والد کو دیوالیہ کر دیا ہے۔

Dieser Eindruck war Gregor vom Vater sicherlich vermittelt worden.

باپ نے یقیناً گریگور کو یہ تاثر دیا تھا۔

Und Gregor fragte ihn nie wieder nach den Finanzen.

اور گریگور نے کبھی بھی اس سے مالی معاملات کے بارے میں مزید نہیں پوچھا۔

Gregor wollte alles tun, was er konnte, um der Familie zu helfen.

گریگور خاندان کی ہر ممکن مدد کرنا چاہتا تھا۔

Er wollte ihnen helfen, das geschäftliche Unglück zu vergessen.

وہ کاروباری بدحالی کو بھلانے میں ان کی مدد کرنا چاہتا تھا۔

Der Bankrott, der zur völligen Hoffnungslosigkeit führte.

دیوالیہ پن جس نے مکمل ناامیدی کو جنم دیا۔

So begann er mit einer ganz besonderen Leidenschaft zu arbeiten.

تو اس نے ایک خاص جذبے کے ساتھ کام کرنا شروع کیا۔

Er war quasi über Nacht zum Handelsreisenden geworden.

وہ راتوں رات سفر کرنے والا سیلز مین بن گیا تھا۔

Davor hatte er lediglich als schlecht bezahlter Angestellter gearbeitet.

اس سے پہلے وہ صرف ایک کم تنخواہ والے کلرک کے طور پر کام کرتے تھے۔

Nun boten sich ihm völlig andere Verdienstmöglichkeiten.

اب اس کے پاس کمائی کے بالکل مختلف مواقع تھے۔

Erfolgreiche Verkäufe konnten sofort in Bargeld umgewandelt werden.

کامیاب فروخت کو فوری طور پر کیش میں تبدیل کیا جا سکتا ہے۔

Das Geld wird natürlich aus seinen Provisionen ausgezahlt.

یقیناً اس کے کمیشن سے نقد رقم ادا کی جا رہی ہے۔

Nun konnte Gregor Geld auf den Familientisch bringen.

اب گریگور خاندان کی میز پر پیسے رکھنے کے قابل تھا۔

Und sie waren erstaunt und erfreut über seinen Verdienst.

اور وہ اس کی کمائی سے حیران اور خوش تھے۔

Aber diese schönen Zeiten werden sich nicht wiederholen.

لیکن وہ خوبصورت وقت دوبارہ اپنے آپ کو نہیں دہرائے گا۔

Sie hatten sich gerade erst an diese schönen Zeiten gewöhnt.

انہوں نے صرف ان اچھے وقتوں کی عادت ڈالی تھی۔

Jeden Zahltag nahm die Familie das Geld dankbar entgegen.

ہر تنخواہ والے دن خاندان نے شکر گزاری کے ساتھ رقم قبول کی۔

Und Gregor war ebenso gern bereit, das Geld herauszugeben.

اور گریگور بھی اتنا ہی خوش تھا کہ رقم حوالے کر دی۔

Doch die im Gegenzug entgegengebrachte herzliche Zuneigung erlosch allmählich.

لیکن بدلے میں دیا گیا گرمجوشی آہستہ آہستہ دم توڑ گیا۔

Nur seine Schwester stand Gregor noch so nahe wie zuvor.

صرف اس کی بہن پہلے کی طرح گریگور کے قریب رہی۔

Im Gegensatz zu Gregor hatte sie eine tiefe Wertschätzung für Musik.

وہ، گریگور کے برعکس، موسیقی کے لیے گہری تعریف رکھتی تھی۔

Und sie konnte sehr berührend Geige spielen.

اور وہ جانتی تھی کہ وائلن کس طرح بہت دل کو چھو کر بجانا ہے۔

Gregor plante insgeheim, sie auf eine Musikschule zu schicken.

گریگور نے خفیہ طور پر اسے میوزک اسکول بھجنے کا منصوبہ بنایا۔

Er hatte noch nicht entschieden, wie er die Kosten decken würde.

اس نے ابھی تک یہ فیصلہ نہیں کیا تھا کہ وہ اخراجات کیسے ادا کرے گا۔

Aber irgendwie würde er die Kosten decken.

لیکن کسی نہ کسی طریقے سے وہ اخراجات پورے کرتا۔

Gelegentlich unternahmen Gregor und seine Familie Kurztrips.

کبھی کبھار گریگور اور خاندان شارٹس ٹرپ پر جاتے تھے۔

Gregor und seine Schwester sprachen oft über dieses Thema.

گریگور اور بہن اکثر اس موضوع کو اٹھاتے تھے۔

Es wurde aber immer nur als eine wunderbare Idee erwähnt.

لیکن یہ صرف ایک شاندار خیال کے طور پر ذکر کیا گیا تھا۔

Sie glaubten nicht wirklich, dass der Traum in Erfüllung gehen könnte.

انہیں واقعی یقین نہیں تھا کہ خواب پورا ہو سکتا ہے۔

Und den Eltern gefielen solche fantasievollen Ambitionen nicht.

اور والدین کو اسے فرضی عزائم پسند نہیں تھے۔

Selbst wenn das Thema ganz harmlos angesprochen wurde.

یہاں تک کہ جب موضوع کو بہت معصومیت سے اٹھایا گیا تھا۔

Gregor dachte aber weiterhin an die Musikschule.

لیکن گریگور میوزک اسکول کے بارے میں سوچتا رہا۔

Und er hatte vor, das Geschenk am Heiligabend anzukündigen.

اور اس نے کرسمس کے موقع پر تحفے کا اعلان کرنے کا منصوبہ بنایا۔

In seinem jetzigen Zustand wäre das natürlich unmöglich.

یقیناً اس کی موجودہ حالت میں یہ ناممکن ہوگا۔

Doch solche Gedanken gingen ihm durch den Kopf.

لیکن اس طرح کے خیالات اس کے دماغ میں گزر رہے تھے۔

Und solche Gedanken kamen ihm, während er der Familie zuhörte.

اور گھر والوں کو سنتے ہی اس کے ایسے خیالات تھے۔

Manchmal war er zu müde, um ihnen weiter zuzuhören.

بعض اوقات وہ ان کی باتیں سننے رہنے کے لیے بہت تھک جاتے تھے۔

Vor Erschöpfung sank sein Kopf gegen die Tür.

اس کا سر تھکاوٹ سے دروازے سے ٹکرایا۔

Doch er legte sofort wieder seinen Kopf gegen die Tür.

لیکن اس نے فوراً اپنا سر دوبارہ دروازے سے لگا لیا۔

Denn selbst das leiseste Geräusch war draußen zu hören.

کیونکہ باہر ہلکی سی آواز بھی سنائی دیتی تھی۔

Und jedes Geräusch, das er machte, brachte die Familie zum Schweigen.

اور اس نے جو بھی شور کیا وہ گھر والوں کو خاموش کر دے گا۔

„Was macht er denn jetzt?", fragte der Vater die Familie.

"اب وہ کیا کر رہا ہے؟" باپ نے گھر والوں سے پوچھا۔

Und er ging zur Tür, um nachzusehen, was das Geräusch verursachte.

اور دروازے پر جا کر چیک کیا کہ شور کیا ہے۔

Und dann wurde das unterbrochene Gespräch allmählich wieder aufgenommen.

اور پھر رکی ہوئی گفتگو آہستہ آہستہ دوبارہ شروع ہوئی۔

Was der Vater aber sagte, überraschte alle auf positive Weise.

لیکن والد نے جو مثبت کہا اس نے سب کو حیران کر دیا۔

Gregor erfuhr nun den wahren Stand der Finanzen.

گریگور نے اب مالیات کی حقیقی حیثیت جان لی تھی۔

Trotz all des Unglücks gab es auch etwas Glück.

تمام تر بد قسمتیوں کے باوجود کچھ خوش نصیبی تھی۔

Ein kleines Vermögen aus alten Zeiten war noch vorhanden.

پرانے وقتوں کی ایک بہت ہی چھوٹی قسمت اب بھی موجود تھی۔

Der Vater erklärte die Dinge, musste sich aber wiederholen.

باپ نے چیزیں سمجھائی، لیکن خود کو دہرانا پڑا۔

Weil er sich eine Weile nicht mehr mit diesen Dingen befasst hatte.

کیونکہ اس نے کچھ عرصے سے ان چیزوں سے نمٹا ہی نہیں تھا۔

Und weil die Mutter solche Dinge nicht verstand.

اور کیونکہ ماں ایسی باتیں نہیں سمجھتی تھی۔

Die Zinssätze der Bank waren etwas gestiegen.

بینک کی طرف سے سود کی شرح تھوڑی بڑھ گئی تھی۔

Das unberührte Geld hatte sich stärker erhöht als erwartet.

اچھوتی رقم توقع سے زیادہ بڑھ گئی تھی۔

Darüber hinaus hatte Gregor ihnen immer seine Ersparnisse gegeben.

اس کے علاوہ، گریگور نے ہمیشہ انہیں اپنی بچت دی تھی۔

Er hatte nur wenige Gulden für sich behalten.

اس نے اپنے لیے صرف چند گلڈرز ہی رکھے تھے۔

Und sein Geld war auch noch nicht vollständig aufgebraucht.

اور اس کی رقم بھی پوری طرح استعمال نہیں ہوئی تھی۔

Zusammen hatte sich dieses Geld zu einem kleinen Kapital angesammelt.

یہ رقم مل کر ایک چھوٹے سے سرمائے میں جمع ہو گئی تھی۔

Gregor nickte hinter seiner Tür eifrig zu der Nachricht.

دروازے کے پیچھے گریگور نے خبر کے لیے بے تابی سے سر ہلایا۔

Er war erfreut über diese unerwartete Vorsicht und Sparsamkeit.

وہ اس غیر متوقع احتیاط اور کفایت شعاری سے خوش تھا۔

Die überschüssigen Mittel hätten zur Tilgung der Schulden verwendet werden können.

اضافی رقوم قرض کی ادائیگی کے لیے استعمال کی جا سکتی تھیں۔

Dann hätten sie dem Chef nichts mehr geschuldet.

پھر وہ باس کا مزید مقروض نہ ہوتے۔

Und Gregor hätte schon viel früher eine neue Stelle annehmen können.

اور گریگور بہت جلد ایک نئی نوکری پر جا سکتا تھا۔

Aber so, wie der Vater es arrangiert hatte, war es jetzt viel besser.

لیکن ابا نے جس طرح بندوبست کیا وہ اب بہت بہتر تھا۔

Das Geld reichte nicht ganz zum Leben von den Zinsen.

سود سے گزارہ کرنے کے لیے پیسے کافی نہیں تھے۔

Und ein Teil des Geldes musste für Notfälle zurückgelegt werden.

اور کچھ رقم ہنگامی حالات کے لیے مختص کرنی پڑی۔

Das Geld hätte nur für ein oder zwei Jahre gereicht.

یہ صرف ایک یا دو سال کے لئے کافی رقم ہوتی۔

Das bedeutete, dass jemand Geld verdienen musste, damit sie leben konnten.

اس کا مطلب یہ تھا کہ کسی کو ان کے رہنے کے لیے پیسہ کمانا پڑا۔

Der Vater war nicht krank und er war stark genug.

باپ بیمار نہیں تھا، اور وہ کافی مضبوط تھا۔

Doch er war seit mehr als fünf Jahren arbeitslos.

لیکن وہ پانچ سال سے زیادہ عرصے سے کام سے باہر تھا۔

Und aufgrund seines Alters hatte er kaum noch Selbstvertrauen.

اور، اپنی عمر کی وجہ سے، اس کے پاس خود اعتمادی کم تھی۔

Er hatte in letzter Zeit auch deutlich an Gewicht zugenommen.

انہوں نے حالیہ دنوں میں کافی وزن بھی اٹھایا تھا۔

Sein Leben war stets mühsam und erfolglos gewesen.

ان کی زندگی ہمیشہ مشکل اور ناکام رہی۔

Und dies war der erste Urlaub, den er je verbracht hatte.

اور یہ پہلی چھٹی تھی جو اس نے منائی تھی۔

Und da er nicht beschäftigt war, war er ziemlich ungeschickt geworden.

اور بغیر کسی مصروفیت کے وہ کافی اناڑی ہو گیا تھا۔

Wäre es besser, wenn die alte Mutter das Geld verdienen würde?

کیا بہتر ہو گا کہ بوڑھی ماں پیسے کما لے؟

Die alte Mutter, die an Asthma litt.

بوڑھی ماں جو دمے کی بیماری میں مبتلا تھی۔

Die alte Mutter, die Mühe hatte, die Treppe hinaufzugehen.

بوڑھی ماں جو سیڑھیاں چڑھنے کے لیے جدوجہد کر رہی تھی۔

Die alte Mutter, die ihre Zeit damit verbrachte, auf dem Sofa zu liegen.

وہ بوڑھی ماں جس نے اپنا وقت صوفے پر لیٹا گزارا۔

Die alte Mutter, die es vorzog, am Fenster zu sitzen.

بوڑھی ماں جو کھڑکی کے پاس رہنے کو ترجیح دیتی تھی۔

Damit sie bei Bedarf durchatmen konnte.

تاکہ ضرورت پڑنے پر وہ سانس لے سکے۔

Wäre es besser, wenn die jüngere Schwester das Geld verdienen würde?

جوان بہن پیسے کما لے تو کیا بہتر ہو گا؟

Die Schwester, die mit siebzehn Jahren noch ein Kind war.

بہن، جو سترہ سال کی تھی، ابھی بچہ ہی تھا۔

Die Schwester, die nur wenige, bescheidene Freuden hatte.

وہ بہن جس کے پاس صرف چند معمولی لذتیں تھیں۔

Die Schwester, die am liebsten Geige spielte.

وہ بہن جو بنیادی طور پر وائلن بجانا پسند کرتی تھی۔

Sie wusste, dass ihr bisheriger Lebensstil sehr beneidenswert war;

وہ جانتی تھی کہ اس کی زندگی کا سابقہ طریقہ بہت قابل رشک تھا۔

Sich schick anziehen, ausschlafen, im Haushalt helfen.

اچھے کپڑے پہننا، دیر تک جاگنا، گھر میں مدد کرنا۔

Das Gespräch drehte sich oft um die Notwendigkeit, Geld zu verdienen.

گفتگو کا رخ اکثر یسے کمانے کی ضرورت پر ہوتا تھا۔

Gregor war immer der Erste, der die Tür losließ.

گریگور ہمیشہ دروازہ چھوڑنے والا پہلا شخص تھا۔

Das Gespräch erfüllte ihn mit Scham und Trauer.

گفتگو نے اسے شرمندگی اور غم سے گرم کر دیا۔

Also warf er sich auf das kühle Ledersofa.

تو اس نے خود کو کولنگ چمڑے کے صوفے پر پھینک دیا۔

Und den Rest der Nacht verbrachte er oft auf dem Sofa.

اور وہ اکثر رات کا باقی حصہ صوفے پر گزارتا تھا۔

Er hat nie wirklich auf dem Sofa geschlafen, auch nicht nachts.

وہ واقعتاً کبھی صوفے پر نہیں سوتا تھا اور نہ ہی رات کو۔

Oft kratzte er stundenlang an dem Leder.

اکثر وہ صرف چمڑے پر گھنٹوں کھرچتا رہتا تھا۔

Manchmal schob er den Sessel ans Fenster.

دوسری بار اس نے کرسی کو کھڑکی کی طرف دھکیل دیا۔

Allein dies erforderte von seiner Seite einen erheblichen
Aufwand.

اکیلے اس کی طرف سے بہت زیادہ محنت کی ضرورت تھی۔

Der Sessel half ihm, auf die Fensterbank zu klettern.

کرسی نے اسے کھڑکی کی کھڑکی پر رینگنے میں مدد کی۔

Und von dort aus konnte er sich ans Fenster lehnen.

اور وہاں سے وہ کھڑکی سے ٹیک لگانے کے قابل تھا۔

Er empfand dabei stets ein großes Gefühl der Freiheit.

وہ ایسا کرتے ہوئے آزادی کا بڑا احساس محسوس کرتا تھا۔

Vielleicht suchte er nach einem alten, befreienden Gefühl.

شاید وہ کسی پرانے آزادی کے احساس کی تلاش میں تھا۔

Doch seine Sehkraft war nicht mehr so scharf wie früher.

لیکن اس کی بصارت اتنی تیز نہیں تھی جتنی پہلے تھی۔

Dinge in geringer Entfernung waren verschwommen und
undeutlich.

تھوڑے فاصلے پر چیزیں دھندلی اور غیر واضح تھیں۔

Er konnte das Krankenhaus auf der anderen Straßenseite
nicht mehr sehen.

وہ اب سڑک کے اس پار ہسپتال نہیں دیکھ سکتا تھا۔

Vorher hatte er den Anblick verflucht, jetzt wollte er ihn
sehen.

اس سے پہلے کہ وہ اس منظر کو بددعا دیتا، اب وہ اسے دیکھنا چاہتا تھا۔

Er wusste, dass er in der ruhigen, städtischen Charlottenstraße wohnte.

وہ جانتا تھا کہ وہ پُرسکون، شہری شارلوٹنسٹریس میں رہتا ہے۔

Aber vielleicht dachte er, er blicke in die Wüste.

لیکن اس نے سوچا ہوگا کہ وہ صحرا کی طرف دیکھ رہا ہے۔

Eine Ödnis, wo grauer Himmel und graue Erde verschmolzen.

ایک بنجر زمین جہاں سرمئی آسمان اور سرمئی زمین آپس میں مل گئی۔

Zweimal bemerkte die aufmerksame Schwester, dass der Stuhl verschoben worden war.

دو بار توجہ دینے والی بہن نے دیکھا کہ کرسی ہل گئی ہے۔

Nachdem sie aufgeräumt hatte, schob sie den Stuhl zurück ans Fenster.

صفائی کے بعد اس نے کرسی واپس کھڑکی کی طرف دھکیل دی۔

Und von nun an ließ sie sogar den Fensterflügel offen.

اور اب سے اس نے کھڑکی کا شیشہ بھی کھلا چھوڑ دیا۔

Gregor wünschte sich sehr, er hätte mit seiner Schwester sprechen können.

گریگور کی واقعی خواہش تھی کہ وہ اپنی بہن سے بات کر سکتا۔

Er wollte ihr für alles danken, was sie für ihn getan hatte.

وہ اس کا شکریہ ادا کرنا چاہتا تھا جو اس نے اس کے لیے کیا تھا۔

Dann hätte er ihre Dienste leichter toleriert.

پھر وہ ان کی خدمات کو زیادہ آسانی سے برداشت کر لیتا۔

Doch so wie die Dinge standen, litt er darunter, dass sie ihm half.

لیکن جیسا کہ چیزیں تھیں، اسے اس کی مدد کرنے سے تکلیف ہوئی۔

Die Schwester versuchte natürlich, die Peinlichkeit zu überspielen.

بہن نے یقیناً شرمندگی کو دھندلا کرنے کی کوشش کی۔

Und sie tat ihr Bestes, so zu tun, als ob sie sich nicht belastet fühlte.

اور اس نے بوجھ محسوس نہ کرنے کا بہانہ کرنے کی پوری کوشش کی۔

Natürlich musste sie das erst einmal üben.

یقیناً یہ وہ چیز ہے جسے اسے سب سے پہلے مشق کرنا پڑتی تھی۔

Und je mehr Zeit verging, desto besser wurde sie darin.

اور جتنا وقت گزرتا گیا، وہ اتنا ہی بہتر ہوتا گیا۔

Gregor erhielt jedoch auch mehr Zeit, um ihr Täuschungsmanöver zu durchschauen.

لیکن گریگر کو بھی اس کا دکھاوا دیکھنے کے لیے مزید وقت دیا گیا۔

Schon das Betreten seines Zimmers durch sie war für ihn eine Tortur.

یہاں تک کہ اس کے کمرے میں داخل ہونا اس کے لیے ایک آزمائش تھی۔

Kaum war sie eingetreten, rannte sie direkt zum Fenster.

اندر داخل ہوتے ہی وہ سیدھی کھڑکی کی طرف بھاگی۔

Sie nahm sich nicht einmal die Zeit, die Tür zu schließen.

اس نے دروازہ بند کرنے میں بھی وقت نہیں لیا۔

Normalerweise ersparte sie allen den Anblick von Gregors Zimmer.

عام طور پر وہ گریگور کے کمرے کی نظروں سے سب کو بچاتی تھی۔

Und mit hastigen Händen riss sie das Fenster auf.

اور اس نے جلدی جلدی ہاتھوں سے کھڑکی کھول دی۔

Dann atmete sie wieder, als ob sie erstickt wäre.

پھر اس نے دوبارہ سانس لیا جیسے اس کا دم گھٹ رہا ہو۔

Die einströmende Luft war kalt, und sie atmete tief durch.

اندر آنے والی ہوا ٹھنڈی تھی اور اس نے گہرا سانس لیا۔

Dennoch blieb sie noch eine Weile am Fenster stehen.

لیکن اس کے باوجود وہ کچھ دیر کھڑکی کے پاس رہی۔

Mit dieser Routine ängstigte sie Gregor zweimal täglich.

وہ اس معمول سے دن میں دو بار گریگور کو ڈراتی تھی۔

Während sie im Zimmer war, zitterte er unter dem Sofa.

جب وہ کمرے میں تھی وہ صوفے کے نیچے کانپ رہا تھا۔

Er wusste, dass sie ihm diese Tortur gern erspart hätte.

وہ جانتا تھا کہ وہ اسے آزمائش سے بچانا پسند کرے گی۔

Aber sie konnte nicht in dem Zimmer sein, wenn das Fenster geschlossen war.

لیکن کھڑکی بند ہونے سے وہ کمرے میں نہیں آسکتی تھی۔

Einmal kam sie etwas früher.

ایک وقت تھا جب وہ تھوڑی دیر پہلے آئی تھی۔

Vermutlich etwa einen Monat nach Gregors Verwandlung.

شاید گریگور کی تبدیلی کے تقریباً ایک ماہ بعد۔

Sie hatte sich ein wenig an sein neues Aussehen gewöhnt.

وہ کسی حد تک اس کے نئے روپ کی عادی ہو چکی تھی۔

Sie hatte also keinen Grund mehr, besonders schockiert zu sein.

اس لیے اب اس کے پاس خاص طور پر حیران ہونے کی کوئی وجہ نہیں تھی۔

Sie fand ihn immer noch regungslos aus dem Fenster starrend vor.

اس نے اسے ابھی تک کھڑکی سے باہر گھورتے ہوئے پایا۔

Er befand sich am schrecklichsten Ort, an dem er hätte sein können.

وہ سب سے خوفناک جگہ پر تھا جہاں وہ ہو سکتا تھا۔

Er wäre nicht überrascht gewesen, wenn sie nicht hereingekommen wäre.

وہ حیران نہ ہوتا اگر وہ اندر نہ آتی۔

Er hinderte sie daran, das Fenster zu öffnen.

جہاں اس نے اسے کھڑکی کھولنے سے روک دیا۔

Sie verließ schnell wieder das Zimmer und schloss die Tür.

وہ جلدی سے دوبارہ کمرے سے نکل گئی، اور دروازہ بند کر دیا۔

Ein Fremder hätte zu allen möglichen Schlussfolgerungen gelangen können.

ایک اجنبی ہر طرح کے نتیجے پر پہنچ سکتا تھا۔

Vielleicht wartete er nur auf die Gelegenheit, sie zu beißen.

شاید وہ اسے کاٹنے کے موقع کا انتظار کر رہا تھا۔

Gregor versteckte sich natürlich sofort unter dem Sofa.

گریگور یقیناً فوراً صوفے کے نیچے چھپ گیا۔

Doch er musste bis Mittag warten, bis seine Schwester zurückkehrte.

لیکن اسے اپنی بہن کے واپس آنے کے لیے دوپہر تک انتظار کرنا پڑا۔

Und sie wirkte viel unruhiger als sonst.

اور وہ اسے معمول سے کہیں زیادہ بے چین لگ رہی تھی۔

Ihm wurde klar, dass der Anblick von ihm immer noch unerträglich war.

اس نے محسوس کیا کہ اس کی نظر ابھی تک ناقابل برداشت تھی۔

Der Anblick von ihm würde für sie weiterhin unerträglich bleiben.

اس کی نظر اس کے لیے ناقابل برداشت ہونے والی تھی۔

Sie konnte es wahrscheinlich nicht ertragen, auch nur einen Teil von ihm zu sehen.

وہ شاید اس کا کوئی حصہ دیکھنا برداشت نہیں کر سکتی تھی۔

Ein kleines Teil ragte immer unter dem Sofa hervor.

ایک چھوٹا سا حصہ ہمیشہ صوفے کے نیچے سے نکلتا تھا۔

Eines Tages trug er ein Bettlaken auf dem Rücken zum Sofa.

ایک دن اس نے اپنی پیٹھ پر چادر اٹھا کر صوفے پر ڈالا۔

Er wollte verhindern, dass sie irgendetwas von ihm sah.

وہ اسے اپنے کسی حصے کو دیکھنے سے بچانا چاہتا تھا۔

Er richtete das Bettlaken so aus, dass er vollständig verdeckt war.

اس نے بیڈ شیٹ اس طرح ترتیب دی کہ وہ سب چھپ گیا۔

Selbst wenn sie sich bückte, könnte sie ihn nicht sehen.

وہ جھک کر بھی اسے دیکھ نہیں پاتی۔

Für Gregor dauerte die gesamte Arbeit mehr als drei Stunden.

پوری کوشش میں گریگور کو تین گھنٹے سے زیادہ کا وقت لگا۔

Möglicherweise hielt sie das Bettlaken für überflüssig.

اس نے سوچا ہوگا کہ بیڈ شیٹ غیر ضروری ہے۔

Sie hätte gewusst, dass er das Bettlaken nicht wollte.

وہ جانتی کہ اسے بیڈ شیٹ نہیں چاہیے۔

Er tat es zu ihrem Wohlbefinden und nicht für sich selbst.

وہ اس کے آرام کے لیے کر رہا تھا، اپنے لیے نہیں۔

Und sie hätte das Bettlaken abnehmen können, wenn sie gewollt hätte.

اور اگر وہ چاہتی تو بیڈ شیٹ اتار سکتی تھی۔

Aber sie ließ das Bettlaken dort, wo Gregor es hingelegt hatte.

لیکن اس نے بیڈ شیٹ کو وہیں چھوڑ دیا جہاں گریگور نے رکھا تھا۔

Und Gregor glaubte sogar, einen dankbaren Blick erhascht zu haben.

اور گریگور نے یہاں تک سوچا کہ اس نے شکر گزار نظر ڈالی ہے۔

Er hatte das Bettlaken vorsichtig mit dem Kopf angehoben.

اس نے آہستگی سے بیڈ شیٹ کو سر سے اوپر اٹھایا تھا۔

Er wollte herausfinden, ob seiner Schwester die Vereinbarung gefiel.

وہ دیکھنا چاہتا تھا کہ آیا اس کی بہن کو یہ انتظام پسند آیا۔

Die ersten zwei Wochen waren für die Eltern am schwierigsten.

پہلے دو ہفتے والدین کے لیے مشکل ترین تھے۔

Sie brachten es nicht übers Herz, hereinzukommen und ihn zu sehen.

وہ خود کو اندر آنے اور دیکھنے کے لیے نہیں لا سکتے تھے۔

Er belauschte in dieser Zeit viele ihrer Gespräche.

اس نے اس وقت ان کی بہت سی گفتگو سنی۔

Sie nahmen alles, was die Schwester tat, voll und ganz zur Kenntnis.

انہوں نے بہن کی ہر بات کو پوری طرح تسلیم کیا۔

Auch wenn sie früher oft verärgert über sie waren.

حالانکہ وہ اکثر اس سے ناراض رہتے تھے۔

Weil sie ein ziemlich nutzloses Mädchen gewesen zu sein schien.

کیونکہ وہ کسی حد تک بیکار لڑکی لگ رہی تھی۔

Nun warteten sie auf der anderen Seite des Raumes.

اب وہ کمرے کی دوسری طرف انتظار کر رہے تھے۔

Und sie war es, die den Raum betrat, um alles zu erledigen.

اور یہ وہی تھی جو سب کچھ کرنے کے لیے کمرے میں گئی تھی۔

Sobald sie herauskam, wollten sie alles wissen.

جیسے ہی وہ باہر آئی وہ سب کچھ جاننا چاہتے تھے۔

Sie musste ihnen genau beschreiben, wie das Zimmer aussah.

اسے انہیں بالکل بتانا تھا کہ کمرہ کیسا لگتا ہے۔

„Was hat Gregor gegessen? Wie hat er sich diesmal verhalten?"

"گریگر نے کیا کھایا؟ اس بار اس نے کیسا برتاؤ کیا؟"

„War vielleicht eine leichte Verbesserung zu bemerken?"

"کیا شاید کوئی معمولی بہتری نظر آنے والی تھی؟"

Die Mutter war übrigens tatsächlich mutiger.

ماں، ویسے، اصل میں زیادہ ہمت تھی.

Und natürlich war es ihr eigener Sohn im Zimmer.

اور یقیناً یہ کمرے کے اندر اس کا اپنا بیٹا تھا۔

Sie wollte Gregor eigentlich schon bald besuchen.

وہ دراصل نسبتاً جلد گریگور سے ملنا چاہتی تھی۔

Doch der Vater und die Schwester hielten sie zunächst zurück.

لیکن باپ اور بہن نے شروع میں اسے روک لیا۔

Sie brachten sehr rationale Argumente dafür vor, dass sie nicht gehen sollte.

انہوں نے اس کے نہ جانے کے لیے بہت معقول دلائل دیے۔

Gregor hörte ihren Argumenten sehr aufmerksam zu.

گریگور نے ان کے استدلال کو بہت توجہ سے سنا۔

Und er akzeptierte die Argumentation genauso wie seine Mutter.

اور اس نے استدلال کو اپنی ماں کی طرح قبول کیا۔

Später musste sie jedoch mit Gewalt zurückgehalten werden.

تاہم بعد میں اسے زبردستی روکنا پڑا۔

"Lasst mich zu Gregor hinein, er ist mein unglücklicher Sohn!"

"مجھے گریگور کے پاس جانے دو، وہ میرا بد قسمت بیٹا ہے"!

"Verstehst du denn nicht, dass ich ihn aufsuchen muss?"

"کیا تم نہیں سمجھتے کہ مجھے اس سے ملنے جانا ہے؟"

Gregor ließ sich ebenfalls von den Argumenten seiner Mutter überzeugen.

گریگور بھی اپنی ماں کے دلائل سے قائل تھا۔

Vielleicht hatte sie recht; es wäre gut, wenn sie hereinkäme.

شاید وہ صحیح تھی؛ اچھا ہو گا اگر وہ اندر آئے۔

Ihn jeden Tag zu besuchen, wäre viel zu viel.

اسے ہر روز نظر آنا بہت زیادہ ہوگا۔

Aber ihn vielleicht einmal pro Woche zu sehen, könnte genügen.

لیکن اسے ہفتے میں ایک بار دیکھنا ہی کافی ہو سکتا ہے۔

Sie versteht die Dinge vielleicht viel besser als die Schwester.

وہ شاید بہن سے زیادہ بہتر چیزیں سمجھتی ہے۔

Trotz all ihres Mutes war sie doch nur ein Kind.

اپنی تمام ترہمت کے باوجود وہ ابھی بچہ ہی تھا۔

Vielleicht war es kindliche Unbekümmertheit, die sie dazu veranlasste, diese Aufgabe anzunehmen.

شاید بچگانہ لاپرواہی نے اسے اس کام پر مجبور کر دیا۔

Doch Gregors Wunsch, seine Mutter wiederzusehen, ging bald in Erfüllung.

لیکن گریگور کی اپنی ماں سے ملنے کی خواہش جلد ہی پوری ہو گئی۔

Tagsüber hielt sich Gregor vom Fenster fern.

دن کے وقت گریگور کھڑکی سے دور رہتا تھا۔

Dies tat er aus Rücksicht auf seine Eltern.

یہ اس نے اپنے والدین کا خیال رکھتے ہوئے کیا۔

Er hatte nicht viel Platz, um auf dem Boden herumzukriechen.

اس کے پاس فرش پر رینگنے کے لیے زیادہ جگہ نہیں تھی۔

Es fiel ihm schwer, nachts still zu liegen.

اسے رات کے وقت خاموش لیٹنا مشکل لگتا تھا۔

Das Essen bereitete ihm nicht einmal mehr die geringste Freude.

کھانے سے اب اسے ذرہ برابر بھی خوشی نہیں ہوئی۔

Natürlich musste er sich irgendwie ablenken.

یقیناً اسے اپنی توجہ ہٹانے کے لیے کوئی نہ کوئی راستہ تلاش کرنا تھا۔

Um sich die Zeit zu vertreiben, kletterte er die Wände rauf und runter.

اپنے آپ کو تفریح فراہم کرنے کے لئے وہ دیواروں کے اوپر اور نیچے رینگتا تھا۔

Und er kroch auch kopfüber an der Decke entlang.

اور وہ بھی اوپر نیچے چھت کے ساتھ ساتھ رینگنے لگا۔

Besonders glücklich war er, als er von der Decke hing.

وہ خاص طور پر خوش تھا جب وہ چھت سے لٹکا ہوا تھا۔

Es war etwas völlig anderes, als auf dem Boden zu liegen.

یہ فرش پر لیٹنے سے بالکل مختلف تھا۔

In dieser Position fiel ihm das Atmen deutlich leichter.

اسے اس پوزیشن میں سانس لینا بہت آسان معلوم ہوا۔

Ein leichtes, aber angenehmes Kribbeln durchfuhr seinen Körper.

ایک ہلکی سی لیکن خوشگوار لہر اس کے جسم سے گزری۔

Manchmal gab er sich seinem Glück sogar zu sehr hin.

کبھی کبھی وہ اپنی خوشی میں بہت زیادہ آرام بھی کرتا تھا۔

Manchmal ließ er sich ablenken und ließ die Decke los.

وہ کبھی کبھی مشغول ہو جاتا، اور چھت کو چھوڑ دیتا۔

Und zu seiner eigenen Überraschung landete er wieder auf dem Boden.

اور اپنی ہی حیرت سے وہ واپس زمین پر گر پڑا۔

Aber er hatte seinen Körper deutlich besser unter Kontrolle als zuvor.

لیکن اس کا اپنے جسم پر پہلے کی نسبت بہت بہتر کنٹرول تھا۔

So verletzte er sich nun nicht mehr bei so heftigen Stürzen.

اس لیے اب اتنے بڑے گرنے سے اس نے خود کو نقصان نہیں پہنچایا۔

Die Schwester bemerkte sofort Gregors neue Freude.

بہن نے فوراً گریگور کی نئی خوشی کو دیکھا۔

Und dort, wo er gekrochen war, waren Klebstoffreste zu sehen.

اور جہاں وہ رینگتا تھا وہاں چمکنے کے نشانات تھے۔

Auch hier dachte die Schwester an Gregors Wohlbefinden.

یہاں ایک بار پھر بہن نے گریگور کی خیریت کے بارے میں سوچا۔

Vielleicht würde er mehr Platz zum Herumkriechen begrüßen.

شاید وہ ادھر ادھر رینگنے کے لیے مزید کمرے کی تعریف کرے گا۔

Und der Gedanke hatte sich fest in ihrem Kopf verankert.

اور یہ خیال اس کے دماغ میں مضبوطی سے قائم ہو گیا۔

Einige der großen Möbelstücke behinderten seine Bewegungsfreiheit.

کچھ بڑے فرنیچر نے اس کی آزادانہ نقل و حرکت کو روک دیا۔

Da er nicht mehr arbeitete, brauchte er den Schreibtisch nicht mehr.

وہ اب کام نہیں کرتا تھا، اس لیے اسے میز کی ضرورت نہیں تھی۔

Und die Schachtel nahm auch mehr Platz ein als nötig. ***

*** اور باکس نے ضرورت سے زیادہ جگہ لی۔

Die Schwester war nicht in der Lage, diese Dinge allein zu bewegen.

بہن اکیلے ان چیزوں کو حرکت دینے کے قابل نہیں تھی۔

Natürlich wagte sie es nicht, den Vater um Hilfe zu bitten.

یقیناً وہ باپ سے مدد مانگنے کی ہمت نہیں رکھتی تھی۔

Das Dienstmädchen hätte ihr sicherlich auch nicht geholfen.

نوکرانی نے بھی یقیناً اس کی مدد نہیں کی ہوگی۔

Das neue Dienstmädchen war tatsächlich ein Jahr jünger als sie.

نئی نوکرانی در حقیقت اس سے ایک سال چھوٹی تھی۔

Sie hatte mutig die Rolle der ehemaligen Magd übernommen.

اس نے بہادری سے سابق نوکرانی کا کردار نبھایا تھا۔

Doch ein Privileg wollte sie unbedingt haben.

لیکن ایک استحقاق تھا جس پر اس نے اصرار کیا۔

Sie wollte die Küche stets verschlossen halten.

وہ کچن کو ہر وقت بند رکھنا چاہتی تھی۔

Daher blieb der Schwester nichts anderes übrig, als ihre Mutter zu fragen.

اس لیے بہن کے پاس ماں سے پوچھنے کے سوا کوئی چارہ نہیں تھا۔

Unter Freudenschreien kam die Mutter herbei, um zu helfen.

پرجوش خوشی کے رونے کے ساتھ ماں مدد کے لیے آئی۔

Doch an der Tür zu Gregors Zimmer verstummte sie.

لیکن وہ گریگور کے کمرے کے دروازے پر خاموش ہو گئی۔

Die Schwester überprüfte, ob im Zimmer alles in Ordnung war.

بہن نے چیک کیا کہ کمرے میں سب کچھ ٹھیک ہے۔

Gregor hatte das Bettlaken hastig noch straffer gezogen.

گریگور نے عجلت میں بیڈ شیٹ کو اور بھی سخت کر دیا تھا۔

Obwohl das Bettlaken immer noch willkürlich angeordnet aussah.

اگرچہ بیڈ شیٹ اب بھی بے ترتیب طور پر ترتیب دی ہوئی نظر آرہی تھی۔

Erst dann ließ sie ihre Mutter ins Zimmer.

اور تبھی اس نے اپنی ماں کو کمرے میں داخل ہونے دیا۔

Gregor verzichtete auch darauf, unter dem Laken hervorzuspähen.

گریگور نے چادر کے نیچے سے جاسوسی کرنے سے بھی پرہیز کیا۔

Er beschloss, diesmal auf einen Besuch bei seiner Mutter zu verzichten.

اس نے اس بار اپنی ماں کو دیکھنا چھوڑنے کا فیصلہ کیا۔

Gregor war schon froh genug, dass sie überhaupt gekommen war.

گریگور کافی خوش تھا کہ وہ بالکل اندر آئی تھی۔

„Komm herein, du kannst ihn nicht sehen", sagte die Schwester.

"اندر آؤ، تم اسے نہیں دیکھ سکتے،" بہن نے کہا۔

Gregor nahm an, dass sie ihre Mutter an der Hand führte.

گریگور نے فرض کیا کہ اس نے اپنی ماں کا ہاتھ پکڑ کر رہنمائی کی۔

Dann hörte er, wie die beiden schwachen Frauen die Möbel verrückten.

پھر اس نے دو کمزور عورتوں کو فرنیچر منتقل کرتے سنا۔

Die Schwester schien den größten Teil der Arbeit für sich zu beanspruchen.

ایسا لگتا تھا کہ بہن زیادہ تر کام خود اپنے لیے کرتی ہے۔

Ihre Mutter befürchtete, sie würde sich überanstrengen.

اس کی ماں کو خدشہ تھا کہ وہ خود کو زیادہ محنت کرنے والی ہے۔

Doch die Schwester schenkte diesen Warnungen keine Beachtung.

لیکن بہن نے ان تنبیہات پر کوئی توجہ نہیں دی۔

Doch auch nach fünfzehn Minuten ging es nur sehr langsam voran.

لیکن پندرہ منٹ بعد بھی پیش رفت بہت سست تھی۔

Es war ihnen nicht gelungen, die Möbel weit zu bewegen.

وہ فرنیچر کو زیادہ دور منتقل کرنے میں کامیاب نہیں ہوئے تھے۔

Langsam beschlich sie ein Gefühl der Niederlage.

انہیں آہستہ آہستہ شکست کا احساس ہونے لگا تھا۔

Die Mutter war die Erste, die die Sinnlosigkeit eingestand.

ماں نے سب سے پہلے فضولیت کا اعتراف کیا۔

"Vielleicht wäre es besser, die Schachtel hier zu lassen."

"شاید باکس کو یہیں چھوڑ دینا بہتر ہوگا۔"

„Die Kiste ist zu schwer, als dass wir sie noch viel weiter
bewegen könnten."

"بکس اتنا بھاری ہے کہ ہم بہت آگے بڑھ سکتے ہیں۔"

„Und wir werden nicht fertig sein, bevor dein Vater
eintrifft."

"اور ہم تمہارے والد کے آنے سے پہلے ختم نہیں کریں گے۔"

„Wenn wir die Kiste hier lassen würden, würde das seinen
Weg nur noch mehr versperren."

"باکس کو یہاں چھوڑنا اس کا راستہ اور بھی روک دے گا۔

Und können wir sicher sein, dass wir ihm damit einen
Gefallen tun?

"اور کیا ہم اس بات کا یقین کر سکتے ہیں کہ ہم اس پر احسان کر رہے ہیں؟"

Sie begannen zu glauben, dass das Gegenteil durchaus der
Fall sein könnte.

وہ سوچنے لگے کہ ہو سکتا ہے اس کے برعکس سچ ہو۔

Der Anblick der leeren Wand lastete schwer auf ihrem
Herzen.

خالی دیوار کا نظارہ اس کے دل پر بھاری تھا۔

Was spricht dagegen, dass Gregor das auch so empfinden
würde?

کیا کہنا ہے کہ گریگور بھی اس طرح محسوس نہیں کرے گا؟

„Er hat sich bereits an die Möbel in seinem Zimmer
gewöhnt."

"وہ پہلے ہی اپنے کمرے میں فرنیچر کا عادی ہے۔"

„In einem leeren Zimmer könnte er sich noch verlassener
fühlen."

"وہ خالی کمرے میں اور بھی زیادہ لاوارث محسوس کر سکتا ہے۔"

Ihre Stimme war inzwischen fast zu einem Flüstern
gesunken.

اب تک اس کی آواز تقریباً ایک سرگوشی میں آچکی تھی۔

Sie wusste tatsächlich nicht, wo sich Gregor genau aufhielt.

وہ دراصل گریگور کا صحیح ٹھکانا نہیں جانتی تھی۔

Sie wollte nicht einmal, dass er ihre Stimme hörte.

وہ نہیں چاہتی تھی کہ وہ اس کی آواز بھی سنے۔

Obwohl sie sich sicher war, dass er sie nicht verstand.

حالانکہ اسے یقین تھا کہ وہ اسے سمجھ نہیں رہا ہے۔

„Würde es nicht so aussehen, als hätten wir ihn völlig
aufgegeben?"

"کیا ایسا نہیں لگتا کہ ہم نے اسے مکمل طور پر چھوڑ دیا ہے؟"

"Wird er nicht das Gefühl haben, dass wir ihn mit der
Situation allein lassen?"

"کیا وہ محسوس نہیں کرے گا کہ ہم اسے اکیلے سے نمٹنے کے لیے چھوڑ رہے ہیں؟"

„Wir sollten den Raum genau so verlassen, wie er war."

"ہمیں کمرے کو بالکل اسی طرح چھوڑ دینا چاہیے جیسا کہ یہ تھا۔"

„Irgendwann wird Gregor zu uns zurückkehren, so wie er
war."

"بالآخر گریگور ہمارے پاس واپس آئے گا جیسے وہ تھا۔"

„Dann wird er feststellen, dass alles noch an seinem Platz
ist."

"پھر وہ دیکھے گا کہ سب کچھ اپنی جگہ پر ہے۔"

„Und er wird die Übergangszeit viel leichter vergessen."

"اور وہ عبوری مدت کو بہت آسانی سے بھول جائے گا۔"

Als Gregor diese Worte hörte, begriff er etwas.

گریگور نے یہ الفاظ سنے تو اسے کچھ احساس ہوا۔

Sein Verstand war in den letzten zwei Monaten verwirrt worden.

اس کا دماغ پچھلے دو ماہ سے الجھا ہوا تھا۔

Der Mangel an menschlicher Interaktion hatte ihm nicht gutgetan.

انسانی تعامل کا فقدان اس کے لیے اچھا نہیں تھا۔

Er brauchte das eintönige Leben im Kreise seiner Familie wirklich.

اسے واقعی اپنے خاندان کے درمیان نیرس زندگی کی ضرورت تھی۔

Warum sonst hätte er eine solch unsinnige Forderung gestellt?

ورنہ وہ ایسا فضول مطالبہ کیوں کرتا؟

Welchen Sinn sollte es denn haben, sein Zimmer zu räumen?

اس کے کمرے کو خالی کرنے کا کیا امکان تھا؟

Das gemütliche Zimmer war mit geerbten Möbeln eingerichtet.

وراثت میں ملنے والے فرنیچر سے آراستہ آرام دہ کمرہ۔

Warum sollte er diese bekannte Wärme in eine Höhle verwandeln wollen?

وہ اس معلوم گرمی کو غار میں کیوں بدلنا چاہے گا؟

Eine Höhle, in der er ungestört in alle Richtungen kriechen konnte.

ایک غار جہاں وہ ہر طرف سکون سے رینگ سکتا تھا۔

Doch in einer Höhle vergaß er rasch seine menschliche Vergangenheit.

لیکن ایک غار جس میں وہ تیزی سے اپنے انسانی ماضی کو بھول گیا۔

Er fragte sich, ob er schon kurz davor war, alles zu vergessen.

اسے سوچنا تھا کہ کیا وہ بھولنے کے قریب تھا۔

Die Stimme seiner Mutter hatte ihn aufgerüttelt und seine Erinnerung wachgerufen.

اس کی ماں کی آواز نے اسے یاد کرنے میں ہلا کر رکھ دیا تھا۔

Die Stimme, die er so lange nicht gehört hatte.

وہ آواز جو اس نے اتنے عرصے میں نہیں سنی تھی۔

Nichts durfte entfernt werden; alles musste bleiben.

کچھ بھی نہیں ہٹانا چاہئے؛ سب کچھ رہنا تھا۔

Die Möbel wirkten sich positiv auf seinen Zustand aus.

فرنیچر نے اس کی حالت پر مثبت اثر ڈالا۔

Und ohne diesen Anker zur Vergangenheit konnte er nicht zurechtkommen.

اور وہ اس اینکر کے بغیر ماضی کا مقابلہ نہیں کر سکتا تھا۔

Die Möbel hinderten ihn daran, sinnlos herumzukriechen.

فرنیچر نے اس کے بے ہوش رینگنے سے روک دیا۔

Das war aber kein Verlust, sondern vielmehr ein großer Vorteil.

لیکن یہ کوئی نقصان نہیں تھا۔ بلکہ، یہ ایک بہت بڑا فائدہ تھا۔

Leider hatte die Schwester eine ganz andere Meinung.

بدقسمتی سے بہن کی رائے بالکل مختلف تھی۔

Sie war gewissermaßen zu einer Sprecherin Gregors geworden.

وہ کسی حد تک گریگور کی ترجمان بن چکی تھی۔

Natürlich war ihre Meinung nicht völlig unberechtigt.

یقیناً اس کی رائے پوری طرح سے ناجائز نہیں تھی۔

Doch der Meinung ihrer Mutter musste hier widersprochen werden.

لیکن یہاں اس کی والدہ کی رائے کے برعکس ہونا پڑا۔

Es war nicht nur die Kiste, die nun entfernt werden musste.

یہ صرف باکس ہی نہیں تھا جسے اب ہٹانا پڑا۔

Sein Schreibtisch und der Kleiderschrank konnten ebenfalls nicht bleiben.

اس کی میز اور الماری بھی نہ رہ سکی۔

Das Einzige, was unverzichtbar war, war das Sofa.

واحد چیز جو ناگزیر تھی وہ صوفہ تھا۔

Sie hat diese Entscheidung nicht aus kindischem Trotz getroffen.

اس نے یہ فیصلہ محض بچگانہ مخالفت سے نہیں کیا۔

Es lag auch nicht an ihrem erst kürzlich gewonnenen Selbstvertrauen.

یہ اس کا حال ہی میں حاصل کردہ خود اعتمادی بھی نہیں تھا۔

Das neue Selbstvertrauen, das sie hatte, trieb sie an, so hart für den Sieg zu arbeiten.

نیا اعتماد جیتنے کے لیے اسے اتنی محنت کرنی پڑی۔

Auch wenn niemand erwartet hatte, dass sie dazu in der Lage sein würde.

حالانکہ کسی کو یہ توقع نہیں تھی کہ وہ ایسا کر پائے گی۔

Gregor brauchte tatsächlich viel Platz zum Kriechen.

گریگور کو واقعی رینگنے کے لیے کافی جگہ درکار تھی۔

Die Möbel schränkten den ihm zur Verfügung stehenden Raum zusätzlich ein.

فرنیچر صرف اس کمرے کو محدود کرتا تھا جو اس کے پاس دستیاب تھا۔

Sie konnte diese Dinge besser sehen als die Mutter.

وہ ان چیزوں کو ماں سے بہتر دیکھ سکتی تھی۔

Aber vielleicht spielte auch ihre romantische Ader eine Rolle.

لیکن شاید اس کی رومانوی روح نے بھی کردار ادا کیا۔

Mädchen in diesem Alter entwickeln oft eine gewisse Begeisterung.

اس عمر کی لڑکیاں اکثر ایک خاص جوش حاصل کرتی ہیں۔

Und sie verspüren das Bedürfnis, ihren Willen durchzusetzen, wann immer es ihnen möglich ist.

اور وہ جب بھی کر سکتے ہیں اپنا راستہ حاصل کرنے کی ضرورت محسوس کرتے ہیں۔

Vielleicht wollte sie ihn deshalb heimlich sabotieren.

شاید اسی لیے وہ چپکے سے اسے سبوتاژ کرنا چاہتی تھی۔

Noch furchterregender ist er, wenn er an den Wänden entlangkriecht.

جب وہ دیواروں پر رینگتا ہے تو وہ اور بھی خوفناک ہوتا ہے۔

Die Eltern trauten sich nicht mehr, das Zimmer zu betreten.

والدین اب کمرے میں داخل ہونے کی ہمت نہیں کریں گے۔

Sie wäre tatsächlich die alleinige Betreuerin ihres Bruders.

وہ صحیح معنوں میں اپنے بھائی کی واحد کفیل ہوگی۔

Sie ließ sich von ihrer Mutter nicht umstimmen.

اس نے اپنی ماں کو دوسری صورت میں قائل نہیں ہونے دیا۔

Gregors Mutter fühlte sich in dem Zimmer bereits unwohl.

گریگور کی ماں پہلے ہی کمرے میں بے چینی محسوس کر رہی تھی۔

Sie hörte bald auf zu sprechen und half ihrer Tochter erneut.

اس نے جلد ہی بولنا چھوڑ دیا اور اپنی بیٹی کی دوبارہ مدد کی۔

Mit ihren letzten Kräften entfernten sie den Kleiderschrank.

اپنی باقی ماندہ طاقت سے انہوں نے الماری ہٹا دی۔

Auf die Kommode konnte er verzichten.

درازوں کا سینہ کچھ ایسا تھا جس کے بغیر وہ کر سکتا تھا۔

Der Schreibtisch musste aber vorerst dort bleiben.

لیکن میز پر لمحہ بھر کے لیے ٹھہرنا تھا۔

Während die Frauen weg waren, versuchte er, sich einen
Überblick über den Raum zu verschaffen.

جب عورتیں چلی گئیں تو اس نے کمرے کا جائزہ لینے کی کوشش کی۔

Und Gregor streckte seinen Kopf unter dem Sofa hervor.

اور گریگور نے صوفے کے نیچے سے سر باہر نکالا۔

Er musste sehen, was er in dieser Situation tun konnte.

اسے دیکھنا تھا کہ وہ اس صورت حال کے بارے میں کیا کر سکتا ہے۔

Aber er war so vorsichtig und rücksichtsvoll wie möglich.

لیکن وہ ہر ممکن حد تک محتاط اور محتاط تھا۔

Leider war es die Mutter, die zuerst zurückkehrte.

بد قسمتی سے یہ ماں تھی جو سب سے پہلے واپس آئی۔

Grete war noch dabei, den Kleiderschrank im Nebenzimmer
umzustellen.

گرے ابھی بھی ساتھ والے کمرے میں الماری منتقل کر رہا تھا۔

Die Mutter war den Anblick Gregors jedoch nicht gewohnt.

لیکن ماں گریگور کو دیکھنے کی عادت نہیں تھی۔

Schon ein flüchtiger Blick auf ihn hätte sie krank machen
können.

اس کی صرف ایک جھلک بھی اسے بیمار کر سکتی تھی۔

Gregor eilte rückwärts zum anderen Ende des Sofas.

گریگور تیزی سے پیچھے کی طرف صوفے کے بہت دور تک گیا۔

Aber er konnte sich nicht zurücklehnen und das Bettlaken
ausbalancieren.

لیکن وہ پیچھے ہٹ کر بیڈ شیٹ کو بیلنس نہیں کر سکتا تھا۔

Die Bewegung reichte aus, um die Aufmerksamkeit der
Mutter zu erregen.

یہ حرکت ماں کی توجہ حاصل کرنے کے لیے کافی تھی۔

Sie hielt inne und verharrte einen kurzen Moment ganz still.

وہ رکی، اور تھوڑی دیر کے لیے بالکل ساکت کھڑی رہی۔

Dann drehte sie sich um und verließ das Zimmer wieder.

پھر وہ مڑ کر واپس کمرے سے باہر نکل گئی۔

Gregor redete sich immer wieder ein, dass nichts
Ungewöhnliches passiert sei.

گریگور اپنے آپ کو بتاتا رہا کہ کچھ بھی غیر معمولی نہیں ہوا۔

„Es handelt sich lediglich um ein paar Möbelstücke, die
weggebracht wurden.“

"یہ صرف کچھ فرنیچر ہے جو چھین لیا گیا ہے۔"

Doch schon bald musste er zugeben, dass ihn die Ereignisse mitgenommen hatten.

لیکن اسے جلد ہی تسلیم کرنا پڑا کہ واقعات نے اسے متاثر کیا۔

Die Frauen hatten alles, was sie taten, auch gesagt.

عورتیں سب کچھ کہہ رہی تھیں جو وہ کر رہی تھیں۔

Sie waren im Zimmer auf und ab gegangen.

وہ کمرے میں آگے پیچھے چل رہے تھے۔

Das Kratzen aller Möbelstücke auf dem Boden.

فرش پر تمام فرنیچر کو کھرچنا۔

Er hatte das Gefühl, von allen Seiten angegriffen zu werden.

اسے لگا جیسے اس پر ہر طرف سے حملہ کیا جا رہا ہے۔

Er zog Kopf und Beine so fest wie möglich an.

اس نے اپنے سر اور ٹانگوں کو جتنی مضبوطی سے اندر کھینچا تھا۔

Mit aller Kraft presste er seinen Körper zu Boden.

پوری طاقت سے اس نے اپنے جسم کو زمین پر دبا دیا۔

Er wusste, dass er das alles nicht mehr lange aushalten konnte.

وہ جانتا تھا کہ وہ زیادہ دیر یہ سب برداشت نہیں کر سکے گا۔

Sie räumten sein Zimmer aus und nahmen alles mit, was ihm lieb und teuer war.

انہوں نے اس کے کمرے کو صاف کیا اور وہ سب کچھ لے گئے جس سے وہ پیار کرتا تھا۔

Sie hatten bereits die Kiste mit all seinen Werkzeugen mitgenommen.

وہ پہلے ہی اس کے تمام اوزاروں پر مشتمل ڈبہ لے جکے تھے۔

Nun lockerten sie seinen schweren Schreibtisch vom Boden.

اب وہ اس کی بھاری میز کو زمین سے ڈھیل رہے تھے۔

Der Schreibtisch, an dem er nach seiner Rückkehr von der Arbeit gearbeitet hatte.

کام سے واپس آنے کے بعد اس نے جس ڈیسک پر کام کیا تھا۔

Der Schreibtisch, an dem er seine Geschäftsaufgaben erledigt hatte.

جس ڈیسک پر اس نے اپنی کاروباری اسائنمنٹس لکھی تھیں۔

Der Schreibtisch, an dem er in der Sekundarschule seine Hausaufgaben gemacht hatte.

اس ڈیسک پر اس نے سیکنڈری اسکول میں اپنا ہوم ورک کیا تھا۔

Ja, diesen Schreibtisch hatte er schon in der Grundschule.

ہاں، پرائمری اسکول میں اس کے پاس یہ ڈیسک پہلے ہی موجود تھا۔

Er hatte wirklich keine Zeit, sich von ihren guten Absichten zu überzeugen.

اس کے پاس واقعی ان کے اچھے ارادوں کی تصدیق کرنے کا وقت نہیں تھا۔

Obwohl er beinahe vergessen hatte, dass sie überhaupt da waren.

حالانکہ وہ تقریباً بھول چکا تھا کہ وہ وہاں موجود تھے۔

Weil sie vor Erschöpfung still arbeiteten.

کیونکہ وہ تھکن کی وجہ سے خاموشی سے کام کر رہے تھے۔

Sie waren zu müde, um ihre Bewegungen jetzt noch bekannt zu geben.

وہ اب اپنی حرکت کا اعلان کرتے ہوئے بھی تھک چکے تھے۔

Alles, was er hörte, waren ihre schweren Schritte auf dem Boden.

اس نے صرف فرش پر ان کے بھاری قدموں کی آواز سنی۔

Genau in diesem Moment lehnten sie an der Kiste.

بس اسی لمحے وہ باکس کے ساتھ ٹیک لگائے ہوئے تھے۔

Und da kam Gregor unter dem Sofa hervor.

اور اسی وقت گریگور صوفے کے نیچے سے باہر آیا۔

Er änderte viermal seine Laufrichtung.

اس نے چار بار جس سمت میں دوڑ رہا تھا اسے بدل دیا۔

Er konnte sich nicht entscheiden, welcher Gegenstand zuerst gerettet werden musste.

وہ فیصلہ نہیں کر سکا کہ پہلے کس چیز کو محفوظ کرنا ہے۔

Plötzlich richtete sich sein Blick auf die leere Wand.

اچانک اس کی توجہ خالی دیوار کی طرف مبذول ہوئی۔

Alles, was sie ihm hinterlassen hatten, war das Bild der Dame im Pelzmantel.

انہوں نے جو کچھ اسے چھوڑا تھا وہ کھال والی خاتون کی تصویر تھی۔

Er kroch zu dem Bild und drückte seinen Körper an sie.

وہ اپنے جسم کو اس کے خلاف دبانے کے لیے تصویر کی طرف رینگا۔

Und sein Körper verdeckte vollständig das Bild.

اور اس کے جسم نے تصویر کے منظر کو پوری طرح ڈھانپ لیا تھا۔

Das Glas stützte ihn und kühlte seinen heißen Bauch.

شیشے نے اسے اٹھا لیا، اور اس کے گرم پیٹ کو تسلی دی۔

Dieses Foto konnte ihm nicht mehr abgenommen werden.

یہ تصویر اب اس سے نہیں لی جا سکتی تھی۔

Dann wandte er den Kopf zur Wohnzimmertür.

پھر اس نے اپنا سر کمرے کے دروازے کی طرف موڑا۔

Er wollte zusehen, wie die Frauen ins Zimmer zurückkehrten.

وہ دیکھنے جا رہا تھا کہ عورتیں کمرے میں واپس آئیں۔

Und sie ruhten sich nicht lange aus, bevor sie wieder zurückkehrten.

اور وہ دوبارہ واپس آنے سے پہلے زیادہ دیر آرام نہیں کرتے تھے۔

Grete hatte den Arm um ihre Mutter gelegt, um ihr beim Gehen zu helfen.

گریٹ کا بازو اس کی ماں کے ارد گرد تھا تاکہ اسے چلنے میں مدد مل سکے۔

„Was sollen wir denn jetzt nehmen?", fragte Grete und blickte sich um.

"اب ہم کیا لیں؟" گریٹ نے کہا اور ادھر ادھر دیکھا۔

Genau in diesem Moment trafen sich ihre Blicke mit Gregors.

عین اسی لمحے اس کی نظر گریگور کی آنکھوں سے ملی۔

Trotz des Schocks behielt sie die Fassung.

صدمے کے باوجود اس نے اپنی موجودگی برقرار رکھی۔

Vermutlich nur wegen der Anwesenheit ihrer Mutter.

شاید صرف ماں کی موجودگی کی وجہ سے۔

Sie neigte ihr Gesicht zu ihrer Mutter und verdeckte ihr die Sicht.

اس نے اپنا چہرہ اپنی ماں کی طرف جھکا کر اپنا منظر ڈھانپ لیا۔

Und dann sagte sie, zitternd und gedankenlos:

اور پھر اس نے کانپتے اور سوچے سمجھے بغیر کہا:

"Kommt schon, sollten wir nicht zurück ins Wohnzimmer gehen?"

"چلو، کیا ہمیں کمرے میں واپس نہیں جانا چاہیے؟"

Gregor konnte die Absichten der Schwester leicht verstehen.

گریگور بہن کے ارادوں کو آسانی سے سمجھ سکتا تھا۔

Ihre oberste Priorität war es, ihre Mutter in Sicherheit zu bringen.

اس کی پہلی ترجیح اپنی والدہ کو محفوظ مقام پر لانا تھی۔

Aber dann wollte sie ihn von der Mauer herunterjagen.

لیکن پھر وہ دیوار سے نیچے اس کا پیچھا کرنے جا رہی تھی۔

„Nun, sie kann es ja versuchen!", dachte Gregor bei sich.

"ٹھیک ہے، وہ یقینی طور پر کوشش کر سکتی ہے!" گریگور نے اندر ہی اندر سوچا۔

Er behielt sein Bild fest im Blick und gab es nicht her.

وہ اپنی تصویر پر مضبوطی سے بیٹھ گیا اور اسے ترک نہیں کیا۔

Am liebsten wäre er der Schwester ins Gesicht gesprungen.

وہ اس کے بجائے بہن کے چہرے پر چھلانگ لگا دیتا۔

Doch Gretes Worte hatten ihre Mutter noch mehr beunruhigt.

لیکن گریٹ کے الفاظ نے اس کی ماں کو اور بھی پریشان کر دیا تھا۔

Sie trat beiseite, um zu sehen, was vor ihr verborgen wurde.

وہ ایک طرف ہٹ کر دیکھنے لگی کہ اس سے کیا چھپایا جا رہا ہے۔

Und sie sah den braunen Fleck auf der geblümten Tapete.

اور اس نے پھولوں والے وال پیپر پر بھورا داغ دیکھا۔

Und sie schrie auf, noch bevor sie merkte, dass es Gregor war.

اور وہ چیخ پڑی اس سے پہلے کہ اسے احساس ہو کہ یہ گریگور ہے۔

"Oh Gott", schrie sie mit ausgestreckten Armen.

"اوہ خدا،" وہ اپنے بازو پھیلائے ہوئے چیخا۔

Und sie sank auf die Couch, als hätte sie aufgegeben.

اور وہ صوفے پر یوں گر پڑی جیسے ہار مان لی ہو۔

„Gregor!", rief die Schwester ihm mit erhobener Faust zu.

"گریگور!" بہن نے مٹھی اٹھا کر اسے پکارا۔

Und sie warf ihm einen langen, harten und durchdringenden Blick zu.

اور اس نے اسے ایک لمبا، سخت اور تیز نظر دیا۔

Dies war das erste Mal, dass sie direkt mit ihm gesprochen hatte.

یہ پہلا موقع تھا جب اس نے اس سے براہ راست بات کی تھی۔

Sie rannte ins Nebenzimmer, um Riechsalz zu holen.

وہ کچھ خوشبودار نمکیات لینے کے لیے اگلے کمرے میں بھاگی۔

Sie musste ihre Mutter wieder zum Bewusstsein bringen.

اسے اپنی ماں کو ہوش میں لانا تھا۔

Gregor wollte helfen, er konnte das Bild später aufbewahren.

گریگور مدد کرنا چاہتا تھا، وہ تصویر کو بعد میں محفوظ کر سکتا تھا۔

Doch er war fest an der Glasscheibe festgeklebt.

لیکن اس نے خود کو مضبوطی سے شیشے پر جما لیا تھا۔

Deshalb musste er sich mit großer Kraft losreißen.

اس لیے اسے بہت زیادہ طاقت کا استعمال کرتے ہوئے خود کو پھاڑنا پڑا۔

Auch er rannte in den nächsten Raum, wo sich die Schwester befand.

وہ بھی بھاگتا ہوا اگلے کمرے میں گیا جہاں بہن تھی۔

Früher hätte er ihr vielleicht einen Rat geben können.

پرانے زمانے میں وہ اسے کوئی مشورہ دے سکتا تھا۔

Doch nun konnte er nichts anderes tun, als tatenlos zuzusehen.

لیکن اب وہ کچھ نہیں کر سکتا تھا سوائے خاموش کھڑے کھڑے دیکھتا رہا۔

Sie durchwühlte die Schublade und öffnete verschiedene Flaschen.

اس نے مختلف بوتلیں کھولتے ہوئے قرعہ اندازی کی۔

Und er erschreckte sie immer noch, als sie sich umdrehte.

اور جب وہ مڑ گئی تو اس نے اسے خوفزدہ کیا۔

Eine Flasche fiel zu Boden, zerbrach und splitterte.

ایک بوتل فرش پر گر گئی، ٹوٹ گئی اور بکھر گئی۔

Ein Glassplitter traf Gregor im Gesicht und verletzte ihn.

شیشے کا ایک کرچ گریگور کے چہرے پر لگا، اور اسے زخمی کر دیا۔

Die Flasche hatte eine Art ätzende Flüssigkeit enthalten.

بوتل میں کسی قسم کا کاسٹک مائع تھا۔

Und nun brannte die ätzende Flüssigkeit auf Gregors Gesicht.

اور اب سنکنار مائع گریگور کے چہرے کو جلا رہا تھا۔

Die Schwester hatte jedoch im Moment keine Zeit für Gregor.

تاہم بہن کے پاس گریگور کے لیے ابھی وقت نہیں تھا۔

Sie sammelte so viele Flaschen ein, wie sie tragen konnte.

اس نے جتنی بوتلیں اٹھا لیں وہ اٹھا لیں۔

Und sie rannte mit der Medizin zurück zu ihrer Mutter.

اور وہ دوائی لے کر واپس ماں کے پاس بھاگی۔

Sie schlug die Tür mit dem Fuß zu und schloss Gregor aus.

اس نے اپنے پاؤں سے دروازہ کھٹکھٹا کر گریگور کو باہر نکال دیا۔

Nun war er von seiner möglicherweise sterbenden Mutter abgeschnitten.

اب وہ اپنی ممکنہ طور پر مرنے والی ماں سے کٹ چکا تھا۔

Wenn er die Tür öffnete, würde er die Schwester verjagen.

دروازہ کھولتا تو بہن کو بھگا دیتا۔

Aber natürlich musste sie bleiben, um sich um die Mutter zu kümmern.

لیکن یقیناً اسے ماں کی دیکھ بھال کے لیے رہنا پڑا۔

Es gab für ihn nichts anderes zu tun, als auf sie zu warten.

اب وہ ان کے انتظار کے سوا کچھ نہیں کر سکتا تھا۔

Von Selbstvorwürfen und Angst geplagt, begann er zu kriechen.

خود کو ملامت اور پریشانی سے دوچار کر کے وہ رینگنے لگا۔

Er kroch überall hin; an Wänden, Möbeln, der Decke.

وہ ہر جگہ رینگتا تھا۔ دیواریں، فرنیچر، چھت۔

Er hatte das Gefühl, als würde sich der ganze Raum um ihn drehen.

اسے لگا جیسے پورا کمرہ اس کے گرد گھوم رہا ہو۔

Schließlich fiel er, verzweifelt und schwindlig, wieder zu Boden.

آخرِکار مایوسی اور چکر کے عالم میں وہ نیچے گر گیا۔

Und er fiel direkt auf den großen Esstisch.

اور وہ ڈائننگ روم کی بڑی میز کے بالکل اوپر گر گیا۔

Er lag eine Weile da, betäubt und unfähig sich zu bewegen.

اس نے کچھ وقت وہیں لیٹ کر گزارا، بے حس اور حرکت کرنے سے قاصر تھا۔

Er war erschöpft von all dem, was ihm dieser Tag gebracht hatte.

وہ اس سارے دن سے تھکا ہوا تھا جو اس پر لایا تھا۔

Es herrschte ringsum Stille, aber vielleicht war das ein gutes Zeichen.

چاروں طرف خاموشی تھی، لیکن شاید یہ ایک اچھی علامت تھی۔

Dann zerriss das Klingeln an der Haustür die Stille.

پھر خاموشی کو توڑتے ہوئے باہر دروازے کی گھنٹی بجی۔

Das Dienstmädchen hatte sich natürlich in ihrer Küche eingeschlossen.

نوکرانی نے یقیناً خود کو کچن میں بند کر رکھا تھا۔

Die Schwester war also die Einzige, die die Tür öffnen konnte.

لہٰذا بہن واحد تھی جو دروازہ کھول سکتی تھی۔

„Was ist passiert?", fragte der Vater als Erstes.

"کیا ہوا؟" باپ نے پہلی بات پوچھی۔

Gretes Erscheinung hatte ihm wahrscheinlich alles verraten.

گریٹ کی شکل نے شاید اسے سب کچھ بتا دیا تھا۔

Gretes Stimme wurde beim Sprechen gedämpft und dumpf.

بات کرتے کرتے گریٹ کی آواز مدھم اور مدھم ہو گئی۔

Sie muss ihr Gesicht an die Brust ihres Vaters gedrückt haben.

اس نے اپنا چہرہ اپنے باپ کے سینے سے دبایا ہوگا۔

„Mutter war bewusstlos, aber es geht ihr jetzt besser."

"ماں بے ہوش تھیں، لیکن اب وہ بہتر محسوس کر رہی ہیں۔"

„Gregor ist entkommen", fügte sie hinzu, was er auch erwartet hatte.

"گریگور فرار ہو گیا ہے،" اس نے مزید کہا، جس کی اسے توقع تھی۔

"Ich habe dir doch immer gesagt, dass er eines Tages ausbrechen würde."

"میں نے ہمیشہ آپ کو بتایا ہے کہ وہ ایک دن فرار ہونے والا ہے۔"

„Aber ihr Frauen wolltet mir ja nicht zuhören, nicht wahr?"

"لیکن تم عورتیں میری بات نہیں سننا چاہتی تھیں نا؟"

Gregor erkannte schnell, wie sein Vater die Dinge sehen würde.

گریگور نے جلدی سے سمجھ لیا کہ اس کے والد چیزوں کو کیسے دیکھیں گے۔

Er hatte Gretes allzu kurze Nachricht falsch interpretiert.

اس نے گریٹے کے بہت مختصر پیغام کی غلط تعبیر کی تھی۔

Er nahm an, Gregor habe eine Gewalttat begangen.

اس نے فرض کیا کہ گریگور نے کسی تشدد کا ارتکاب کیا ہے۔

Gregor musste einen Weg finden, seinen Vater irgendwie zu besänftigen.

گریگور کو کسی نہ کسی طرح اپنے والد کو مطمئن کرنے کا راستہ تلاش کرنا تھا۔

Weil er keine Zeit hatte, ihm die Dinge zu erklären.

کیونکہ اس کے پاس وقت نہیں تھا کہ وہ اسے باتیں سمجھا سکے۔

Aber er hätte die Dinge ohnehin nicht erklären können.

لیکن وہ ویسے بھی باتوں کی وضاحت نہیں کر پاتا تھا۔

Da flüchtete er zur Tür und drückte sich dagegen.

چنانچہ وہ دروازے کی طرف بھاگا اور خود کو اس کے خلاف دبا دیا۔

So konnte sein Vater ihn vom Vorzimmer aus sehen.

اس طرح اس کے والد اسے اینٹر روم سے دیکھ سکتے تھے۔

Und er würde erkennen, dass er die besten Absichten hatte.

اور وہ دیکھ سکے گا کہ اس کے بہترین ارادے تھے۔

Es war nicht nötig, ihn mit einem Besen zurückzudrängen.

اسے جھاڑو سے پیچھے دھکیلنے کی ضرورت نہیں تھی۔

Der Vater hätte lediglich die Tür öffnen müssen.

تمام باپ کو دروازہ کھولنا پڑا۔

Doch er hatte keine Lust, solche Feinheiten zu bemerken.

لیکن وہ ایسی باریکیوں کو محسوس کرنے کے موڈ میں نہیں تھا۔

"Da bist du ja!", rief er, sobald er eingetreten war.

"وہاں تم ہو!" اس نے اندر داخل ہوتے ہی چیخ کر کہا۔

Es war, als wäre er gleichzeitig wütend und glücklich.

گویا وہ ایک وقت ناراض بھی تھا اور خوش بھی۔

Er zog den Kopf zurück und blickte zu seinem Vater auf.

اس نے اپنا سر پیچھے ہٹایا، اور باپ کی طرف دیکھا۔

Er hatte sich seinen Vater nicht so vorgestellt.

اس نے اپنے باپ کے اس طرح کھڑے ہونے کا تصور بھی نہیں کیا تھا۔

Doch in letzter Zeit hatte er eine neue Ablenkung gefunden.

لیکن اس نے حالیہ دنوں میں ایک نیا خلفشار پایا۔

Das Herumkriechen nahm nun einen großen Teil seines
Tages ein.

ادھر ادھر رینگنا اب اس کا دن کا ایک بڑا حصہ لے جاتا تھا۔

Zuvor hatte er alle Neuigkeiten in der Wohnung im Blick
behalten.

اس سے پہلے، وہ اپارٹمنٹ میں کسی بھی خبر پر نظر رکھتا تھا۔

Aber in letzter Zeit hatte er nicht mehr so genau darauf
geachtet.

لیکن وہ دیر سے اتنی توجہ نہیں دے رہا تھا۔

Er hätte auf Veränderungen vorbereitet sein müssen.

اسے تبدیلیوں کا سامنا کرنے کے لیے تیار رہنا چاہیے تھا۔

Aber war dieser Mann vor ihm noch der Vater?

بہر حال، کیا یہ شخص اس سے پہلے باپ تھا؟

War er noch derselbe Mann, der früher müde in seinem Bett
lag?

کیا وہ وہی آدمی تھا جو اپنے بستر پر تھک کر لیٹا تھا؟

Als Gregor bereits auf Geschäftsreise war.

جب گریگور پہلے ہی کاروباری دورے پر جا چکا تھا۔

War er derselbe Mann, der ihn abends begrüßte?

کیا وہ وہی آدمی تھا جو شام کو سلام کرتا تھا؟

Als er in seinem Morgenmantel in seinem Sessel saß.

جب وہ اپنی کرسی پر اپنے ڈریسنگ گاؤن میں تھا۔

War er derselbe Mann, der nicht aufstehen konnte, um ihn
zu begrüßen?

کیا وہ وہی آدمی تھا جو اس کے استقبال کے لیے نہیں اٹھ سکتا تھا؟

So blieb er sitzen und hob freudig den Arm.

تو سٹھے رہ کر اس نے خوشی کی علامت کے طور پر اپنا بازو اٹھایا۔

War er derselbe Mann, mit dem er gelegentlich spazieren ging?

کیا وہ وہی آدمی تھا جس کے ساتھ وہ کبھی کبھار سیر پر جاتا تھا؟

In seltenen Fällen: an einigen Sonntagen im Jahr oder an Feiertagen.

غیر معمولی موقع پر: سال میں چند اتوار، یا چھٹیاں۔

War er derselbe Mann, der in seinen Mantel gehüllt herüberkam?

کیا وہ وہی آدمی تھا جو اوور کوٹ میں لپٹا ہوا تھا؟

Musste er sich langsam zwischen Mutter und ihm vorwärtsarbeiten?

کیا اس نے ماں اور اس کے درمیان آہستہ آہستہ آگے بڑھایا؟

Und sie gingen seinetwegen bereits langsam.

اور وہ پہلے ہی اس کی وجہ سے آہستہ آہستہ چل رہے تھے۔

Doch nun stand dieser Mann stark und aufrecht.

لیکن اب یہ آدمی مضبوط اور سیدھا کھڑا تھا۔

Er trug eine blaue Uniform mit goldenen Knöpfen.

وہ نیلے رنگ کی وردی میں ملبوس تھا جس میں سونے کے بٹن لگے تھے۔

Knöpfe, die die Angestellten der Bankinstitute tragen.

بٹن بینکنگ اداروں کے ملازم پہنتے ہیں۔

Über dem steifen Kragen trat sein markantes Doppelkinn hervor.

سخت کالر کے اوپر اس کی مضبوط ڈبل ٹھوڑی ابھری۔

Unter seinen buschigen Augenbrauen blickten seine schwarzen Augen hervor.

اس کی جھاڑی بھری بھنویں کے نیچے اس کی کالی آنکھیں باہر دیکھ رہی تھیں۔

Seine Augen wirkten nun durchdringend, frisch und aufmerksam.

اب اس کی آنکھیں چھیدتی ہوئی، تروتازہ اور چوکنا دکھائی دے رہی تھیں۔

Das zuvor zerzauste weiße Haar wurde glatt gekämmt.

پہلے بکھرے ہوئے سفید بالوں کو نیچے کنگھی کیا گیا تھا۔

Und sein Haar hatte nun einen sorgfältigen Mittelscheitel.

اور اس کے بالوں میں اب ایک پیچیدہ مرکزی جدائی تھی۔

Er warf seinen Hut weg, der mit einem goldenen Monogramm verziert war.

اس نے اپنی ٹوپی پھینک دی جس پر سونے کا مونوگرام چسپاں تھا۔

Es handelte sich wahrscheinlich um das Monogramm der Bank, für die er arbeitete.

یہ شاید اس بینک کا مونوگرام تھا جس کے لیے وہ کام کرتا تھا۔

Und der Hut landete auf dem Sofa, um später weggeräumt zu werden.

اور ٹوپی صوفے پر آگئی، بعد میں رکھ دی جائے گی۔

Er schob den Saum der langen Uniformjacke zurück.

اس نے لمبی یونیفارم جیکٹ کے نیچے کو پیچھے دھکیل دیا۔

Und er steckte seine Daumen in die Hosentaschen.

اور اس نے اپنے انگوٹھوں کو پتلون کی جیب میں ڈالا۔

Und dann ging er mit finsterer Miene auf Gregor zu.

اور پھر وہ بھیانک چہرے کے ساتھ گریگور کی طرف چل دیا۔

Er wusste wahrscheinlich selbst noch nicht, was er vorhatte.

اسے شاید یہ بھی معلوم نہیں تھا کہ وہ کیا کرنے کا ارادہ کر رہا ہے۔

Dennoch hob er die Füße ungewöhnlich hoch.

لیکن اس کے باوجود اس نے اپنے پاؤں کو غیر معمولی طور پر اونچا کیا۔

Gregor staunte über die enorme Größe seiner Stiefel.

گریگور اپنے جوتوں کے بڑے سائز پر حیران رہ گیا۔

Doch dafür blieb wirklich keine Zeit, seine Schuhe zu bewundern.

لیکن واقعی اس کے جوتوں پر تعجب کرنے کا وقت نہیں تھا۔

Der Vater hatte sich für eine sehr strenge Disziplin entschieden.

باپ نے بہت سخت ڈسپلن کا فیصلہ کیا تھا۔

Für Gregor war nur die größtmögliche Strenge angemessen.

صرف سب سے بڑی شدت گریگور کے لیے مناسب تھی۔

Das wusste er vom ersten Tag seiner Verwandlung an.

یہ بات وہ اپنی تبدیلی کے پہلے دن سے جانتا تھا۔

Er rannte zu seinem Vater und blieb stehen, als dieser stehen blieb.

وہ اپنے باپ کے پاس بھاگا، اور جب وہ رکا تو رک گیا۔

Als er sich wieder bewegte, huschte er erneut auf ihn zu.

وہ دوبارہ اس کی طرف بڑھی تو وہ دوبارہ آگے بڑھا۔

Der Vater hielt einen Moment inne, und Gregor tat es ihm gleich.

باپ نے ایک لمحے کے لیے توقف کیا، اور گریگور بھی۔

Und sobald sich sein Vater bewegte, stürmte er wieder vorwärts.

اور باپ کے آگے بڑھتے ہی وہ دوبارہ آگے بڑھا۔

Auf diese Weise gingen sie mehrmals im Kreis um den Raum.

اس طرح وہ کئی بار کمرے کے گرد چکر لگاتے رہے۔

Bislang hatte noch niemand einen entscheidenden Vorteil errungen.

ابھی تک کسی کو کوئی فیصلہ کن فائدہ حاصل نہیں ہوا تھا۔

Man konnte nicht den Eindruck einer Verfolgungsjagd gewinnen.

کسی کو پیچھا کرنے کا تاثر نہیں مل سکتا تھا۔

Weil das ganze Geschehen viel zu langsam vonstatten ging.

کیونکہ یہ سارا واقعہ بہت آہستہ آہستہ ہو رہا تھا۔

Gregor hatte beschlossen, am Boden zu bleiben.

گریگور نے فیصلہ کر لیا تھا کہ وہ زمین پر ہی رہے گا۔

Er hätte die Wände hoch und an der Decke entlanglaufen können.

وہ دیواروں اور چھت کے ساتھ ساتھ بھاگ سکتا تھا۔

Er wollte den Vater aber nicht unnötig provozieren.

لیکن وہ باپ کو غیر ضروری طور پر اکسانا نہیں چاہتا تھا۔

Eine solche Flucht hätte besonders verwerflich erscheinen können.

اس طرح کا فرار خاص طور پر بُرا معلوم ہو سکتا ہے۔

Gregor räumte ein, dass diese Jagd nicht mehr lange dauern könne.

گریگور نے اعتراف کیا کہ یہ پیچھا زیادہ دیر نہیں چل سکتا۔

Jeder Schritt erforderte eine Vielzahl von Bewegungen.

ہر قدم پر بے شمار تحریکوں کا سامنا کرنا پڑا۔

Er begann bereits Atemnot zu verspüren.

اسے پہلے ہی سانس کی تکلیف محسوس ہونے لگی تھی۔

Schon vorher hatte er nie absolut zuverlässige Lungen gehabt.

یہاں تک کہ اس سے پہلے کہ اس نے کبھی بھی مکمل طور پر قابل اعتماد پھیپھڑے نہیں تھے۔

Er taumelte dahin und sparte seine Kräfte für den Lauf.

وہ رن کے لیے اپنی طاقت بچاتے ہوئے لڑکھڑاتا رہا۔

Er war so müde, dass er die Augen kaum noch offen halten konnte.

وہ اتنا تھکا ہوا تھا کہ وہ مشکل سے اپنی آنکھیں کھول سکتا تھا۔

Seine Gedanken verlangsamten sich zu sehr, um an andere Fluchtmöglichkeiten zu denken.

اس کے خیالات دوسرے فرار کے بارے میں سوچنے کے لئے بہت سست ہو گئے.

Er hatte fast vergessen, dass ihm die Wände zur Verfügung standen.

وہ تقریباً بھول چکا تھا کہ دیواریں اس کے لیے دستیاب تھیں۔

Die Wände waren aber ohnehin hinter Möbeln verborgen.

لیکن دیواریں ویسے بھی فرنیچر کے پیچھے چھپی ہوئی تھیں۔

Und die Möbel wiesen zu viele Kerben und Vorsprünge auf.

اور فرنیچر میں بہت زیادہ نشانات اور پروٹریشنز تھے۔

Und dann, direkt neben ihm, rollte ein Apfel.

اور پھر، اس کے بالکل ساتھ، گھومتے ہوئے، ایک سیب تھا۔

Ihm wurde klar, dass der Apfel nach ihm geworfen worden sein musste.

اسے احساس ہوا کہ سیب اس پر پھینکا گیا ہوگا۔

Doch er hatte keine Zeit zum Nachdenken, da kam schon der nächste Apfel.

لیکن اس کے پاس ایک اور سیب آنے سے پہلے سوچنے کا وقت نہیں تھا۔

Gregor erstarrte vor Schreck über die neue Strategie seines Vaters.

گریگور والد کی نئی حکمت عملی پر صدمے میں منجمد ہو گیا۔

Er konnte durch einen Fluchtversuch nichts mehr gewinnen.

وہ اب بھاگنے کی کوشش سے کچھ حاصل نہیں کر سکتا تھا۔

Der Vater hatte beschlossen, ihn mit Früchten zu überhäufen.

باپ نے اس پر پھلوں سے بمباری کرنے کا فیصلہ کیا تھا۔

Er hatte sich die Taschen mit Obst aus der Küchenschale gefüllt.

اس نے کچن کے فروٹ پیالے سے جیبیں بھری تھیں۔

Ohne besonders darauf zu zielen, warf er Apfel um Apfel.

خاص طور پر نشانہ بنائے بغیر، اس نے سیب کے بعد ایک سیب پھینک دیا۔

Diese kleinen roten Äpfel rollten auf dem Boden herum.

یہ چھوٹے سرخ سیب زمین پر گھوم رہے تھے۔

Wie von einem Stromschlag getroffen, stießen die Äpfel aneinander.

گویا بجلی سے سیب ایک دوسرے سے ٹکرا گئے۔

Einer der schwach geworfenen Äpfel streifte Gregors Rücken.

کمزور طور پر پھینکے گئے سیبوں میں سے ایک نے گریگور کی پیٹھ کو چرایا۔

Zum Glück für ihn rutschte der Apfel harmlos herunter.

خوش قسمتی سے اس کے لیے، وہ سیب بے ضرر پھسل گیا۔

Der anschließend geworfene Apfel traf jedoch genauer.

تاہم، بعد میں پھینکا گیا سیب زیادہ درست تھا۔

Und dieser Apfel blieb tief in Gregors Rücken stecken.

اور یہ سیب خود کو گریگور کی پیٹھ میں گہرا کر بیٹھا۔

Gregor wollte sich vor dem Schmerz davonreißen.

گریگور خود کو درد سے دور کھینچنا چاہتا تھا۔

Vielleicht ließe sich diesem neuen, unvorstellbaren Schmerz entkommen.

شاید اس نئے، ناقابل یقین درد سے بچ جا سکے۔

Vielleicht würde ein Ortswechsel seine Qualen lindern.

شاید مقام کی تبدیلی اس کی اذیت کو دور کر دے گی۔

Aber er fühlte sich, als wäre er am Boden festgenagelt.

لیکن اسے لگا جیسے وہ فرش پر کیلوں سے ٹکرا گیا ہو۔

Er streckte sich aus, aber nur aufgrund seiner Verwirrung.

اس نے خود کو پھیلایا، لیکن صرف اس کی الجھن کی وجہ سے۔

Erst mit seinem letzten Blick sah er, wie sich die Tür öffnete.

صرف اپنی آخری نظر سے اس نے دروازہ کھلتے دیکھا۔

Die Mutter stürzte vor die schreiende Schwester hinaus.

ماں چیختی ہوئی بہن کے سامنے دوڑی۔

Die Schwester hatte sie ausgezogen, sodass sie nur noch ihr Hemd trug.

بہن نے اس کے کپڑے اتار دیے تھے تو وہ اس کی قمیض میں تھی۔

Sie hatte in ihrer Bewusstlosigkeit Freiraum gebraucht.

اسے اپنی بے ہوشی میں سانس لینے کی جگہ درکار تھی۔

Er sah noch, wie die Mutter auf den Vater zulief.

اس نے پھر بھی دیکھا کہ ماں باپ کی طرف کیسے بھاگی۔

Ihre Röcke rutschten einer nach dem anderen zu Boden.

اس کی اسکرٹ ایک کے بعد دیگرے زمین پر پھسل گئی۔

Er sah, wie sie auf den Vater zuging und über ihren Rock
stolperte.

اس نے اسے باپ کے قریب آتے دیکھا، اور اس کے اسکرٹ پر سفر کیا۔

Sie umarmte ihn und bat darum, Gregors Leben zu
verschonen.

اسے گلے لگا کر، اس نے گریگور کی جان بچانے کے لیے کہا۔

In völliger Einheit mit seinem Körper versagte auch sein
Augenlicht.

اس کے جسم کے ساتھ مکمل اتحاد میں، اس کی بینائی ناکام ہو گئی۔

Teil Drei

تیسرا حصہ

Gregor litt über einen Monat lang unter der schweren Verletzung.

گریگور ایک ماہ سے زیادہ عرصے تک شدید چوٹ کا شکار رہا۔

Der Apfel steckte fest; niemand wagte es, ihn zu entfernen.

سیب سرایت شدہ رہا؛ کسی نے اسے ہٹانے کی ہمت نہیں کی۔

Der Apfel blieb als sichtbare Erinnerung in seinem Fleisch zurück.

سیب ایک مرئی یاد دہانی کے طور پر اس کے گوشت میں رہا۔

Der Apfel diente dem Vater aber auch als Erinnerung.

لیکن سیب نے باپ کے لیے ایک یاد دہانی کا کام بھی کیا۔

Ihm wurde klar, dass Gregor nicht wie ein Feind behandelt werden sollte.

اسے احساس ہوا کہ گریگور کے ساتھ دشمن جیسا سلوک نہیں ہونا چاہیے۔

Im Moment mag sein Erscheinungsbild traurig und abstoßend wirken.

اس وقت اس کی شکل اداس اور ناگوار ہو سکتی ہے۔

Aber dennoch war er ein Mitglied ihrer Familie.

لیکن اس کے باوجود وہ ان کے خاندان کا رکن تھا۔

Der Widerwille musste überwunden und toleriert werden.

ہچکچاہٹ کو نگلنا اور برداشت کرنا پڑا۔

Aufgrund seiner Verletzung könnte seine Beweglichkeit für immer verloren sein.

اس کے زخم کی وجہ سے اس کی نقل و حرکت ہمیشہ کے لیے ختم ہو سکتی ہے۔

Er kroch immer noch in seinem Zimmer herum, aber viel langsamer.

وہ اب بھی اپنے کمرے میں گھوم رہا تھا، لیکن بہت آہستہ۔

Kriechen in irgendeiner Höhe war völlig ausgeschlossen.

کسی بھی طرح کی اونچائی پر رینگنا سوال سے باہر تھا۔

Gregor erhielt jedoch eine Form der Entschädigung.

لیکن گریگور کو کچھ معاوضہ ملا۔

Am Abend wurde ihm die Wohnzimmertür geöffnet.

شام کو کمرے کا دروازہ اس کے لیے کھلا تھا۔

Und er war der Ansicht, dass diese Wiedergutmachungszahlungen vollkommen angemessen seien.

اور اس نے محسوس کیا کہ یہ معاوضے مکمل طور پر کافی تھے۔

Noch vor Einbruch der Dunkelheit begann er, die Tür zu beobachten.

شام سے پہلے وہ دروازے کو دیکھنے لگا۔

Er lag in der Dunkelheit, vom Wohnzimmer aus unsichtbar.

اس نے اندھیرے میں جھوٹ بولا، کمرے سے پوشیدہ۔

Er konnte die ganze Familie an dem beleuchteten Tisch sehen.

وہ پوری فیملی کو روشن میز پر دیکھ سکتا تھا۔

Nun durfte er ihren Gesprächen zuhören.

اب اسے ان کی گفتگو سننے کی اجازت تھی۔

Dies unterschied sich deutlich von ihrer vorherigen Vereinbarung.

یہ ان کے پچھلے انتظامات سے بالکل مختلف تھا۔

Die lebhaften Gespräche vergangener Zeiten waren verstummt.

پہلے زمانے کی جاندار گفتگو ختم ہو چکی تھی۔

Das waren die Gespräche, nach denen er sich immer gesehnt hatte.

یہ وہ مکالمے تھے جن کی وہ خواہش کرتا تھا۔

Als er allein in kleinen Hotelzimmern schlief.

جب وہ ہوٹل کے چھوٹے کمروں میں اکیلا سو رہا تھا۔

Als er sich in die feuchte Bettwäsche werfen musste.

جب اسے خود کو گیلے بستر کے کپڑوں میں پھینکنا پڑا۔

Die Abende verliefen nun meist ruhig und ereignislos.

لیکن شامیں اب زیادہ تر خاموش اور بے ترتیب تھیں۔

Der Vater schlief nach dem Abendessen in seinem Sessel ein.

والد رات کے کھانے کے بعد اپنی کرسی پر سو گئے۔

Und Mutter und Schwester ermahnten einander zur Stille.

اور ماں بہن نے ایک دوسرے کو چپ رہنے کی تلقین کی۔

Die Mutter beugte sich weit über die Lampe und nähte Leinen.

ماں، روشنی پر بہت دور جھکتی ہوئی، کتان سلائی۔

Sie entwirft jetzt Kleider für eines der Modegeschäfte.

وہ اب فیشن اسٹورز میں سے ایک کے لیے کپڑے بناتی ہے۔

Wie Gregor hatte auch die Schwester eine Stelle als Verkäuferin angenommen.

گریگور کی طرح بہن نے بھی سیلز وومن کی نوکری لی تھی۔

Sie lernte abends Stenografie und Französisch.

وہ شام کو شارٹ ہینڈ اور فرانسیسی زبان سیکھ رہی تھی۔

Damit sie später vielleicht eine bessere Arbeitsstelle bekommen könnte.

تاکہ بعد میں اسے بہتر نوکری مل سکے۔

Manchmal wachte der Vater von seinem abendlichen Nickerchen auf.

کبھی کبھی باپ شام کی نیند سے بیدار ہو جاتا۔

"Liebling, du nähst heute schon so lange!"

"ڈارلنگ، تم آج اتنی دیر سے سلائی کر رہے ہو"!

Er schien vergessen zu haben, dass er geschlafen hatte.

لگتا تھا وہ بھول گیا تھا کہ وہ سو رہا تھا۔

Doch er fiel sofort wieder in seinen Schlaf zurück.

لیکن وہ فوراً ہی دوبارہ نیند میں آگیا۔

Und Mutter und Schwester lächelten einander müde an.

اور ماں بہن ایک دوسرے کو دیکھ کر تھکے ہوئے انداز میں مسکرا دیں۔

Der Vater hatte eine seltsame neue Sturheit entwickelt.

باپ نے ایک عجیب نئی ضد پیدا کر لی تھی۔

Selbst zu Hause weigerte er sich, seine Dieneruniform auszuziehen.

گھر میں بھی اس نے نوکری کی وردی اتارنے سے انکار کر دیا۔

Und sein Morgenmantel hing nutzlos am Kleiderbügel.

اور اس کا ڈریسنگ گاؤن ہینگر پر بے کار لٹک گیا۔

So schlief der Vater, vollständig bekleidet, in seinem Sessel.

چنانچہ باپ اپنی کرسی پر، مکمل کپڑے پہنے، سو گیا۔

Es war, als ob er immer bereit wäre, seinen Dienst zu leisten.

گویا وہ ہر وقت اس کی خدمت کے لیے تیار رہتا تھا۔

Als ob er nur auf die Stimme seines Vorgesetzten gewartet hätte.

گویا وہ صرف اپنے اعلیٰ کی آواز کا انتظار کر رہا تھا۔

Dies führte dazu, dass seine Uniform an Sauberkeit verlor.

اس کے نتیجے میں اس کی وردی اپنی صفائی کھو بیٹھی۔

Obwohl die Uniform auch nicht neu war, als er sie bekam.

حالانکہ یونیفارم نیا نہیں تھا جب اسے یہ بھی ملا تھا۔

Und die Mutter tat ihr Bestes, um die Uniform zu pflegen.

اور ماں نے یونیفارم کی دیکھ بھال کی پوری کوشش کی۔

Gregor verbrachte ganze Abende damit, diese Uniform anzusehen.

گریگور نے پوری شام اس یونیفارم کو دیکھتے ہوئے گزاری۔

Er beobachtete, wie der alte Mann äußerst unbequem schlief.

اس نے دیکھا کہ بوڑھا آدمی انتہائی بے چینی سے سو رہا ہے۔

Doch im Schlaf bemerkte er auch etwas Friedliches.

لیکن نیند میں اسے بھی کچھ پر سکون نظر آیا۔

Als die Uhr zehn schlug, versuchte die Mutter, ihn zu wecken.

جب گھڑی کے دس بج رہے تھے تو ماں نے اسے جگانے کی کوشش کی۔

Sie sprach leise und überredete ihn, ins Bett zu gehen.

وہ خاموشی سے بولی، اور اسے سونے پر آمادہ کیا۔

Denn auf dem Sessel zu schlafen war kein richtiger Schlaf.

کیونکہ کرسی پر سونا حقیقی نیند نہیں تھی۔

Er musste um sechs Uhr mit der Arbeit beginnen.

اسے چھ بجے کام شروع کرنا تھا۔

Deshalb musste er unbedingt so gut wie möglich schlafen.

لہذا اسے واقعی بہترین نیند لینے کی ضرورت تھی۔

Doch er war von einer neuen Form der Sturheit ergriffen.

لیکن اسے ضد کی ایک نئی شکل نے جکڑ لیا تھا۔

Die Tatsache, dass er Diener geworden war, hatte begonnen, diese Wirkung auf ihn zu haben.

بندہ بن کر اس پر یہ اثر ہونا شروع ہو گیا تھا۔

Deshalb bestand er immer darauf, länger am Tisch zu bleiben.

اس لیے وہ ہمیشہ میز پر زیادہ دیر ٹھہرنے پر اصرار کرتا تھا۔

Obwohl er regelmäßig wieder in seinem Sessel einschlief.

اگرچہ وہ باقاعدگی سے اپنی کرسی پر دوبارہ سو گیا۔

Und er ließ sich nur mit größter Mühe bewegen.

اور اسے صرف بڑی مشکل سے ہی منتقل کیا جا سکتا تھا۔

Man musste ihm erklären, dass das Bett besser für ihn wäre.

اسے بتانا پڑا کہ بستر اس کے لیے بہتر ہوگا۔

Mutter und Schwester mussten nachdrücklich darauf bestehen, oft mit nur wenigen Vorwarnungen.

ماں اور بہن کو تھوڑی وارننگ کے ساتھ اصرار کرنا پڑا۔

Fünfzehn Minuten lang schüttelte er nur langsam den Kopf.

پندرہ منٹ تک اس نے دھیرے سے سر ہلایا۔

Und er hielt die Augen geschlossen und weigerte sich aufzustehen.

اور اس نے آنکھیں بند کر لیں، اور اٹھنے سے انکار کر دیا۔

Die Mutter zupfte sanft, aber bestimmt an seinem Ärmel.

ماں نے آہستگی سے مگر مضبوطی سے اس کی آستین کو کھینچ لیا۔

Und sie flüsterte ihm schmeichelhafte Worte in seine müden Ohren.

اور اس نے اس کے تھکے ہوئے کانوں میں چاپلوسی کے الفاظ سرگوشی کی۔

Die Schwester unterbrach ihre Arbeit, um ihrer Mutter zu helfen.

بہن نے وہ کام چھوڑ دیا جس پر وہ اپنی ماں کی مدد کر رہی تھی۔

Doch keiner ihrer Versuche zeigte Wirkung beim Vater.

لیکن ان کی ایک بھی کوشش والد کے کام نہ آئی۔

Er sank noch tiefer in seinen Stuhl, bereit zum Schlafen.

وہ سونے کے لیے تیار ہو کر اپنی کرسی میں اور بھی گہرائی میں دھنس گیا۔

Und schließlich packten ihn die Frauen unter den Achseln.

اور آخر کار عورتوں نے اسے بغلوں سے پکڑ لیا۔

Er öffnete die Augen und blickte sie abwechselnd an.

اس نے آنکھیں کھول کر باری باری ان کی طرف دیکھا۔

„Was für ein Leben!", klagte er beim Zubettgehen.

"یہ کیسی زندگی ہے" اس نے بستر پر جا کر شکایت کی۔

"Ist das der Frieden, der mir im Alter zuteilwurde?"

"کیا یہ وہ سکون ہے جو مجھے بڑھاپے میں دیا گیا ہے؟"

Doch dann stützte er sich auf die beiden Frauen und stand unbeholfen auf.

لیکن پھر، دونوں عورتوں پر ٹیک لگا کر، وہ عجیب سے اٹھ کھڑا ہوا۔

Er tat so, als trüge er die schwerste Last.

اس نے ایسا کام کیا جیسے وہ سب سے بھاری بوجھ اٹھا رہا ہو۔

Er ließ sich von den beiden Frauen bis ans andere Ende des Raumes führen.

اس نے دو عورتوں کو کمرے کے آخر تک لے جانے دیا۔

Dort wünschte er ihnen eine gute Nacht und ging dann allein weiter.

وہاں اس نے انہیں شب بخیر کہا، اور خود جاری رکھا۔

Doch die Mutter warf hastig ihr Nähzeug hin.

لیکن ماں نے عجلت میں اپنی سلائی کٹ نیچے پھینک دی۔

Und auch die Schwester legte den Stift und den Notizblock beiseite.

اور بہن نے قلم اور نوٹ پیڈ بھی نیچے رکھ دیا۔

Und sie liefen hinter dem Vater her, um ihm weiter zu helfen.

اور وہ باپ کے پیچھے اس کی مزید مدد کے لیے بھاگے۔

Wer in dieser überarbeiteten Familie hatte schon Zeit für Gregor?

اس زیادہ کام کرنے والے خاندان میں کس کے پاس گریگور کے لیے کوئی وقت تھا؟

Wer hätte ihm mehr Aufmerksamkeit schenken können als nötig?

اسے ضرورت سے زیادہ توجہ کون دے سکتا تھا۔

Das Haushaltsbudget wurde zunehmend eingeschränkt.

گھریلو بجٹ تیزی سے محدود ہوتا گیا۔

Um Geld zu sparen, mussten sie schließlich das Dienstmädchen entlassen.

آخرکار میسے بچانے کے لیے انہیں ملازمہ کو فارغ کرنا پڑا۔

Sie wurde durch eine stämmige, weißhaarige Frau ersetzt.

اس کی جگہ ایک گھنی ہڈیوں والی، سفید بالوں والی عورت تھی۔

Diese Frau kam jedoch nur morgens und abends.

لیکن یہ عورت صرف صبح اور شام آتی تھی۔

Und die schwerste und härteste Arbeit wurde ihr aufgehoben.

اور سب سے بھاری اور مشکل کام اس کے لیے بچا لیا گیا۔

Alle anderen Hausarbeiten wurden von der Mutter erledigt.

باقی تمام کام ماں نے سنبھال لیے۔

Es kam sogar vor, dass verschiedene Familienschmuckstücke verkauft wurden.

یہاں تک کہ خاندان کے مختلف زیورات بیچ دیے گئے۔

Schmuck, den die Frauen bei Feierlichkeiten mit Freude getragen hatten.

وہ زیورات جو خواتین نے خوشی سے جشن کے دوران پہنی تھیں۔

Gregor erfuhr dies in einer der allgemeinen Diskussionen.

گریگور نے یہ بات ایک عام بحث سے سیکھی۔

Die größte Beschwerde betraf jedoch etwas anderes.

تاہم سب سے بڑی شکایت کچھ اور تھی۔

Die Wohnung war zu groß, aber sie konnten nicht ausziehen.

اپارٹمنٹ بہت بڑا تھا، لیکن وہ باہر نہیں جا سکتے تھے۔

Es gab keine Möglichkeit, Gregor umzusiedeln.

کوئی راستہ نہیں تھا کہ وہ گریگور کو منتقل کر سکتے۔

Gregor erkannte jedoch, dass es nicht nur um Rücksichtnahme ging.

لیکن گریگور نے محسوس کیا کہ یہ صرف غور ہی نہیں تھا۔

Etwas anderes hielt sie davon ab, woanders hinzuziehen.

کسی اور چیز نے انہیں کہیں اور جانے سے روک دیا۔

Er hätte problemlos in einer geeigneten Kiste transportiert werden können.

اسے مناسب ڈبے میں آسانی سے پہنچایا جا سکتا تھا۔

Ihre Gefühle völliger Hoffnungslosigkeit hielten sie zurück.

ان کی مکمل ناامیدی کے احساسات نے انہیں روک رکھا تھا۔

Sie wollten sich nicht eingestehen, dass sie vom Unglück getroffen worden waren.

وہ یہ تسلیم نہیں کرنا چاہتے تھے کہ ان پر بد قسمتی آئی ہے۔

Was die Welt von armen Menschen verlangt, das haben sie erfüllt.

دنیا غریبوں سے جو مانگتی ہے وہ پوری کر دی۔

Der Vater holte dem kleinen Bankangestellten das Frühstück.

باپ چھوٹے بینک کلرک کے لیے ناشتہ لے آیا۔

Die Mutter opferte sich für die Wäsche von Fremden auf.

ماں نے اپنے آپ کو اجنبیوں کے کپڑے دھونے کے لیے قربان کر دیا۔

Die Schwester rannte hin und her, um die Bestellungen der Kunden aufzunehmen.

بہن گاہکوں کے حکم کے لیے آگے پیچھے بھاگتی تھی۔

Aber sie hatten einfach nicht mehr die Kraft, irgendetwas weiter zu tun.

لیکن ان میں مزید کچھ کرنے کی طاقت نہیں تھی۔

Die Wunde in Gregors Rücken schmerzte nun noch mehr.

گریگور کی کمر میں زخم مزید درد کرنے لگا۔

Jeden Abend brachten Mutter und Schwester den Vater ins Bett.

ہر رات ماں اور بہن باپ کو بستر پر لاتی تھیں۔

Sie ließen ihre Arbeit liegen und setzten sich zusammen.

وہ اپنا کام وہیں چھوڑ کر اکٹھے بیٹھ گئے۔

Und sie rückten näher zusammen und saßen Wange an Wange.

اور وہ ایک دوسرے کے قریب ہو گئے، اور گال ایک دوسرے کے ساتھ بیٹھ گئے۔

Die Mutter zeigte auf das Zimmer, von dem aus er zusah.

ماں نے کمرے کی طرف اشارہ کیا جہاں سے وہ دیکھ رہا تھا۔

"Würdest du die Tür schließen?", fragte sie die Schwester.

"کیا تم دروازہ بند کرو گے؟" اس نے بہن سے پوچھا۔

Und dann war Gregor wieder allein in der Dunkelheit.

اور پھر گریگور پھر سے اندھیرے میں اکیلا رہ گیا۔

Und im Nebenzimmer vermischten die Frauen ihre Tränen.

اور ساتھ والے کمرے میں عورت نے اپنے آنسوؤں کو ملا دیا۔

Oder sie saßen mit trockenen Augen da und starrten einfach nur auf den Tisch.

یا وہ خشک آنکھوں سے بیٹھ گئے، محض میز کو گھور رہے تھے۔

Gregor schlief kaum, weder nachts noch tagsüber.

گریگور مشکل سے سوتا تھا، نہ رات اور نہ دن۔

Er dachte oft darüber nach, wie er der Familie helfen könnte.

وہ اکثر سوچتا تھا کہ وہ خاندان کی مدد کیسے کر سکتا ہے۔

Er dachte darüber nach, das Geld wieder für sie zu verdienen.

اس نے ان کے لیے دوبارہ پیسے کمانے کا سوچا۔

Er dachte darüber nach, das zu tun, was er früher für sie getan hatte.

اس نے سوچا کہ وہ ان کے لیے کیا کیا کرتا تھا۔

In seinen Gedanken erschien der Bevollmächtigte wieder.

اپنے خیالوں میں مجاز نمائندہ واپس آگیا۔

Und dieses Mal kam auch der Chef in die Wohnung.

اور اس بار باس بھی اپارٹمنٹ میں آگیا۔

Und die Angestellten und die Lehrlinge waren auch da.

اور کلرک اور اپرنٹس بھی وہاں تھے۔

Sogar der etwas begriffsstutzige Büroangestellte kam, um ihn zu sehen.

یہاں تک کہ دھیمے مزاج کا دفتری ملازم بھی اس سے ملنے آیا۔

Es waren zwei oder drei Freunde aus anderen Branchen dabei.

دوسرے کاروبار سے دو تین دوست تھے۔

Eine der Zimmermädchen aus einem Hotel in der Provinz.

صوبوں میں ایک ہوٹل کی چیمبر میڈز میں سے ایک۔

Eine kostbare und flüchtige Erinnerung, an der er festzuhalten versuchte.

ایک پیاری اور لمحہ بہ لمحہ یاد اس نے تھامنے کی کوشش کی۔

Eine Kassiererin aus einem Hutgeschäft, für die er
Absichten hatte.

ٹوپی کی دکان کا ایک کیشیئر جس کے لیے اس کا ارادہ تھا۔

Doch er war etwas zu langsam gewesen, um ihre
Zustimmung zu gewinnen.

لیکن وہ اس کی منظوری حاصل کرنے میں قدرے سست تھا۔

Sie alle tauchten in seinen Gedanken auf, vermischt mit
Fremden.

وہ سب اجنبیوں سے گھل مل کر اس کے خیالوں میں نمودار ہوئے۔

Und andere erschienen nicht; sie waren bereits vergessen.

اور دوسرے ظاہر نہیں ہوئے۔ وہ پہلے ہی بھول گئے تھے۔

Aber sie halfen weder ihm noch seiner Familie.

لیکن انہوں نے اس کی مدد نہیں کی اور نہ ہی انہوں نے خاندان کی مدد کی۔

Sie waren unzugänglich, und er war froh, als sie weg waren.

وہ ناقابل رسائی تھے، اور جب وہ گئے تو وہ خوش تھا۔

Er war nicht immer in der Stimmung, sich Sorgen um die
Familie zu machen.

وہ ہمیشہ خاندان کی فکر کرنے کے موڈ میں نہیں تھا۔

Und er war voller Wut über die mangelnde
Aufmerksamkeit.

اور توجہ کی کمی سے وہ غصے سے بھر گیا۔

Und er konnte sich nichts vorstellen, worauf er Appetit
hätte.

اور وہ کسی چیز کا تصور بھی نہیں کر سکتا تھا جس کی اسے بھوک تھی۔

Doch er schmiedete trotzdem Pläne, in die Speisekammer einzubrechen.

لیکن اس نے پھر بھی پینٹری میں گھسنے کے منصوبے بنائے۔

Und er würde sich alles nehmen, was ihm zustand.

اور وہ سب کچھ لینے جا رہا تھا جس کا وہ حقدار تھا۔

Die Schwester bemühte sich nicht mehr besonders um ihn.

بہن نے اب اس کے لیے کوئی خاص کوشش نہیں کی۔

Sie verschwendete keine Zeit mehr damit, darüber nachzudenken, wie sie ihm gefallen könnte.

وہ اب اسے خوش کرنے کے بارے میں سوچنے میں وقت نہیں گزارتا تھا۔

Vor der Arbeit schob sie schnell etwas zu essen ins Zimmer.

کام سے پہلے اس نے جلدی سے کچھ کھانا کمرے میں دھکیل دیا۔

Und am Abend kehrte sie die Essensreste schnell wieder zusammen.

اور شام کو اس نے جلدی سے کھانا پھر سے جھاڑ دیا۔

Ob er gegessen hatte oder nicht, bemerkte sie nicht mehr.

اس نے کھایا یا نہیں اس کا اب کوئی دھیان نہیں رہا۔

In den meisten Fällen blieb das Essen nun unberührt.

زیادہ کثرت سے اب کھانا اچھوتا چھوڑ دیا گیا تھا۔

Abends huschte sie immer noch schnell durch den Raum.

شام کے وقت بھی وہ تیزی سے کمرے میں گھس گئی۔

Doch nun tat sie nur das Nötigste, und zwar so schnell wie möglich.

لیکن اب اس نے جتنی جلدی ممکن ہو کم سے کم کام کیا۔

An den Mauern zogen sich Spuren von Schmutz entlang.

دیواروں کے ساتھ گندگی کی لکیریں بہتی رہ گئیں۔

Auf dem Boden lagen Staub- und Müllklumpen.

مٹی اور کوڑے کے گولے فرش پر پڑے تھے۔

Gregor missbilligte ihre Nachlässigkeit.

گریگور نے اس کی دیکھ بھال کی کمی پر اپنی ناپسندیدگی ظاہر کی۔

Er drehte sich in einem besonders markanten Winkel.

اس نے اپنے آپ کو خاص طور پر اہم زاویے پر موڑ دیا۔

Aber er hätte wochenlang in dieser Position bleiben können.

لیکن وہ اس پوزیشن پر ہفتوں تک رہ سکتا تھا۔

Seine Schwester hätte seine Unzufriedenheit nicht bemerkt.

اس کی بہن نے اس کے عدم اطمینان کو محسوس نہیں کیا ہوگا۔

Sie sah den Dreck genauso gut wie er, wenn nicht sogar
besser.

اس نے گندگی کو بالکل اسی طرح دیکھا جیسا کہ اس نے دیکھا، اگر بہتر نہیں تھا۔

Aber sie hatte beschlossen, den Dreck dort zu lassen, wo er
war.

لیکن اس نے گندگی کو وہیں چھوڑنے کا فیصلہ کر لیا تھا جہاں وہ تھی۔

Damals entwickelte sie eine völlig neue Sensibilität.

اس وقت اس نے بالکل نئی حساسیت اختیار کی۔

Sie hatte es sich zur Aufgabe gemacht, Gregors Zimmer zu
reinigen.

اس نے گریگور کے کمرے کی صفائی کو اپنی ذمہ داری بنا لیا تھا۔

Die Familie war von ihrer freundlichen Rücksichtnahme
sehr berührt.

خاندان اس کی مہربان سوچ سے متاثر ہوا۔

Einst hatte die Mutter sein Zimmer gründlich gereinigt.

ایک بار والدہ نے اپنے کمرے کی اچھی طرح صفائی کرائی تھی۔

Erst nachdem sie mehrere Eimer Wasser verbraucht hatte, gelang es ihr.

پانی کی چند بالٹی استعمال کرنے کے بعد ہی وہ کامیاب ہو سکی۔

Die neu aufgetretene Feuchtigkeit im Zimmer schadete Gregor jedoch.

تاہم، کمرے میں نئے گیلے پن نے گریگور کو نقصان پہنچایا۔

Und er lag breitbeinig, verbittert und regungslos auf dem Sofa.

اور وہ صوفے پر چوڑا، کڑوا اور بے حرکت لیٹ گیا۔

Doch das war nur ihre erste Strafe für ihre Hilfeleistung.

لیکن مدد کرنے کی یہ صرف پہلی سزا تھی۔

Die Schwester bemerkte schnell die Veränderung in Gregors Zimmer.

بہن نے جلدی سے گریگور کے کمرے میں ہونے والی تبدیلی کو دیکھا۔

Und sie rannte, zutiefst beleidigt, ins Wohnzimmer.

اور وہ انتہائی بے عزتی کے ساتھ کمرے میں بھاگی۔

Ihre Mutter hob die Hände und versuchte, sie zu beschwören.

اس کی ماں نے ہاتھ اٹھا کر اسے منت کرنے کی کوشش کی۔

Doch trotz einer aufrichtigen Erklärung brach sie in Tränen aus.

لیکن مخلصانہ وضاحت کے باوجود وہ رو پڑی۔

Der Vater erschrak natürlich und fuhr aus seinem Stuhl hoch.

باپ یقیناً اپنی کرسی سے چونکی۔

Und die beiden Eltern schauten fassungslos und hilflos zu.

اور دونوں والدین حیران، بے بس اور بے بس دیکھ رہے تھے۔

Und schließlich gerieten auch ihre Gefühle in Aufruhr.

اور آخر کار ان کے جذبات بھی مشتعل ہو گئے۔

Der Vater warf der Mutter vor, was sie getan hatte.

باپ نے ماں کو اپنے کیے پر ملامت کی۔

"Du hättest das Zimmer Grete zum Putzen überlassen
sollen."

"آپ کو گریٹ کو صاف کرنے کے لیے کمرہ چھوڑ دینا چاہیے تھا۔"

Grete schrie die Mutter an, weil sie sein Zimmer aufgeräumt
hatte.

گریٹ نے اپنے کمرے کی صفائی کے لیے ماں پر چیخا۔

„Du darfst sein Zimmer nie wieder putzen!"

"آپ کو پھر کبھی اس کا کمرہ صاف کرنے کی اجازت نہیں ہے"!

Die Mutter versuchte, den Vater ins Schlafzimmer zu zerren.

ماں نے باپ کو بیڈ روم میں گھسیٹنے کی کوشش کی۔

Die Schwester blieb zitternd und schluchzend im Zimmer
zurück.

بہن لرزتی اور سسکتی ہوئی کمرے میں رہ گئی۔

Und sie hämmerte mit ihren kleinen Fäustchen auf den
Tisch.

اور اس نے اپنی چھوٹی مٹھیوں سے میز پر ٹکرا دیا۔

Und Gregor zischte sie alle lautstark vor Wut an.

اور گریگور نے ان سب پر غصے سے زور سے سسکارا۔

Warum war niemand auf die Idee gekommen, ihm die Tür
zu schließen?

کسی نے اس کے لیے دروازہ بند کرنے کا کیوں نہیں سوچا؟

Sie hätten ihm diesen Anblick und Lärm ersparen können.

وہ اسے اس نظارے اور شور سے بچا سکتے تھے۔

Die Schwester war erschöpft, als sie von der Arbeit nach
Hause kam.

بہن کام سے گھر آکر تھک چکی تھی۔

Und die Betreuung von Gregor bedeutete für sie noch mehr
Arbeit.

اور گریگور کی دیکھ بھال کرنا اس کے لیے اور بھی زیادہ کام تھا۔

Das bedeutete aber nicht, dass die Mutter es hätte tun sollen.

لیکن اس کا مطلب یہ نہیں تھا کہ ماں کو یہ کرنا چاہیے تھا۔

Gregor hingegen sollte nicht vernachlässigt werden.

دوسری طرف گریگور کو نظر انداز نہیں کیا جانا چاہیے۔

Aber jetzt hatten sie ein neues Dienstmädchen, das solche
Dinge tun konnte.

لیکن اب ان کے پاس ایک نئی نوکرانی تھی جو ایسی حرکتیں کر سکتی تھی۔

Eine ältere Witwe mit kräftigem Knochenbau.

ایک بوڑھی بیوہ جس کی ہڈیوں کا ڈھانچہ مضبوط تھا۔

Eine Statur, die ihr half, ihr schwieriges Leben zu
überstehen.

ایک قد جس نے اس کی مشکل زندگی کو زندہ رہنے میں مدد کی۔

Sie hatte keine wirkliche Abneigung gegen Gregors
Erscheinung.

اسے گریگور کی شکل سے کوئی نفرت نہیں تھی۔

Sie hatte versehentlich die Tür zu Gregors Zimmer geöffnet.

اس نے غلطی سے گریگور کے کمرے کا دروازہ کھول دیا تھا۔

Es geschah nicht aus besonderer Neugierde bezüglich des Zimmers.

یہ کمرے کے بارے میں کسی خاص تجسس سے باہر نہیں تھا۔

Sie tat lediglich ihre Arbeit und öffnete dabei zufällig die Tür.

وہ ابھی اپنا کام کر رہی تھی، اور دروازہ کھولنے کو ہوا۔

Gregor war natürlich völlig überrascht von ihr.

گریگور یقیناً اس کی طرف سے پوری طرح حیران تھا۔

Er wurde nicht verfolgt, aber er rannte hin und her.

اس کا پیچھا نہیں کیا جا رہا تھا، لیکن وہ آگے پیچھے بھاگا۔

Und sie verschränkte einfach die Arme und sah ihm beim Krabbeln zu.

اور وہ بس اپنے بازو جوڑ کر اسے رینگتے ہوئے دیکھتی رہی۔

Seitdem hat sie ihm immer einen Spaltbreit die Tür geöffnet.

تب سے، وہ ہمیشہ اس کے لیے تھوڑا سا دروازہ کھولتی تھی۔

Eines Morgens schaute sie nach ihm, um zu sehen, wie es ihm ging.

ایک بار صبح اس نے اندر دیکھا کہ وہ کیسا ہے۔

Und am Abend sah sie nach ihm, bevor sie ging.

اور شام کو جانے سے پہلے اس نے اسے چیک کیا۔

Zuerst versuchte sie auch, ihn zu sich zu rufen.

پہلے تو اس نے اسے اپنے پاس آنے کے لیے فون کرنے کی کوشش بھی کی۔

„Komm her, du alter Mistkäfer!", pflegte sie zu sagen.

"اِدھر آؤ بوڑھے گوبر کی چقندر!" وہ کہتی تھی.

Oder sie sagte freundlich: „Schau dir den alten Mistkäfer an!"

یا اس نے کہا، "پرانے گوبر کی چقندر کو دیکھو!"، دوستانہ۔

Gregor reagierte nie darauf, wenn man so mit ihm sprach.

گریگور نے اس طرح سے بات کرنے کا کبھی جواب نہیں دیا۔

Er blieb stehen, ohne sich zu rühren, und ignorierte sie.

وہ بغیر حرکت کیے وہیں کھڑا رہا اور اسے نظر انداز کر دیا۔

„Wenn man ihr doch nur gesagt hätte, wie man ihre Arbeit richtig macht."

"کاش اسے بتایا جاتا کہ اپنا کام صحیح طریقے سے کیسے کرنا ہے۔"

„Anstatt mich zu belästigen, sollte sie lieber mein Zimmer aufräumen."

"مجھے پریشان کرنے کے بجائے وہ میرا کمرہ صاف کرے۔"

Eines Morgens prasselte ein heftiger Regenguss gegen die Fenster.

ایک بار صبح سویرے ایک تیز بارش کھڑکیوں سے ٹکرا گئی۔

Vielleicht war der Regen bereits ein Zeichen für den kommenden Frühling.

شاید بارش آنے والی بہار کی نشانی تھی۔

Das Dienstmädchen begann wieder auf diese Weise mit ihm zu sprechen.

نوکرانی ایک بار پھر اس سے اسی انداز میں بولنے لگی۔

Gregor war so verbittert, dass er sich umdrehte und ihr ins Gesicht sah.

گریگور کو اتنا غصہ آیا کہ اس نے اس کا رخ موڑ لیا۔

Er war langsam und gebrechlich, aber es war eine Art Angriff.

وہ سست اور کمزور تھا، لیکن یہ ایک قسم کا حملہ تھا۔

Das Dienstmädchen hingegen hatte überhaupt keine Angst vor Gregor.

نوکرانی البتہ گریگور سے بالکل نہیں ڈرتی تھی۔

Stattdessen hob sie einen Stuhl hoch, der in der Nähe der Tür stand.

اس کے بجائے، اس نے ایک کرسی اٹھائی جو دروازے کے قریب تھی۔

Und sie stand da, ganz ruhig, mit weit geöffnetem Mund.

اور وہ منہ کھولے خاموشی سے وہیں کھڑی رہی۔

Ihre Absichten waren klar, das konnte sogar Gregor erkennen.

اس کے ارادے صاف تھے، یہاں تک کہ گریگور بھی اسے دیکھ سکتا تھا۔

Und er drehte sich langsam um und kehrte zu seinem ursprünglichen Platz zurück.

اور وہ آہستہ آہستہ اپنی اصلی پوزیشن پر مڑ گیا۔

"Sie wollen also nicht näher kommen, oder?"

"تو پھر تم قریب نہیں آنا چاہتے، کیا تم؟"

Und sie stellte den Stuhl leise wieder in die Ecke.

اور خاموشی سے کرسی واپس کونے میں رکھ دی۔

Gregor aß kaum noch etwas.

گریگور اب شاید ہی کچھ کھا رہا تھا۔

Manchmal blieb er bei seinen Rundgängen im Zimmer stehen.

کبھی کبھی، کمرے کے ارد گرد چلنے کے دوران، وہ رک جاتا ہے۔

Und er befand sich neben dem für ihn zubereiteten Essen.

اور اس نے خود کو اس کے لیے تیار کردہ کھانے کے پاس پایا۔

Er steckte sich das Essen in den Mund, aber nur, um damit zu spielen.

اس نے کھانا منہ میں ڈالا، لیکن صرف اس سے کھیلنے کے لیے۔

Und nicht selten spuckte er es nach ein paar Stunden wieder aus.

اور اکثر اس نے چند گھنٹوں کے بعد اسے دوبارہ تھوک دیا۔

Er versuchte, einen Grund für seinen Appetitverlust zu finden.

اس نے اپنی بھوک نہ لگنے کی وجہ تلاش کرنے کی کوشش کی۔

Vielleicht, weil er mit dem Zustand seines Zimmers unzufrieden war.

شاید اس لیے کہ وہ اپنے کمرے کی حالت دیکھ کر اداس تھا۔

Aber er hatte sich mit den Veränderungen im Raum abgefunden.

لیکن وہ کمرے میں ہونے والی تبدیلیوں سے مطمئن تھا۔

In letzter Zeit hatte sich sein Zimmer in eine Art Abstellraum verwandelt.

حال ہی میں اس کا کمرہ ایک طرح کا اسٹوریج روم بن گیا تھا۔

Sie hatten sich angewöhnt, Dinge dort liegen zu lassen.

وہ چیزیں وہاں چھوڑنے کی عادت ڈال چکے تھے۔

Und nun lagen noch viele solcher Dinge in seinem Zimmer.

اور اب اس کے کمرے میں ایسی بہت سی چیزیں رہ گئی تھیں۔

Weil ein Zimmer der Wohnung vermietet worden war.

کیونکہ اپارٹمنٹ کا ایک کمرہ کرائے پر دیا گیا تھا۔

Drei ernsthafte Herren mieteten das Zimmer gemeinsam.

تین باذوق حضرات ایک ساتھ کمرہ کرائے پر لے رہے تھے۔

Gregor hat sie einmal durch einen Türspalt erblickt.

گریگور نے ایک بار دروازے میں ایک شگاف سے انہیں دیکھا۔

Sie trugen Vollbärte und waren penibel gekleidet.

ان کی پوری داڑھی تھی، اور احتیاط سے ملبوس تھے۔

Sie achteten penibel darauf, dass alles ordentlich blieb.

وہ ہر چیز کو صاف ستھرا رکھنے کے بارے میں محتاط تھے۔

Ihr Hang zur Ordnung beschränkte sich nicht nur auf ihr Zimmer.

ان کی صفائی پر اصرار ان کے کمرے تک نہیں رکتا تھا۔

Die gesamte Wohnung musste tadellos sauber gehalten werden.

پورے اپارٹمنٹ کو بالکل صاف رکھنا تھا۔

Sie legten sogar noch mehr Wert auf das Aussehen der Küche.

وہ اس سے بھی زیادہ پریشان تھے کہ کچن کیسا لگتا ہے۔

Und unnötigen Unrat konnten sie nicht dulden.

اور وہ کسی غیر ضروری بے ترتیبی کو برداشت نہیں کر سکتے تھے۔

Sie hatten auch ihre eigenen Möbel mitgebracht.

وہ اپنے ساتھ اپنا فرنیچر بھی لائے تھے۔

Aus diesem Grund waren viele Dinge überflüssig geworden.

اس وجہ سے بہت سی چیزیں ضرورت سے زیادہ ہو گئی تھیں۔

Das waren Dinge, für die niemand Geld bezahlen würde.

وہ ایسی چیزیں تھیں جن کے لیے کوئی بھی رقم ادا نہیں کرتا تھا۔

Die Familie wollte diese Dinge aber auch nicht wegwerfen.

لیکن خاندان بھی ان چیزوں کو ترک نہیں کرنا چاہتا تھا۔

All diese Dinge landeten irgendwo in Gregors Zimmer.

یہ سب چیزیں گریگور کے کمرے میں کہیں نہ کہیں چلی گئیں۔

Der Aschenbecher aus der Küche stand nun in seinem Zimmer.

کچن سے راکھ کا ڈبہ اب اس کے کمرے میں رکھا ہوا تھا۔

Und der Müll wurde bis zum Abholtag in seinem Zimmer aufbewahrt.

اور کوڑا کرکٹ دن تک اس کے کمرے میں رکھا جاتا تھا۔

Das Dienstmädchen warf alles, was sie nicht brauchte, in sein Zimmer.

نوکرانی نے اپنے کمرے میں وہ کچھ پھینک دیا جس کی اسے ضرورت نہیں تھی۔

Zum Glück sah er nichts weiter als die Hand und den Gegenstand.

خوش قسمتی سے اس نے ہاتھ اور چیز کے علاوہ کچھ نہیں دیکھا۔

Sie hatte wahrscheinlich vor, die Sachen später abzuholen.

وہ شاید بعد میں چیزوں کے لیے واپس آنا چاہتی تھی۔

Oder vielleicht wollte sie einfach alles auf einmal wegwerfen.

یا شاید وہ ایک ہی بار میں سب کچھ پھینک دینا چاہتی تھی۔

Doch alles blieb dort, wo es ursprünglich gelandet war.

تاہم، سب کچھ وہیں رہ گیا جہاں یہ پہلی بار اترا تھا۔

Es sei denn, Gregor bewegte den Schrott, indem er sich hindurchzwängte.

جب تک کہ گریگور اس کے ذریعے جھٹک کر ردی کو منتقل نہیں کرتا۔

Zuerst musste er sich durch den ganzen Schrott hindurchkriechen.

سب سے پہلے وہ تمام ردی کے ذریعے رینگنے پر مجبور کیا گیا تھا.

Es gab für ihn keine Möglichkeit, dies zu vermeiden.

اس کے لیے ایسا کرنے سے بچنے کا کوئی امکان نہیں تھا۔

Später fand er jedoch tatsächlich Freude an dieser Tätigkeit.

لیکن بعد میں اسے اس سرگرمی میں خوشی محسوس ہوئی۔

Diese Anstrengung hinterließ ihn jedoch traurig und zutiefst erschöpft.

اگرچہ اس طرح کی کوشش نے اسے اداس اور گہری تھکاوٹ چھوڑ دیا۔

Und danach war er viele Stunden lang bewegungsunfähig.

اور اس کے بعد وہ کئی گھنٹوں تک ہلنے سے قاصر رہا۔

Die Untermieter aßen manchmal im Wohnzimmer.

رہنے والے کبھی کبھی کمرے میں کھانا کھاتے تھے۔

Die Wohnzimmertür blieb an diesen Abenden geschlossen.

کمرے کا دروازہ ان شاموں کو بند رہتا تھا۔

Gregor hatte aber keine Schwierigkeiten, die Tür jetzt nicht zu öffnen.

لیکن گریگور کو اب دروازہ نہ کھولنے میں کوئی دقت نہیں تھی۔

Selbst wenn die Tür offen war, schaute er nicht immer hinaus.

یہاں تک کہ جب دروازہ کھلا تھا تو وہ ہمیشہ باہر نہیں دیکھتا تھا۔

Doch er legte sich in die dunkelste Ecke des Zimmers.

لیکن اس نے خود کو کمرے کے اندھیرے کونے میں ڈال دیا۔

Auch der Familie fiel seine mangelnde Aufmerksamkeit nicht auf.

گھر والوں نے بھی اس کی توجہ کی کمی کو محسوس نہیں کیا۔

Doch einmal ließ das Dienstmädchen die Tür offen.

لیکن ایک وقت ایسا آیا کہ نوکرانی نے دروازہ کھلا چھوڑ دیا۔

Die Tür blieb auch dann offen, als die Mieter zurückkehrten.

گھر والوں کے واپس آنے پر بھی دروازہ کھلا رہا۔

Und die Tür war offen, als das Licht eingeschaltet wurde.

اور لائٹ آن کرتے ہی دروازہ کھلا تھا۔

Der Mann saß an dem Tisch, an dem die Familie zu Abend aß.

وہ آدمی اس میز پر بیٹھا جہاں خاندان نے کھانا کھایا تھا۔

Vater, Mutter und Gregor saßen dort in früheren Zeiten.

باپ، ماں اور گریگور پہلے زمانے میں وہاں بیٹھے تھے۔

Sie entfalteten die Servietten und nahmen Messer und Gabeln.

انہوں نے نیپکن کھولے، اور چاقو اور کانٹے لیے۔

Die Mutter erschien mit einer Schüssel Fleisch in der Tür.

ماں گوشت کا پیالہ لے کر دروازے میں نمودار ہوئی۔

Dann kam die Schwester mit einer Schüssel voller Kartoffeln herein.

پھر بہن آلو سے بھرا پیالہ لے کر اندر آئی۔

Die Untermieter beugten sich über die vor ihnen aufgestellten Schüsseln.

لاجران کے سامنے رکھے پیالوں پر جھک گئے۔

Der dichte Rauch des Essens stieg ihnen bis in die Nasen.

کھانے کا بھاری دھواں ان کی ناک تک پہنچ گیا۔

Aber sie hatten noch nicht entschieden, ob sie das Essen essen würden.

لیکن انہوں نے ابھی تک یہ فیصلہ نہیں کیا تھا کہ وہ کھانا کھائیں گے یا نہیں۔

Vielleicht würden sie das Essen zurück in die Küche schicken.

شاید وہ کھانا واپس کچن میں بھیج دیتے۔

Der Mann in der Mitte schien die Autoritätsperson zu sein.

درمیان میں بیٹھا آدمی صاحب اختیار معلوم ہوتا تھا۔

Er schnitt das Fleisch an, um festzustellen, ob es zart genug war.

اس نے گوشت کاٹ کر اس بات کا تعین کیا کہ آیا یہ کافی نرم ہے۔

Er war zufrieden mit dem Geruch und Aussehen des Essens.

وہ مطمئن تھا کہ کھانے کی خوشبو اور نظر کیسے آتی ہے۔

Die Mutter und die Schwester hatten sie ängstlich beobachtet.

ماں بہن بے چینی سے انہیں دیکھ رہی تھیں۔

Und sie begannen zu lächeln, begleitet von einem Seufzer der aufgestauten Erleichterung.

اور وہ سکون کی سانس لے کر مسکرانے لگے۔

Die Familie selbst wollte in der Küche essen.

گھر والے خود کچن میں کھانا کھانے جا رہے تھے۔

Doch zuerst ging der Vater nach den Untermietern sehen.

لیکن سب سے پہلے باپ لاجرز کو چیک کرنے گیا۔

Er verbeugte sich einmal und hielt dabei seine Arbeitsmütze in der Hand.

اس نے ایک بار جھک کر کام کی ٹوپی ہاتھ میں پکڑی تھی۔

Und er ging einmal im Kreis um den Tisch herum, zu jedem Gast.

اور وہ میز کے گرد ایک دائرہ بنا کر ہر مہمان کے پاس گیا۔

Die Untermieter standen alle auf und murmelten in ihre Bärte.

رہنے والے سب اپنی داڑھی میں بڑبڑاتے ہوئے اٹھ کھڑے ہوئے۔

Nachdem er gegangen war, aßen sie in fast völliger Stille.

اس کے جانے کے بعد انہوں نے تقریباً مکمل خاموشی سے کھانا کھایا۔

Gregor fand es seltsam, dass er Kaugeräusche hörte.

گریگور کو یہ عجیب لگ رہا تھا کہ وہ چبانے کی آواز سن سکتا ہے۔

Kein anderer Aspekt des Essens schien Geräusche zu verursachen.

کھانے کے کسی دوسرے پہلو سے کوئی آواز پیدا نہیں ہوتی تھی۔

Aber er konnte deutlich hören, wie Zähne aufeinander knirschten.

لیکن وہ واضح طور پر دانت پیستے ہوئے سن سکتا تھا۔

Sie schienen ihm sagen zu wollen, dass er Zähne zum Essen brauche.

وہ اسے بتا رہے تھے کہ اسے کھانے کے لیے دانتوں کی ضرورت ہے۔

"Ohne Zähne im Kiefer kann man gar nichts machen."

"اگر آپ کے جبڑے دانتوں سے خالی ہیں تو آپ کچھ نہیں کر سکتے۔"

„Ich möchte etwas essen", sagte Gregor ängstlich.

"میں کچھ کھانا چاہوں گا"، گریگر نے بے چینی سے کہا۔

„Aber ich habe keinen Appetit auf das, was ihr alle esst.“

"لیکن مجھے اس کی کوئی بھوک نہیں ہے جو تم سب کھا رہے ہو۔"

„Seht euch an, wie diese Mieter essen, und ich verhungere
hier.“

' 'دیکھو یہ لوجر کھاتے ہیں اور میں یہاں بھوکا مر رہا ہوں۔''

Gregor dachte an diesem Abend zufällig an die Geige.

گریگور نے اس شام وائلن کے بارے میں سوچا۔

Er hatte die Geige seit der Verwandlung nicht mehr gehört.

اس نے تبدیلی کے بعد سے وائلن نہیں سنا تھا۔

Doch dann, an diesem Abend, ertönte ein Geräusch aus der
Küche.

لیکن پھر آج شام کو کچن سے آواز آئی۔

Die Herren hatten ihr Abendessen bereits beendet.

حضرات شام کا کھانا کھا چکے تھے۔

Der mittlere Herr hatte begonnen, eine Zeitung zu lesen.

درمیانی آدمی نے اخبار پڑھنا شروع کر دیا تھا۔

Den beiden anderen Herren hatte er jeweils ein Blatt
gegeben.

اس نے باقی دو حضرات کو ایک ایک چادر دی تھی۔

Und nun lehnten sie sich zurück, lasen und rauchten.

اور اب وہ پیچھے جھک کر پڑھ رہے تھے اور سگریٹ نوشی کر رہے تھے۔

Als die Geige zu spielen begann, wurden sie aufmerksam.

جب وائلن بجانا شروع کیا تو وہ متوجہ ہو گئے۔

Sie standen auf und gingen auf Zehenspitzen zur Tür des Vorzimmers.

وہ کھڑے ہوئے اور پنجوں پر چلتے ہوئے اینٹر روم کے دروازے تک گئے۔

Hier standen sie eng beieinander und lauschten an der Tür.

یہاں وہ ایک ساتھ کھڑے دروازے پر سن رہے تھے۔

Die Familie muss die Männer aus der Küche gehört haben.

گھر والوں نے کچن میں سے مردوں کی آواز سنی ہوگی۔

Denn der Vater rief sie und fragte sie:

کیونکہ باپ نے ان کو پکار کر پوچھا۔

"Ist die Geige für die Herren vielleicht unbequem?"

"کیا وائلن شاید حضرات کے لیے تکلیف دہ ہے؟"

„Wenn Ihnen die Musik nicht gefällt, können wir sofort aufhören.“

"اگر آپ کو موسیقی پسند نہیں ہے تو ہم فوری طور پر روک سکتے ہیں۔"

„Im Gegenteil“, sagte der mittlere der beiden Herren.

'' اس کے برعکس، '' حضرات کے درمیان نے کہا۔

Möchte die junge Dame in unserem Zimmer Geige spielen?

"کیا نوجوان عورت ہمارے کمرے میں وائلن بجانا پسند کرے گی؟"

„Hier ist es definitiv viel komfortabler und gemütlicher.“

"یہ یقینی طور پر یہاں بہت زیادہ آرام دہ اور آرام دہ ہے۔"

Der Vater antwortete, als wäre er selbst der Geiger.

باپ نے جواب دیا جیسے وہ خود وائلن بجانے والا ہو۔

"Oh bitte, das wäre wunderbar", rief der Vater.

"اوہ پلیز، یہ بہت اچھا ہوگا،" باپ نے پکارا۔

Die Herren kehrten ins Wohnzimmer zurück und warteten.

حضرات کمرے میں واپس آکر انتظار کرنے لگے۔

Bald darauf kam der Vater mit dem Notenständer ins Zimmer.

کچھ ہی دیر میں والد میوزک سٹینڈ کے ساتھ کمرے میں آئے۔

Die Mutter kam mit dem Notenbuch ins Zimmer.

ماں موسیقی کی کتاب لے کر کمرے میں آئی۔

Und die Schwester kam mit der Geige ins Zimmer.

اور بہن وائلن لے کر کمرے میں آگئی۔

Sie bereitete in aller Ruhe alles vor, um Geige zu spielen.

اس نے سکون سے وائلن بجانے کے لیے سب کچھ تیار کر لیا۔

Die Eltern übertrieben ihre Höflichkeit und ihr Benehmen.

والدین نے ان کی شائستگی اور اخلاق کو بڑھا چڑھا کر پیش کیا۔

Sie hatten zuvor noch nie Zimmer an Untermieter vermietet.

انہوں نے اس سے پہلے کبھی رہنے والوں کو کمرے کرائے پر نہیں دیے تھے۔

Und sie trauten sich nicht einmal, auf ihren eigenen Stühlen zu sitzen.

اور وہ خود اپنی کرسیوں پر بیٹھنے کی بھی ہمت نہیں رکھتے تھے۔

Statt sich hinzusetzen, lehnte sich der Vater gegen die Tür.

باپ بیٹھنے کے بجائے دروازے سے ٹیک لگا کر بیٹھ گیا۔

Seine rechte Hand befand sich zwischen zwei Knöpfen seines Mantels.

اس کا دایاں ہاتھ اس کے کوٹ کے دو بٹنوں کے درمیان تھا۔

Der Mutter wurde jedoch von einem Herrn ein Stuhl angeboten.

ماں کو البتہ ایک شریف آدمی نے کرسی کی پیشکش کی تھی۔

Aber sie setzte sich an die Stelle, wo der Herr den Stuhl hingestellt hatte.

لیکن وہ وہیں بیٹھ گئی جہاں صاحب نے کرسی رکھی تھی۔

Und er hatte den Stuhl nicht an einem bestimmten Ort aufgestellt.

اور اس نے کرسی کو کہیں خاص نہیں رکھا تھا۔

So saß die Mutter abseits von allen anderen in einer Ecke.

تو ماں سب سے الگ ایک کونے میں بیٹھ گئی۔

Und schließlich begann die Schwester Geige zu spielen.

اور آخر کار بہن نے وائلن بجانا شروع کر دیا۔

Die Eltern auf den gegenüberliegenden Seiten beobachteten das Geschehen aufmerksam.

والدین نے، مخالف طرف، پوری توجہ دی.

Und sie beobachteten jede Bewegung ihrer Hand genau.

اور وہ اس کے ہاتھ کی ہر حرکت کو غور سے دیکھ رہے تھے۔

Gregor war auch vom Geigenspiel fasziniert.

گریگور بھی وائلن بجانے کی طرف متوجہ ہوا۔

Und er wagte sich ein Stück weiter aus seinem Zimmer hinaus.

اور وہ اپنے کمرے سے تھوڑا آگے نکل گیا۔

Er hatte den Kopf schon im Wohnzimmer.

وہ پہلے ہی کمرے کے اندر سر کے ساتھ تھا۔

Er war stets sehr stolz darauf, besonders rücksichtsvoll zu sein.

وہ بہت خیال رکھنے میں بڑا فخر محسوس کرتا تھا۔

Doch in letzter Zeit hinterfragte er seine Nachlässigkeit kaum noch.

لیکن حال ہی میں اس نے اپنی نگہداشت کی کمی پر مشکل سے سوال کیا۔

Auch wenn er jetzt mehr Grund hatte, sich zu verstecken als zuvor.

حالانکہ اس کے پاس اب چھپنے کی پہلے سے زیادہ وجہ تھی۔

Weil sein Zimmer mit Staub und allerlei Schmutz bedeckt war.

کیونکہ اس کا کمرہ گرد و غبار اور طرح طرح کی گندگی سے ڈھکا ہوا تھا۔

Die geringste Bewegung wirbelte allerlei Schmutz auf.

ذرا سی حرکت نے ہر طرح کی گندگی کو اُٹھا دیا۔

Der ganze Dreck klebte an ihm: Staub, Haare, Essensreste.

یہ ساری گندگی اس پر چپکی ہوئی تھی۔ دھول، بال، خوراک باقی ہے.

Er hätte den Schmutz am Teppich abreiben können.

وہ قالین پر گندگی کو رگڑ سکتا تھا۔

Das tat er mehrmals täglich.

یہ وہ کام تھا جو وہ روزانہ کئی بار کرتا تھا۔

Doch seine Gleichgültigkeit gegenüber allem war viel zu groß.

لیکن ہر چیز سے اس کی بے حسی بہت زیادہ تھی۔

Deshalb hatte er keine Angst, noch ein Stück weiterzugehen.

اس لیے وہ تھوڑا آگے بڑھنے سے ڈرتا نہیں تھا۔

Und er betrat den makellosen Wohnzimmerboden.

اور وہ کمرے کے بے عیب فرش پر چلا گیا۔

Doch niemand bemerkte ihn oder schenkte ihm Beachtung.

تاہم، کسی نے اس کی طرف توجہ نہیں دی، اور نہ ہی کوئی توجہ دی۔

Die Familie war völlig in das Konzert vertieft.

کنسرٹ کے ساتھ خاندان مکمل طور پر جذب کیا گیا تھا۔

Die Herren hingegen zogen sich zunächst zurück.

دوسری طرف حضرات شروع میں پیچھے ہٹ گئے۔

Und sie standen dicht hinter dem Notenständer der
Schwester.

اور وہ بہن کے میوزک سٹینڈ کے پیچھے کھڑے ہو گئے۔

Wenn sie hingesehen hätten, hätten sie die Noten sehen
können.

اگر انہوں نے دیکھا ہوتا تو وہ موسیقی کے نوٹ دیکھ سکتے تھے۔

Dies hätte die Schwester natürlich beunruhigt.

یہ بات یقیناً بہن کو پریشان کرتی۔

Dann blieben sie am Fenster stehen, anstatt sich
hinzusetzen.

پھر وہ بیٹھنے کے بجائے کھڑکی کے پاس کھڑے ہو گئے۔

Mit den Händen in den Taschen redeten sie weiter.

جیب میں ہاتھ ڈال کر بولتے رہے۔

Sie blieben dort, während der Vater ängstlich zusah.

وہ وہیں رہے جب کہ والد بے چینی سے دیکھتے رہے۔

Man hatte den Eindruck, dass sie andere Erwartungen
hatten.

ایک کا تاثر تھا کہ ان سے دوسری توقعات وابستہ ہیں۔

Und es schien wirklich so, als wären sie enttäuscht gewesen.

اور واقعی ایسا لگتا تھا جیسے وہ مایوس ہو گئے ہوں۔

Es schien, als hätten sie genug von der Vorstellung.

ایسا لگتا تھا کہ ان کی کارکردگی کافی ہے۔

Sie hatten zugelassen, dass die Geige ihren Frieden störte.

انہوں نے وائلن کو ان کا سکون خراب کرنے کی اجازت دی تھی۔

Und sie tolerierten die Musik nur aus Höflichkeit.

اور وہ صرف شائستگی سے موسیقی کو برداشت کرتے تھے۔

Besonders beunruhigend war, wie sie den Rauch
wegbliesen.

انہوں نے دھوئیں کو کس طرح اڑا دیا وہ خاص طور پر پریشان کن تھا۔

Und dennoch spielte sie so wunderschön Geige.

اور پھر بھی وہ وائلن بہت خوبصورتی سے بجا رہی تھی۔

Ihr Gesicht war leicht zur Seite geneigt, auf der Geige.

اس کا چہرہ آہستہ سے ایک طرف، وائلن پر جھکا ہوا تھا۔

Ihr Blick wanderte traurig die Notenlinien entlang.

اس کی آنکھیں اداسی سے میوزک لائنوں کے ساتھ تلاش کر رہی تھیں۔

Gregor fühlte sich ein wenig mehr ins Wohnzimmer
hineingezogen.

گریگور نے محسوس کیا کہ وہ کمرے میں کچھ زیادہ ہی کھینچا ہوا ہے۔

Er hielt den Kopf dicht am Boden, blickte aber nach oben.

اس نے اپنا سر زمین کے قریب رکھا، لیکن اوپر کی طرف دیکھا۔

Vielleicht würde sich so der Blick seiner Schwester mit
seinem treffen.

شاید اس طرح اس کی بہن کی نظریں اس کی آنکھوں سے مل جائیں۔

Kann man wirklich sagen, dass er nur ein Tier war?

کیا واقعی یہ کہا جا سکتا ہے کہ وہ صرف ایک جانور تھا؟

War er etwa ein Tier, wenn ihn Musik so fesseln konnte?

کیا وہ ایک جانور تھا اگر موسیقی اسے اس طرح موہ لے؟

Er hatte das Gefühl, ihm sei ein Weg zu unbekannter
Nahrung gezeigt worden.

اسے لگا جیسے اسے نامعلوم پرورش کا راستہ دکھایا گیا ہے۔

Vielleicht war dies die Nahrung, die ihm fehlte.

شاید یہی وہ رزق تھا جس سے وہ محروم تھا۔

Er war fest entschlossen, zu seiner Schwester zu gelangen.

اس نے اپنی بہن کی طرف جانے کا عزم کر رکھا تھا۔

Er wollte an ihrem Rock zupfen, um ihre Aufmerksamkeit
zu erregen.

وہ اس کی توجہ حاصل کرنے کے لیے اس کے اسکرٹ کو کھینچنا چاہتا تھا۔

Er wollte ihr eine Art Einladung signalisieren.

وہ اسے دعوت نامے کا اشارہ دینا چاہتا تھا۔

„Komm und spiel Geige in meinem Zimmer", wollte er
sagen.

"آؤ اور میرے کمرے میں وائلن بجاو،" وہ کہنا چاہتا تھا۔

Er wollte, dass sie für ihre wunderschöne Musik belohnt
wird.

وہ چاہتا تھا کہ اسے اس کی خوبصورت موسیقی کا بدلہ دیا جائے۔

"Niemand hier belohnt dich dafür, dass du Geige spielst."

"یہاں کوئی بھی آپ کو وائلن بجانے کا بدلہ نہیں دے رہا ہے۔"

Er wollte sie nicht mehr aus seinem Zimmer lassen.

وہ اب اسے اپنے کمرے سے باہر جانے نہیں دینا چاہتا تھا۔

Er wollte, dass sie so lange bei ihm blieb, wie er lebte.

وہ چاہتا تھا کہ جب تک وہ زندہ رہے وہ اس کے ساتھ رہے۔

Zum ersten Mal hatte seine Verwandlung einen Vorteil.

پہلی بار اس کی تبدیلی کا فائدہ ہوا۔

Seine Missbildung würde ihm nun endlich noch von
Nutzen sein.

اس کی خرابی آخر کار اس کے کام آنے والی تھی۔

Er wollte gleichzeitig an allen vier Türen sein.

وہ چاروں دروازوں پر ایک وقت آنا چاہتا تھا۔

Er wollte sie von allen Seiten anfauchen und anspucken.

وہ ہر زاویے سے ان پر سسکاریاں اور تھوکنا چاہتا تھا۔

Seine Schwester sollte nicht gezwungen werden, bei ihm zu
bleiben.

اس کی بہن کو اس کے ساتھ رہنے پر مجبور نہ کیا جائے۔

Er wollte, dass sie sich freiwillig dafür entschied, bei ihm zu
bleiben.

وہ چاہتا تھا کہ وہ اپنی مرضی سے اس کے ساتھ رہنے کا انتخاب کرے۔

Sie wollte sich neben ihn setzen und sich zu ihm
hinunterbeugen.

وہ اس کے پاس بیٹھ کر اس کی طرف جھکنے والی تھی۔

Und er wollte ihr von der Musikschule erzählen.

اور وہ اسے میوزک اسکول کے بارے میں بتانے والا تھا۔

Er hatte die feste Absicht, sie auf die Akademie zu schicken.

اسے اکیڈمی بھیجنے کا پختہ ارادہ تھا۔

Das hätte er allen schon letztes Weihnachten erzählt.

وہ اس آخری کرسمس کے بارے میں سب کو بتا دیتا۔

War Weihnachten etwa schon wieder vorbei?

کیا کرسمس واقعی آیا تھا اور پہلے ہی دوبارہ چلا گیا تھا؟

Und er hätte sich von niemandem davon abbringen lassen.

اور وہ کسی کو اس سے باز نہ آنے دیتا۔

Doch dann setzte das Unglück allem ein Ende.

لیکن پھر بد قسمت حادثے نے سب کچھ روک دیا۔

Die Schwester wäre von ihren Gefühlen überwältigt gewesen.

بہن جذبات سے مغلوب ہو جاتی۔

Und dann wäre Gregor bis auf ihre Schulter geklettert.

اور پھر گریگور اس کے کندھے پر چڑھ گیا ہوگا۔

Und er hätte sie getröstet, indem er ihren Hals geküsst hätte.

اور اس کی گردن چوم کر اسے تسلی دیتا۔

„Herr Samsa!", rief der Mann in der Mitte dem Vater zu.

"مسٹر سمسا!" درمیان میں موجود آدمی نے باپ کو پکارا۔

Er zeigte mit dem Zeigefinger nach unten auf Gregor.

وہ اپنی شہادت کی انگلی سے نیچے گریگور کی طرف اشارہ کر رہا تھا۔

Gregor bewegte sich langsam über den Wohnzimmerboden.

گریگور دھیرے دھیرے لیونگ روم کے فرش کے پار جا رہا تھا۔

Das Geigenspiel verstummte sehr schnell.

وائلن بجانے پر بہت جلد خاموشی چھا گئی۔

Der mittlere der drei Männer lächelte seine Freunde an.

تین آدمیوں میں سے درمیانی آدمی اپنے دوستوں کی طرف دیکھ کر مسکرایا۔

Dann schüttelte er den Kopf und blickte zurück zu Gregor.

پھر اس نے سر ہلایا، اور گریگور کی طرف دیکھا۔

Der Vater hätte Gregor zurück in sein Zimmer schicken können.

باپ گریگور کو اپنے کمرے میں واپس مجبور کر سکتا تھا۔

Das war jedoch nicht die erste Maßnahme, zu der er sich entschloss.

لیکن یہ پہلا اقدام نہیں تھا جس کا اس نے فیصلہ کیا۔

Er hielt es für wichtiger, die Herren zu beruhigen.

اس کا خیال تھا کہ حضرات کو پرسکون کرنا زیادہ ضروری ہے۔

Obwohl sie von Gregor eigentlich überhaupt nicht verärgert waren.

حالانکہ وہ واقعی گریگور سے بالکل پریشان نہیں تھے۔

Gregor schien unterhaltsamer als das Geigenspiel.

گریگور وائلن بجانے سے زیادہ دل لگی لگ رہی تھی۔

Er eilte mit ausgestreckten Armen auf sie zu.

وہ بازو پھیلا کر ان کے پاس پہنچا۔

Er gab sein Bestes, um ihren Blick auf Gregor zu verbergen.

وہ گریگور کے بارے میں ان کے نظریے کا احاطہ کرنے کی پوری کوشش کر رہا تھا۔

Und er versuchte, sie zur Rückkehr in ihr Zimmer zu bewegen.

اور اس نے انہیں اپنے کمرے میں واپس لانے کی کوشش کی۔

Das hat sie eher ein wenig verärgert.

اگر کچھ بھی ہے تو اس نے انہیں تھوڑا سا ناراض کیا ہے۔

Es war aber schwer zu sagen, was genau sie störte.

لیکن یہ کہنا مشکل تھا کہ انہیں بالکل کس چیز نے ناراض کیا۔

Der Vater verdarb die abendliche Unterhaltung.

باپ رات کی تفریح خراب کر رہا تھا۔

Aber sie hatten auch gerade erst von ihrem neuen Mitbewohner erfahren.

لیکن انہیں اپنے نئے فلیٹ ساتھی کے بارے میں بھی معلوم ہوا تھا۔

Sie hoben die Hände, genau wie der Vater es getan hatte.

انہوں نے اپنے ہاتھ اسے ہی اٹھائے جیسے باپ نے کیے تھے۔

Sie verlangten vom Vater eine sofortige Erklärung.

انہوں نے والد سے فوری وضاحت کا مطالبہ کیا۔

Sie zupften unruhig an ihren Bärten, um eine Antwort zu bekommen.

انہوں نے جواب کے لیے بے چینی سے اپنی داڑھیاں کھینچیں۔

Und sie bewegten sich rückwärts in ihr Zimmer, aber sehr langsam.

اور وہ پیچھے کی طرف اپنے کمرے میں چلے گئے لیکن بہت آہستہ۔

Die Unterbrechung hatte die Schwester in eine Trance versetzt.

رکاوٹ نے بہن کو ایک ٹرانس میں ڈال دیا تھا۔

Sie ließ Geige und Bogen an ihrer Seite herabhängen.

اس نے وائلن اور کمان کو اپنے پہلوؤں میں لٹکانے دیا۔

Und sie blickte auf die Notenblätter, als ob sie immer noch spielen würde.

اور اس نے شیٹ میوزک کی طرف دیکھا جیسے ابھی چل رہا ہو۔

Doch dann zog sie sich plötzlich wieder ins Zimmer zurück.

لیکن پھر اچانک اس نے خود کو واپس کمرے میں کھینچ لیا۔

Und sie hatte nun das Gefühl, verloren zu sein, überwunden.

اور وہ اب کھو جانے کے احساس پر قابو پا چکی تھی۔

Sie legte das Musikinstrument auf den Schoß ihrer Mutter.

اس نے موسیقی کا ساز اپنی ماں کی گود میں رکھا۔

Die Mutter saß schwer atmend auf dem Stuhl.

ماں کرسی پر بیٹھی بھاری سانسیں لے رہی تھی۔

Und dann musste die Schwester ins Nebenzimmer rennen.

اور پھر بہن کو اگلے کمرے میں بھاگنا پڑا۔

Sie musste alles für die Herren vorbereiten.

اسے حضرات کے لیے سب کچھ تیار کرنا تھا۔

Sie warf die Decken und Kissen in die Luft.

اس نے کمبل اور کشن اوپر ہوا میں پھینک دیا۔

Und mit ihren geschickten Händen richtete sie die gesamte Bettwäsche her.

اور اپنے ہنر مند ہاتھوں سے اس نے تمام بستروں کا بندوبست کیا۔

Sie war schon fertig, bevor die Herren den Raum erreichten.

ان حضرات کے کمرے میں پہنچنے سے پہلے ہی وہ فارغ ہو چکی تھی۔

Und sie verschwand, bevor sie ihnen in die Quere kam.

اور وہ ان کے راستے میں آنے سے پہلے ہی باہر نکل گئی۔

Der Vater schien von seiner eigenen Sturheit beherrscht zu sein.

باپ کو لگتا تھا کہ وہ اپنی ہی ضد میں گرفتار ہے۔

Und so vergaß er jeglichen Respekt, den er seinen Mietern schuldete.

اور اس طرح وہ اپنے کرایہ داروں کا واجب الادا تمام احترام بھول گیا۔

Er drängte und drängte, bis deren Sprecher Einspruch erhob.

اس نے دھکا دیا اور دھکا دیا جب تک کہ ان کے ترجمان نے اعتراض نہ کیا۔

Als er die Tür erreichte, stampfte er wütend mit dem Fuß auf.

دروازے پر پہنچ کر اس نے غصے سے اپنے پاؤں پر مہر لگائی۔

Und damit brachte er den Vater zum Schweigen.

اور اس طرح اس نے باپ کو ٹھہرایا۔

„Hiermit erkläre ich", begann er sich an seinen Vermieter zu wenden.

"میں اس کے ذریعے اعلان کرتا ہوں،" اس نے اپنے مالک مکان سے مخاطب ہونا شروع کیا۔

Und er hob die Hand und blickte die ganze Familie an.

اور اس نے اپنا ہاتھ اٹھا کر گھر والوں کو دیکھا۔

„Hinsichtlich der widerlichen Zustände im Zimmer;"

"کمرے کے ناگوار حالات کے حوالے سے؛"

Und er sorgte dafür, dass alle seinen Worten zuhörten.

اور اس بات کو یقینی بنایا کہ سب اس کی باتیں سن رہے ہیں۔

"Hiermit kündige ich meinen Auszug aus meinem Zimmer."

"میں یہاں نوٹس دے رہا ہوں کہ میں اپنا کمرہ خالی کر دوں گا۔"

Und er unterstrich seine Aussage zusätzlich, indem er auf den Boden spuckte.

اور اس نے مزید زمین پر تھوک کر اپنی بات کہی۔

„Auch die Tage, die ich hier gelebt habe, werde ich nicht bezahlen."

"نہ ہی میں ان دنوں کی قیمت ادا کروں گا جو میں یہاں رہا ہوں۔"

Mit dieser Rückerstattung war er allerdings nicht ganz zufrieden.

تاہم، وہ اس رقم کی واپسی سے پوری طرح مطمئن نہیں تھا۔

„Und ich werde erwägen, weitere Forderungen an Sie zu stellen."

"اور میں آپ کے خلاف دیگر مطالبات کرنے پر غور کروں گا۔"

„Glauben Sie mir, solche Forderungen lassen sich sehr leicht rechtfertigen."

'یقین جانو، اسے مطالبات کا جواز پیش کرنا بہت آسان ہوگا۔"

Er schwieg und blickte den Vater direkt an.

وہ خاموش رہا اور سیدھے سامنے باپ کی طرف دیکھنے لگا۔

Er schien zu erwarten, dass noch etwas passieren würde.

وہ کچھ اور ہونے کی توقع کر رہا تھا۔

Tatsächlich hatten seine beiden Freunde sofort die gleiche Idee.

اصل میں، اس کے دو دوستوں کو فوری طور پر ایک ہی خیال تھا۔

„Wir stornieren auch unsere Zimmer", sagten sie unisono.

"ہم اپنے کمرے بھی منسوخ کر رہے ہیں۔" انہوں نے یک زبان ہو کر کہا.

Dann packte er den Türgriff und schloss die Tür.

پھر دروازے کا ہینڈل پکڑ کر دروازہ بند کر دیا۔

Und mit einem lauten Knall schlossen sie sich in ihrem Zimmer ein.

اور ایک زوردار دھماکے سے خود کو اپنے کمرے میں بند کر لیا۔

Der Vater taumelte mit tastenden Händen zu seinem Stuhl.

باپ ہاتھ مارتے ہوئے اپنی کرسی پر جھک گیا۔

Und er ließ sich besiegt in den Stuhl fallen.

اور اس نے خود کو شکست دے کر کرسی پر گرنے دیا۔

Es sah so aus, als ob er seinen üblichen Abendschlaf halten würde.

ایسا لگ رہا تھا جیسے وہ شام کی معمول کی نیند کے لیے جا رہا ہو۔

Sein Kopf nickte jedoch fast so, als ob er nicht gestützt würde.

لیکن اس نے تقریباً اس طرح سر ہلایا جیسے اسے سہارا نہ دیا گیا ہو۔

Und man konnte sehen, dass er überhaupt nicht schlief.

اور دیکھا جا سکتا تھا کہ وہ بالکل نہیں سو رہا تھا۔

Während all dem hatte Gregor sich nicht von der Stelle gerührt.

اس سارے عرصے میں گریگور اپنی جگہ سے نہیں ہلا تھا۔

Er befand sich noch immer an der Stelle, wo die Herren ihn zuerst gesehen hatten.

وہ ابھی وہیں تھا جہاں حضرات نے اسے پہلی بار دیکھا تھا۔

Selbst wenn er umziehen wollte, fand er es unmöglich.

یہاں تک کہ اگر اس نے حرکت کرنا چاہی تو اسے ناممکن نظر آیا۔

Entweder aus Enttäuschung oder aus Hunger.

اس کی مایوسی کی وجہ سے، یا اس کی بھوک کی وجہ سے۔

Er war enttäuscht über das Scheitern seines Plans.

وہ اپنے منصوبے کی ناکامی سے مایوس ہو چکا تھا۔

Und er war geschwächt von dem anhaltenden Hunger, den er verspürte.

اور وہ لمبے لمبے بھوک سے کمزور ہو گیا تھا۔

Er war sich sicher, dass sich jeden Moment alle gegen ihn
wenden würden.

اسے یقین تھا کہ کسی بھی وقت ہر کوئی اس کی طرف متوجہ ہو جائے گا۔

In Erwartung des unmittelbar bevorstehenden
Zusammenbruchs wartete er.

ناگزیر خاتمے کی اس امید کے ساتھ اس نے انتظار کیا۔

Die Geige begann vom Schoß der Mutter zu rutschen.

وائلن ماں کی گود سے پھسلنے لگا۔

Mit einem ohrenbetäubenden Geräusch fiel die Geige zu
Boden.

ایک گونجتی ہوئی آواز کے ساتھ وائلن زمین پر گر گیا۔

Doch selbst dieses plötzliche Krachen ließ ihn nicht
erschrecken.

لیکن اس اچانک ٹوٹنے والی آواز نے اسے چونکا بھی نہیں دیا۔

„Liebe Eltern“, sagte die Schwester, „so kann es nicht
weitergehen.“

"پیارے والدین،" بہن نے کہا، "یہ جاری نہیں رہ سکتا۔"

Und um ihrer Aussage Nachdruck zu verleihen, schlug sie
mit der Hand auf den Tisch.

اور اس نے اپنی بات بتانے کے لیے میز پر ہاتھ مارا۔

"Ich werde den Namen meines Bruders vor diesem Monster
nicht aussprechen."

"میں اس عفریت سے پہلے اپنے بھائی کا نام نہیں کہوں گا۔"

„Deshalb sage ich es so deutlich wie möglich:“

"اسی لیے میں یہ بات زیادہ سے زیادہ دو ٹوک الفاظ میں کہہ رہا ہوں":

„Uns bleibt keine andere Wahl, als dieses Tier
loszuwerden."

"ہمارے پاس اس جانور سے جان چھڑانے کے سوا کوئی چارہ نہیں ہے۔"

„Wir haben unser Bestes getan, um dieses Tier zu tolerieren
und zu pflegen."

"ہم نے اس جانور کو برداشت کرنے اور اس کی دیکھ بھال کرنے کی پوری کوشش
کی۔"

„Ich glaube nicht, dass uns irgendjemand auch nur im
Geringsten die Schuld geben kann."

"مجھے نہیں لگتا کہ کوئی ہم پر ذرا بھی الزام لگا سکتا ہے۔"

„Sie hat tausendfach Recht", stimmte der Vater zu.

"وہ ہزار بار صحیح ہے،" باپ نے اتفاق کیا۔

Die Mutter hatte noch immer nicht wieder richtig Luft
bekommen.

ماں ابھی تک اپنی سانسیں پوری طرح سے بحال نہیں ہوئی تھی۔

Sie begann dumpf in ihre Hand zu husten und atmete
schwer.

وہ بھاری سانس لے کر اپنے ہاتھ میں کھانسنے لگی۔

Und in ihren Augen begann sich ein wahnsinniger
Ausdruck abzuzeichnen.

اور اس کی آنکھوں میں ایک دیوانگی کے تاثرات ابھرنے لگے۔

Die Schwester eilte zu ihrer Mutter und hielt sich die Stirn.

بہن جلدی سے ماں کے پاس گئی اور اس کی پیشانی پکڑ لی۔

Der Vater schien von den Worten der Schwester inspiriert zu
sein.

باپ بہن کی باتوں سے متاثر معلوم ہوتا تھا۔

Und seine Gedanken schienen klarer als zuvor.

اور اس کے خیالات پہلے سے زیادہ واضح نظر آنے لگے۔

Er hörte auf, mit dem Kopf zu nicken, und setzte sich wieder aufrecht hin.

وہ سر ہلا کر رک گیا اور پھر سیدھا ہو کر بیٹھ گیا۔

Und er spielte, in tiefes Nachdenken versunken, mit der Mütze seines Dieners.

اور وہ اپنے نوکر کی ٹوپی سے کھیلا، گہری سوچ میں۔

Die Teller der Mieter standen noch auf dem Tisch.

کرایہ داروں کی پلیٹیں ابھی تک میز پر تھیں۔

Und manchmal blickte er zu dem schweigenden Gregor hinüber.

اور وہ کبھی خاموش گریگور کی طرف دیکھتا۔

„Wir müssen versuchen, es loszuwerden", sagte die Schwester zu ihm.

"ہمیں اس سے چھٹکارا حاصل کرنے کی کوشش کرنی چاہیے،" بہن نے اسے بتایا۔

Die Mutter war zu sehr mit Husten beschäftigt, um zuzuhören.

ماں بھی سننے کے لیے کھانسی میں بتلا تھی۔

„Das wird euch beide umbringen, ich sehe es schon kommen."

"یہ تم دونوں کو مار ڈالے گا، میں اسے آتا دیکھ سکتا ہوں۔"

„Wir können nicht alle weiterhin so hart arbeiten wie bisher."

"ہم سب اتنی محنت جاری نہیں رکھ سکتے جتنی ہم کرتے ہیں۔"

„Und jeden Tag müssen wir nach Hause kommen und diese Qualen erleiden."

"اور ہر روز ہمیں اس اذیت میں گھر آنا پڑتا ہے۔"

„Wir können das nicht mehr ertragen. Ich kann das nicht mehr ertragen.“

"ہم اسے مزید برداشت نہیں کر سکتے۔ میں اسے برداشت نہیں کر سکتا۔"

In einem letzten Tränenausbruch sank sie ihrer Mutter in die Arme.

وہ آنسوؤں کے آخری پھٹ میں اپنی ماں کے پاس گر گئی۔

Die Tränen rannen ihr über das Gesicht und auf das ihrer Mutter.

آنسو اس کے چہرے پر اور اس کی ماں پر گرے۔

Und mit einer mechanischen Bewegung wischte sie sich die Tränen weg.

اور اس نے میکانکی حرکت میں آنسو پونچھے۔

„Mein Kind“, sagte der Vater mitfühlend.

''میرے بچے،'' باپ نے شفقت بھرے لہجے میں کہا۔

In seiner Stimme lag tiefes Mitgefühl und Verständnis.

اس کی آواز میں گہری ہمدردی اور سمجھ تھی۔

„Aber was sollen wir tun?“, gestand er und gab zu, es nicht zu wissen.

"لیکن ہم کیا کریں؟" اس نے نہ جاننے کا اقرار کیا۔

Die Schwester zuckte nur hilflos mit den Schultern.

بہن نے بے بسی سے کندھے اچکائے۔

Und ihr anfängliches Selbstvertrauen wich erneut Tränen.

اور اس کے پہلے کے اعتماد کی جگہ پھر سے آنسوؤں نے لے لی تھی۔

„Wenn er uns doch nur verstehen würde“, sagte der Vater laut.

' ''کاش وہ ہمیں سمجھتا۔'' باپ نے اونچی آواز میں کہا۔

Und er fragte sich halb, ob Gregor es vielleicht verstanden
hatte.

اور اس نے آدھا سوال کیا کہ شاید گریگور سمجھ گیا ہو۔

Die Schwester schüttelte unter Tränen heftig die Hand.

بہن نے روتے ہوئے بس زور سے ہاتھ ملایا۔

Und so signalisierte sie, dass man diese Idee gar nicht erst in
Erwägung ziehen sollte.

اور اس طرح اس نے اشارہ کیا کہ اس خیال کے بارے میں نہیں سوچنا چاہیئے۔

„Aber wenn er uns doch nur verstehen würde", wiederholte
der Vater.

' ''لیکن کاش وہ ہمیں سمجھتا،'' باپ نے دہرایا۔

Er schloss die Augen und dachte über die Antwort seiner
Schwester nach.

آنکھیں بند کر کے اس نے بہن کے جواب پر غور کیا۔

"Wenn er verstünde, dass eine Vereinbarung mit ihm
getroffen werden könnte."

"اگر وہ سمجھ گیا تو اس کے ساتھ معاہدہ کیا جا سکتا ہے۔"

„Aber unter den gegebenen Umständen…"

"لیکن چیزیں اس طرح کے ہونے کے ساتھ جیسے وہ ہیں"...

„Es muss weg!", rief die Schwester, „es ist der einzige Weg."

"اسے جانا چاہیے،" بہن نے پکارا، "یہ واحد راستہ ہے۔"

„Du musst den Gedanken loswerden, dass es Gregor ist."

"آپ کو اس سوچ سے جان چھڑانی ہوگی کہ یہ گریگور ہے۔"

„Dass wir das so lange geglaubt haben, ist unser
eigentliches Unglück."

"یہ کہ ہم نے اتنی دیر تک یقین کیا یہ ہماری اصل بد قسمتی ہے۔"

„Aber wie kann es Gregor sein?", fragte sie ihren Vater.

"لیکن یہ گریگور کیسے ہو سکتا ہے؟" اس نے اپنے والد سے پوچھا۔

„Er wusste, dass ein solches Tier nicht mit Menschen zusammenleben kann."

"وہ جانتا تھا کہ ایسا جانور انسانوں کے ساتھ نہیں رہ سکتا۔"

„Gregor hätte uns schon längst freiwillig verlassen."

"گریگور ہمیں بہت پہلے اپنی مرضی سے چھوڑ چکا ہوگا۔"

„Das stimmt, dann hätten wir keinen Bruder mehr."

"یہ سچ ہے، پھر ہمارا کوئی بھائی نہیں ہوگا۔"

„Aber wir könnten weiterleben und sein Andenken ehren."

"لیکن ہم زندہ رہ سکتے ہیں اور اس کی یاد کا احترام کر سکتے ہیں۔"

„Aber dieses Ungeheuer verfolgt uns und vertreibt unsere Pächter."

"لیکن یہ درندہ ہمارا تعاقب کرتا ہے اور ہمارے کرایہ داروں کو بھگا دیتا ہے۔"

„Es will ganz offensichtlich die ganze Wohnung in Besitz nehmen."

"یہ ظاہر ہے کہ پورے اپارٹمنٹ پر قبضہ کرنا چاہتا ہے۔"

„Dieses Biest will, dass wir auf der Straße schlafen."

"یہ درندہ ہمیں گلیوں میں سونا چاہتا ہے۔"

"Schau, Vater", rief sie plötzlich, "er bewegt sich schon wieder!"

"دیکھو، باپ،" وہ اچانک پکارا، "وہ پھر سے چل رہا ہے"!

Und sie tat etwas, das selbst Gregor nicht verstehen konnte.

اور اس نے ایک ایسا کام کیا جو گریگور کو بھی سمجھ نہیں آرہا تھا۔

Sie stieß sich von sich selbst ab, als wolle sie die Mutter
opfern.

اس نے خود کو دور دھکیل دیا، جیسے ماں کو قربان کر رہی ہو۔

Und sie rannte hinter ihrem Vater her, um sich in Sicherheit
zu bringen.

اور وہ کسی طرح کی حفاظت کے لیے اپنے باپ کے پیچھے بھاگی۔

Der Vater war nur deshalb so aufgebracht, weil seine
Tochter es war.

باپ صرف اس لیے مشتعل تھا کہ اس کی بیٹی تھی۔

Doch dann stand auch er auf und hob die Arme über sie.

لیکن پھر وہ بھی کھڑا ہوا، اور اس کے اوپر بازو اٹھائے۔

Gregor hatte jedoch keinerlei Absicht gehabt,
irgendjemanden zu erschrecken.

لیکن گریگور کا کسی کو ڈرانے کا کوئی ارادہ نہیں تھا۔

Er hatte insbesondere nicht die Absicht, seine Schwester zu
erschrecken.

اسے خاص طور پر اپنی بہن کو ڈرانے کا کوئی خیال نہیں تھا۔

Er wollte sich gerade umdrehen und zurück in sein Zimmer
gehen.

وہ اپنے کمرے کی طرف مڑنے کی کوشش کر رہا تھا۔

Doch in seinem sich verschlechternden Zustand war selbst
das schwierig.

لیکن اس کی بگڑتی ہوئی حالت میں یہ بھی مشکل تھا۔

Und er konnte seine Beine nicht mehr vollumfänglich
nutzen.

اور اب اسے اپنی تمام ٹانگوں کا مکمل استعمال نہیں تھا۔

Also benutzte er seinen Kopf, um seinen Körper anzuheben und sich umzudrehen.

اس لیے اس نے اپنے سر کا استعمال اپنے جسم کو اٹھانے اور خود کو موڑنے کے لیے کیا۔

Er hielt inne und suchte in der Familie nach deren Zustimmung.

اس نے توقف کیا، اور گھر والوں کی منظوری کے لیے ادھر ادھر دیکھا۔

Seine guten Absichten schienen erkannt worden zu sein.

لگتا تھا کہ اس کی نیک نیتی پہچان گئی ہے۔

Seine Bewegung hatte sie nur kurzzeitig erschreckt.

اس کی حرکت ان کے لیے صرف ایک لمحاتی جھٹکا تھی۔

Nun blickten sie ihn alle in unglücklichem Schweigen an.

اب وہ سب ناخوش خاموشی سے اسے دیکھ رہے تھے۔

Die Mutter lag noch immer erschöpft im Sessel.

ماں اب بھی تھک ہار کر کرسی پر لیٹی تھی۔

Vater und Schwester saßen nebeneinander.

باپ اور بہن ایک دوسرے کے پاس بیٹھے تھے۔

»Vielleicht lassen sie mich jetzt umdrehen«, dachte Gregor.

"شاید اب وہ مجھے گھومنے دیں گے،" گریگور نے سوچا۔

Und er setzte seine unbeholfene Drehbewegung fort.

اور وہ اپنی عجیب و غریب حرکت کرتا رہا۔

Er konnte die gelegentlichen Atemzüge der Anstrengung nicht unterdrücken.

وہ مشقت کے کبھی کبھار ہانپنے کو نہیں دبا سکتا تھا۔

Und er war gezwungen, zwischendurch ein paar Mal Pausen einzulegen.

اور درمیان میں ایک دو وقت آرام کرنے پر مجبور ہو گیا۔

Niemand drängte ihn jetzt zur Eile; es lag ganz bei ihm.

اب اسے کوئی جلدی نہیں کر رہا تھا۔ یہ اس پر چھوڑ دیا گیا تھا۔

Schließlich vollendete er die langsame und schmerzhafte Drehung.

بالآخر اس نے سست اور تکلیف دہ موڑ مکمل کیا۔

Er machte sich sofort auf den Weg zurück in sein Zimmer.

وہ فوراً سیدھا اپنے کمرے کی طرف چلنے لگا۔

Er war erstaunt darüber, wie weit er von seinem Zimmer entfernt war.

وہ حیران تھا کہ وہ اپنے کمرے سے کتنا دور ہے۔

Wie war er trotz seiner Schwäche zuvor dorthin gelangt?

اپنی کمزوری کے باوجود، وہ پہلے وہاں کیسے پہنچ گیا تھا؟

Er war fast denselben Weg gegangen, ohne es zu bemerken.

اس نے بغیر دیکھے تقریباً اسی راستے پر سفر کیا تھا۔

Er konzentrierte sich jetzt nur noch darauf, so schnell wie möglich zu krabbeln.

اس نے بس اتنی تیزی سے رینگنے پر توجہ دی جتنی اب وہ کر سکتا تھا۔

Das Ausbleiben von Kommentaren störte ihn nicht.

کسی کے تبصرے کی کمی کی نے اسے پریشان نہیں کیا۔

Erst als er schon in der Tür war, drehte er den Kopf.

جب وہ پہلے سے دروازے میں تھا تب ہی اس نے اپنا سر موڑ لیا۔

Aber er konnte sich nicht vollständig umdrehen und zurückblicken.

لیکن وہ مکمل طور پر پیچھے مڑ کر دیکھنے کے قابل نہیں تھا۔

Denn er spürte, wie sich sein Nacken beim Umdrehen noch mehr versteifte.

کیونکہ اسے اپنی گردن مزید اکڑتی ہوئی محسوس ہوئی جب وہ مڑ گیا۔

Doch er sah, dass sich hinter ihm ohnehin nichts verändert hatte.

لیکن اس نے دیکھا کہ اس کے پیچھے ویسے بھی کچھ نہیں بدلا تھا۔

Der einzige Unterschied war, dass seine Schwester aufgestanden war.

فرق صرف اتنا تھا کہ اس کی بہن کھڑی ہو گئی تھی۔

Sein letzter Blick verriet ihm, dass seine Mutter eingeschlafen war.

اس کی آخری نظر نے ظاہر کیا کہ اس کی ماں سو گئی تھی۔

Sobald er in seinem Zimmer war, wurde die Tür geschlossen.

جیسے ہی وہ اپنے کمرے میں داخل ہوا دروازہ بند کر دیا گیا۔

Und sobald die Tür geschlossen war, wurde der Schrank verriegelt.

اور دروازہ بند ہوتے ہی بولڈ لاک ہو گیا۔

Gregor erschrak über das unerwartete Geräusch hinter ihm.

پیچھے کے غیر متوقع شور سے گریگور خوفزدہ ہو گیا۔

Und vor lauter Überraschung knickten seine Beine unter ihm ein.

اور اچانک حیرت سے اس کی ٹانگیں اس کے نیچے دب گئیں۔

Es war seine Schwester, die hinter ihm zur Tür geeilt war.

یہ بہن تھی جو اس کے پیچھے دروازے تک پہنچی تھی۔

Sie stand bereits aufrecht da und wartete auf ihn.

وہ پہلے ہی وہیں سیدھی کھڑی تھی، اور اس کا انتظار کر رہی تھی۔

Dann machte sie einen leichten Sprung nach vorn, ohne dass Gregor es hörte.

اس کے بعد وہ گریگور کو سنے بغیر ملکے سے آگے بڑھ گئی۔

"Endlich!", rief sie laut, als sie den Schlüssel umdrehte.

"آخر کار!" اس نے چابی گھماتے ہی اونچی آواز میں پکارا۔

„Was nun?", fragte sich Gregor, allein in der Dunkelheit.

"اب کیا؟" گریگور نے اندھیرے میں اکیلے اپنے آپ سے پوچھا۔

Er merkte bald, dass er sich überhaupt nicht mehr bewegen konnte.

اسے جلد ہی پتہ چلا کہ وہ اب بالکل بھی حرکت نہیں کر سکتا۔

Doch seine Unbeweglichkeit überraschte ihn nicht wirklich.

لیکن اس کی بے حرکتی پر وہ واقعی حیران نہیں ہوا۔

Sich auf so dünnen Beinen fortbewegen zu können, erschien lächerlich.

اتنی پتلی ٹانگوں پر چلنے کے قابل ہونا مضحکہ خیز لگتا تھا۔

Er wusste nicht, wie ihm das jemals gelungen war.

وہ نہیں جانتا تھا کہ وہ کبھی ایسا کیسے کر پایا تھا۔

Abgesehen davon fühlte er sich aber relativ wohl.

لیکن اس کے علاوہ وہ نسبتاً آرام دہ محسوس کرتا تھا۔

Es stimmt, dass er am ganzen Körper tiefe Schmerzen verspürte.

یہ سچ ہے کہ اس نے اپنے پورے جسم میں گہرا درد محسوس کیا۔

Doch der Schmerz schien immer schwächer zu werden.

لیکن درد کمزور سے کمزور ہوتا جا رہا تھا۔

Und er hatte das Gefühl, der Schmerz würde irgendwann verschwinden.

اور اسے لگا جیسے درد بالآخر ختم ہو جائے گا۔

Er spürte den faulen Apfel in seinem Rücken kaum noch.

اس نے بمشکل اپنی پیٹھ میں بوسیدہ سیب محسوس کیا۔

Er dachte mit Rührung und Liebe an seine Familie zurück.

اس نے جذبات اور محبت کے ساتھ اپنے خاندان کے بارے میں سوچا۔

Er spürte die Gefühle seiner Schwester noch stärker als sie selbst.

اس نے اپنی بہن کے جذبات کو اس سے بھی زیادہ محسوس کیا۔

Sie hatte Recht mit dem, was sie gesagt hatte; er musste gehen.

اس نے جو کہا تھا اس کے ساتھ وہ ٹھیک تھی۔ اسے چھوڑنا پڑا۔

Er verbrachte einige Zeit in diesem leeren und friedlichen Zustand.

اس نے کچھ وقت اس خالی اور پرامن حالت میں گزارا۔

Die Uhr schlug dreimal, leise, aber bestimmt.

گھڑی تین بار ٹکرائی، خاموشی سے، لیکن مضبوطی سے۔

Gregor wurde sanft aus seinen Betrachtungen gerissen.

گریگور کو آہستہ سے اس کی سوچوں سے باہر نکالا گیا۔

Er beobachtete, wie das Morgenlicht langsam in sein Zimmer drang.

اس نے صبح کی روشنی کو آہستہ آہستہ اپنے کمرے میں آتے دیکھا۔

Dann sank sein Kopf völlig nach unten, ohne dass er es wollte.

پھر اس کی مرضی کے بغیر اس کا سر پوری طرح نیچے ڈوب گیا۔

Und sein letzter Atemzug entwich schwach aus seinen Nasenlöchern.

اور اس کی آخری سانس اس کے نتھنوں سے کمزوری سے بہہ رہی تھی۔

Das Dienstmädchen kam früh am Morgen in sein Zimmer.

نوکرانی صبح سویرے اپنے کمرے میں آئی۔

Bei ihrem üblichen kurzen Besuch fand sie nichts Ungewöhnliches vor.

اسے اپنے معمول کے مختصر دورے کے دوران کچھ بھی غیر معمولی نہیں ملا۔

Aus Kraft und in Eile knallte sie alle Türen zu.

طاقت اور عجلت سے اس نے سارے دروازے کھٹکھٹائے۔

An ruhigen Schlaf war in der gesamten Wohnung nicht zu denken.

پورے اپارٹمنٹ میں پرسکون نیند ممکن نہیں تھی۔

Sie war gebeten worden, dies morgens zu vermeiden.

اسے صبح کے وقت ایسا کرنے سے گریز کرنے کو کہا گیا تھا۔

Sie glaubte, er läge absichtlich so regungslos da.

اسے لگا کہ وہ جان بوجھ کر اتنا بے حرکت پڑا ہے۔

Vielleicht wollte er ihr zeigen, dass er beleidigt war.

شاید وہ اسے دکھانا چاہتا تھا کہ وہ ناراض ہے۔

Sie vertraute darauf, dass er über alle Arten von Intelligenz verfügte.

وہ اس پر بھروسہ کرتی تھی کہ اس کے پاس ہر طرح کی ذہانت ہے۔

Sie hielt zufällig den langen Besen in der Hand.

ایسا ہوا کہ وہ ہاتھ میں لمبا جھاڑو پکڑے ہوئے ہے۔

Also versuchte sie von der Tür aus, Gregor ein wenig zu kitzeln.

تو، دروازے سے، اس نے گریگور کو تھوڑا گدگدی کرنے کی کوشش کی۔

Sie war etwas verärgert darüber, dass er überhaupt nicht reagierte.

وہ تھوڑا ناراض تھا کہ اس نے بالکل جواب نہیں دیا۔

Deshalb stieß sie ihn diesmal etwas energischer an.

تو اس نے اس بار اسے کچھ اور مضبوطی سے دھکیلا۔

Als er keinen Widerstand leistete, sah sie genauer hin.

جب اس نے کوئی مزاحمت نہیں دکھائی تو اس نے قریب سے دیکھا۔

Bald begriff sie, was Gregor wirklich zugestoßen war.

اسے جلد ہی احساس ہو گیا کہ واقعی گریگور کے ساتھ کیا ہوا تھا۔

Sie öffnete die Augen noch weiter und pfiff vor sich hin.

اس نے آنکھیں کھولیں اور خود سے سیٹی بجائی۔

Doch sie zögerte nicht lange, bevor sie die Tür öffnete.

لیکن دروازہ کھولنے سے پہلے اس نے زیادہ وقت ضائع نہیں کیا۔

Und sie rief mit lauter Stimme in die Dunkelheit:

اور اس نے اندھیرے میں اونچی آواز میں پکارا:

"Komm und sieh es dir an, da liegt es, völlig tot."

"آؤ اور دیکھو، یہ وہاں پڑا ہے، مکمل طور پر مردہ"۔

Die beiden Eltern saßen aufrecht in ihrem Ehebett.

دونوں والدین اپنے ازدواجی بستر پر سیدھے ہو کر بیٹھ گئے۔

Zuerst mussten sie den Lärmschock überwinden.

پہلے انہیں شور کے جھٹکے پر قابو پانا پڑا۔

Doch dann begannen sie langsam, ihre Botschaft zu verstehen.

لیکن پھر وہ آہستہ آہستہ اس کے پیغام کو سمجھنے لگے۔

Herr und Frau Samsa sprangen jeweils von ihrer Seite des Bettes.

مسٹر اور مسز سمسہ ہر ایک نے اپنے بستر کے پہلو سے چھلانگ لگائی۔

Herr Samsa warf sich die dicke Decke über die Schultern.

مسٹر سمسہ نے موٹا کمبل اپنے کندھوں پر پھینک دیا۔

Und Frau Samsa kam nur im Nachthemd heraus.

اور مسز سمسہ اپنے نائٹ گاؤن کے علاوہ کچھ نہیں باہر نکلی۔

Und so gelangten sie in Gregors Zimmer.

اور اسی طرح وہ گریگور کے کمرے میں داخل ہوئے۔

Inzwischen hatte sich auch die Tür zum Wohnzimmer geöffnet.

اسی دوران کمرے کا دروازہ بھی کھل چکا تھا۔

Grete hatte dort geschlafen, seit die Mieter eingezogen waren.

جب سے کرایہ داروں کے اندر چلے گئے ہیں تو گریٹ وہیں سو گیا تھا۔

Sie war vollständig angezogen, als hätte sie überhaupt nicht geschlafen.

وہ پوری طرح تیار تھی جیسے وہ بالکل سویا ہی نہیں تھا۔

Ihr blasses Gesicht schien ebenfalls ihren Schlafmangel zu beweisen.

اس کا پیلا چہرہ بھی اس کی نیند کی کمی کو ثابت کر رہا تھا۔

„Er ist tot?", fragte Frau Samsa und blickte die Magd an.

"وہ مر گیا ہے؟" مسز سمسہ نے ملازمہ کو دیکھتے ہوئے پوچھا۔

Das hätte sie selbst überprüfen können, indem sie ihn angesehen hätte.

وہ خود اسے دیکھ کر اس کی تصدیق کر سکتی تھی۔

„Ich glaube schon", sagte das Dienstmädchen und hob den Besen auf.

"مجھے ایسا لگتا ہے،" نوکرانی نے جھاڑو اٹھاتے ہوئے کہا۔

Und sie schob seinen Körper ein langes Stück über den Boden.

اور اس نے اس کے جسم کو فرش پر لمبا دھکیل دیا۔

Frau Samsa machte eine Bewegung, als wolle sie sie aufhalten.

مسز سمسہ نے ایک حرکت کی جیسے وہ اسے روکنا چاہتی ہو۔

Doch am Ende ließ sie das Dienstmädchen Gregor herumschieben.

لیکن آخر میں اس نے نوکرانی کو گریگور کو ادھر ادھر جانے دیا۔

„Nun", sagte Herr Samsa, „endlich können wir Gott danken."

"ٹھیک ہے،" مسٹر سمسا نے کہا، "آخر میں ہم خدا کا شکر ادا کر سکتے ہیں۔"

Er bekreuzigte sich; Kopf, Brust, Schultern.

اس نے صلیب کا نشان بنایا۔ سر، سینے، کندھے۔

Und die drei Frauen folgten seinem religiösen Beispiel.

اور تینوں عورتوں نے اس کی مذہبی مثال کی پیروی کی۔

Grete, die den Blick nicht von der Leiche abwandte, sagte:

گریٹ، جس نے لاش سے نظریں نہیں ہٹائی، کہا؛

„Seht nur, wie dünn er war! Er hat so lange nichts gegessen."

"دیکھو وہ کتنا پتلا تھا، اس لیے اتنے دنوں سے کچھ نہیں کھایا۔"

„Das Futter, das ich ihm jeden Morgen hinstellte, war immer unberührt.“

"جو کھانا میں نے اسے ہر صبح چھوڑا وہ ہمیشہ اچھوتا تھا۔"

Tatsächlich war Gregors Körper völlig flach und trocken.

در حقیقت گریگور کا جسم بالکل چٹا اور خشک تھا۔

Dies war nun, da er am Boden lag, deutlicher zu erkennen.

یہ اس وقت زیادہ دکھائی دے رہا تھا جب وہ زمین پر تھا۔

Weil sein Körper nicht mehr von seinen Beinen hochgehalten wurde.

کیونکہ اس کا جسم اب اس کی ٹانگوں سے اوپر نہیں اٹھتا تھا۔

Und weil es nichts anderes gab, was die Aussicht beeinträchtigte.

اور اس لیے کہ اس کے علاوہ کوئی اور چیز اس منظر کو بھٹکانے والی نہیں تھی۔

„Komm doch für eine Weile mit uns herein, Grete“, sagte Frau Samsa.

"ہمارے ساتھ تھوڑی دیر کے لیے اندر آؤ، گریٹی،" مسز سمسا نے کہا۔

Während sie sprach, lag ein gequältes Lächeln auf ihren Lippen.

بولتے ہوئے اس کے ہونٹوں پر درد بھری مسکراہٹ تھی۔

Grete folgte ihnen, blickte aber auch immer wieder zurück auf die Leiche.

گریٹ نے ان کا پیچھا کیا، لیکن اس نے بھی لاش کو پیچھے دیکھا۔

Das Dienstmädchen schloss die Tür und öffnete das Fenster ganz.

نوکرانی نے دروازہ بند کیا اور کھڑکی پوری طرح کھول دی۔

Es war noch früh, daher wäre die Luft normalerweise kalt.

ابھی جلدی تھی، اس لیے ہوا عام طور پر ٹھنڈی ہوگی۔

Doch in der kalten Luft lag auch ein Hauch von Wärme.

لیکن ٹھنڈی ہوا میں گرمی کی آمیزش بھی تھی۔

Wie eine sanfte Erinnerung daran, dass es nun Ende März war.

ایک نرم یاد دہانی کی طرح کہ اب مارچ کا اختتام تھا۔

Die drei Mieter verließen nun ebenfalls ihr Zimmer.

تینوں کرایہ دار بھی اب اپنے کمرے سے باہر نکل آئے۔

Sie schauten sich staunend nach ihrem Frühstück um.

وہ ناشتہ کرتے ہوئے حیرانی سے ادھر ادھر دیکھنے لگے۔

Das Frühstück wurde vergessen, wegen dem, was das Dienstmädchen gefunden hatte.

نوکرانی کو جو مل گیا اس کی وجہ سے ناشتہ بھول گیا تھا۔

„Wo gibt es Frühstück?", grummelte der mittlere Herr.

"ناشتہ کہاں ہے؟" درمیانی آدمی بڑبڑایا۔

Das Dienstmädchen legte den Finger an den Mund, um Ruhe zu gebieten.

نوکرانی نے منہ پر انگلی رکھ کر خاموش رہنے کا حکم دیا۔

Und sie winkte den Herren hastig und stumm zu.

اور اس نے عجلت اور خاموشی سے حضرات کی طرف اشارہ کیا۔

Das Dienstmädchen geleitete die drei Herren in den Raum.

ملازمہ نے تینوں حضرات کو کمرے میں لے جانے کی ہدایت کی۔

Und sie erklärte ihnen weiterhin, was geschehen war.

اور وہ انہیں سمجھاتی رہی کہ کیا ہوا تھا۔

Und die drei Herren standen um Gregors Leichnam herum.

اور تینوں حضرات گریگور کی لاش کے گرد کھڑے تھے۔

Mit den Händen in den Taschen blickten sie nach unten.

جیب میں ہاتھ ڈال کر نیچے دیکھا۔

Das Morgenlicht hatte den Raum nun vollständig durchflutet.

صبح کی روشنی اب کمرے میں پوری طرح بھر چکی تھی۔

Dann öffnete sich die Schlafzimmertür und Herr Samsa erschien.

پھر بیڈ روم کا دروازہ کھلا اور مسٹر سمسا نمودار ہوئے۔

Auf der einen Seite saß seine Frau, auf der anderen seine Tochter.

ایک طرف اس کی بیوی تھی اور دوسری طرف اس کی بیٹی۔

Herr Samsa trug inzwischen bereits seine Uniform.

مسٹر سمسہ اب تک اپنی وردی پہن چکے تھے۔

Man konnte sehen, dass sie alle ein bisschen geweint hatten.

کوئی دیکھ سکتا تھا کہ وہ سب تھوڑا سا رو رہے تھے۔

Grete drückte ihr Gesicht an den Arm ihres Vaters.

گریٹ نے اپنا چہرہ اپنے باپ کے بازو سے دبایا۔

„Verlassen Sie sofort meine Wohnung!", befahl Herr Samsa.

"فوراً میرا اپارٹمنٹ چھوڑ دو!" مسٹر سمسا نے حکم دیا۔

Und er deutete auf die Tür, ohne die Frauen gehen zu lassen.

اور اس نے عورتوں کو جانے کی اجازت دیے بغیر دروازے کی طرف اشارہ کیا۔

„Was meinen Sie damit?", fragte der Mittelsmann verunsichert.

"کیا مطلب؟" درمیانی آدمی نے پریشان ہو کر پوچھا۔

Und er gab sich alle Mühe, Herrn Samsa freundlich
anzulächeln.

اور اس نے مسٹر سمسا کو میٹھا مسکرانے کی پوری کوشش کی۔

Die anderen beiden hielten ihre Hände hinter dem Rücken.

باقی دونوں نے ان کے ہاتھ اپنی پیٹھ کے پیچھے رکھے۔

Und sie rieben sich erwartungsvoll die Hände.

اور انہوں نے امید سے ہاتھ ملایا۔

Offenbar erwarteten sie einen lauten Streit.

وہ توقع کر رہے تھے کہ وہاں کوئی زوردار جھگڑا ہو گا۔

Aber sie schienen sich auf die bevorstehende
Auseinandersetzung zu freuen.

لیکن وہ آنے والی دلیل پر خوش دکھائی دے رہے تھے۔

Sie dachten, der Streit würde zu ihren Gunsten ausgehen.

ان کا خیال تھا کہ جھگڑا ان کے حق میں ہوگا۔

„Ich meine genau das, was ich eben gesagt habe“, antwortete
Herr Samsa.

"میرا مطلب بالکل وہی ہے جو میں نے ابھی کہا،" مسٹر سمسا نے جواب دیا۔

Er ging mit seinen beiden Begleitern in einer geraden Linie.

وہ اپنے دو ساتھیوں کے ساتھ سیدھی لائن میں چل پڑا۔

Und Herr Samsa ging direkt auf ihren Anführer zu.

اور مسٹر سمسہ براہ راست ان کے لیڈ جنٹلمین سے رابطہ کیا۔

Der Herr blieb zunächst stehen und blickte zu Boden.

شریف آدمی پہلے خاموش کھڑا زمین کی طرف دیکھتا رہا۔

Die Gedanken in seinem Kopf waren noch im Wandel.

اس کے سر کا مواد ابھی تک خود ترتیب دے رہا تھا۔

"Gut, dann gehen wir", sagte er und blickte zu Herrn Samsa auf.

"ٹھیک ہے، ہم چلتے ہیں،" اس نے کہا، اور مسٹر سیمسا کی طرف دیکھا۔

Eine neue Demut schien ihn plötzlich ergriffen zu haben.

ایک نئی عاجزی نے اچانک اس پر قابو پا لیا تھا۔

Und er schien um Erlaubnis für diese Entscheidung zu bitten.

اور وہ اس فیصلے کے لیے اجازت مانگتا دکھائی دے رہا تھا۔

Herr Samsa öffnete die Augen weit und nickte leicht.

مسٹر سمسہ نے آنکھیں کھولیں اور ہلکا سا سر ہلایا۔

Die Herren folgten seinem Befehl unverzüglich.

حضرات فوراً اس کے حکم کی تعمیل کر گئے۔

Und sie machten tatsächlich große Schritte in den Flur hinein.

اور انہوں نے در حقیقت دالان میں لمبی سیڑھیاں کیں۔

Seine Freunde hatten bereits aufgehört, sich die Hände zu reiben.

اس کے دوستوں نے پہلے ہی ہاتھ رگڑنا چھوڑ دیا تھا۔

Sie hatten mitgehört, wie das Gespräch verlaufen war.

وہ سن رہے تھے کہ گفتگو کیسی ہوتی ہے۔

Und nun rannten sie ihm nach, als ob sie Angst hätten.

اور وہ اب ڈرتے ڈرتے اس کے پیچھے بھاگ رہے تھے۔

Es ist möglich, dass Herr Samsa sie immer noch von ihrem Anführer isoliert.

مسٹر سمسا اب بھی انہیں اپنے لیڈر سے الگ تھلگ کر سکتے ہیں۔

Sie zogen ihre Stöcke aus dem Stöckebehälter.

انہوں نے چھڑی کے ڈبے سے اپنی لاٹھیاں نکالیں۔

Und sie verbeugten sich schweigend, bevor sie die Wohnung verließen.

اور وہ اپارٹمنٹ سے نکلنے سے پہلے خاموشی سے جھک گئے۔

Herr Samsa und die beiden Frauen traten aus dem Vorplatz.

مسٹر سمسا اور دونوں خواتین صحن سے باہر نکل گئیں۔

Aber eigentlich hatten sie keinen Grund, den Männern zu misstrauen.

لیکن اصل میں ان کے پاس مردوں پر اعتماد کرنے کی کوئی وجہ نہیں تھی۔

Sie lehnten sich ans Geländer, um zu überprüfen, ob sie weg waren.

وہ ریلنگ پر ٹیک لگائے یہ چیک کرنے لگے کہ آیا وہ گئے ہیں۔

Die drei Herren kamen tatsächlich die Treppe herunter.

تینوں حضرات واقعی سیڑھیاں اتر رہے تھے۔

In einer bestimmten Kurve der Treppe verschwanden sie.

سیڑھیوں کے ایک خاص موڑ میں وہ غائب ہو گئے۔

Und dann brachte die Treppe sie wieder in Sichtweite.

اور پھر سیڑھی انہیں دوبارہ نظروں میں لے آئی۔

Dieses Erscheinen und Verschwinden wiederholte sich auf jeder Etage.

یہ ظاہر ہونا اور غائب ہونا ہر منزل پر دہرایا جاتا ہے۔

Doch schließlich waren sie fast am Ziel.

لیکن آخر کار وہ تقریباً نیچے تک پہنچ چکے تھے۔

Je weiter sie gingen, desto uninteressanter wurden sie.

وہ جتنا آگے بڑھے، اتنے ہی غیر دلچسپ تھے۔

Alle kehrten erleichtert ins Haus zurück.

سب گھر واپس لوٹے، جیسے راحت محسوس ہو۔

Sie beschlossen, den Tag zum Ausruhen und für einen Spaziergang zu nutzen.

انہوں نے دن کو آرام کرنے اور سیر کے لیے استعمال کرنے کا فیصلہ کیا۔

Sie waren der Meinung, dass sie sich diese Auszeit von ihrer Arbeit verdient hatten.

انہیں لگا کہ وہ اپنے کام سے اس وقفے کے مستحق ہیں۔

Sie hatten diese Auszeit nicht nur verdient, sie brauchten sie auch.

وہ نہ صرف اس وقفے کے مستحق تھے بلکہ انہیں اس کی ضرورت تھی۔

Sie setzten sich an den Tisch, um Entschuldigungsbriefe zu schreiben.

وہ معافی کے خط لکھنے کے لیے میز پر بیٹھ گئے۔

Herr Samsa verfasste seinen Entschuldigungsbrief an die Geschäftsleitung.

مسٹر سمسا نے اپنی انتظامیہ کو معافی کا خط لکھا۔

Frau Samsa schrieb ihren Entschuldigungsbrief an ihre Kunden.

مسز سمسا نے اپنے مؤکلوں کو معافی کا خط لکھا۔

Und Grete schrieb ihren Entschuldigungsbrief an ihren Schulleiter.

اور گریٹ نے اپنے پرنسپل کو معافی کا خط لکھا۔

Während alle schrieben, kam das Dienstmädchen ins Zimmer.

وہ سب لکھ رہے تھے کہ ملازمہ کمرے میں آئی۔

Ihre Arbeit am Vormittag war erledigt, also ging sie nach Hause.

اس کا صبح کا کام ختم ہو چکا تھا اس لیے وہ گھر جا رہی تھی۔

Die drei Schriftsteller nickten zunächst, ohne aufzusehen.

تینوں لکھاریوں نے اوپر دیکھے بغیر پہلے تو سر ہلایا۔

Das Dienstmädchen schien aber noch nicht gehen zu wollen.

لیکن نوکرانی ابھی تک چھوڑنا نہیں چاہتی تھی۔

Sie wartete einen Moment, bis die drei Schriftsteller aufblickten.

وہ تھوڑا انتظار کرتی رہی، یہاں تک کہ تینوں مصنفین نے نظریں اٹھا لیں۔

„Na?", fragte Herr Samsa verärgert, genau wie die anderen.

"اچھا؟" مسٹر سمسا نے غصے سے پوچھا، دوسروں کی طرح۔

Das Dienstmädchen stand mit einem Lächeln im Gesicht in der Tür.

نوکرانی چہرے پر مسکراہٹ لیے دروازے میں کھڑی تھی۔

Sie erweckte den Eindruck, gute Neuigkeiten zu verkünden zu haben.

اس نے رپورٹ کرنے کے لیے اچھی خبر ہونے کا تاثر دیا۔

Aber sie würde die Neuigkeit nicht preisgeben, solange sie nicht dazu aufgefordert würde.

لیکن وہ اس خبر کو شیئر نہیں کر رہی تھی جب تک کہ اسے نہ کہا جائے۔

Die aufrecht stehende Straußenfeder an ihrem Hut schwankte leicht.

اس کی ٹوپی پر سیدھا شتر مرغ کا پنکھ ہلکا ہلکا ہوا تھا۔

Diese Straußenfeder hatte Herrn Samsa schon immer geärgert.

وہ شتر مرغ کا پنکھ مسٹر سمسا کو ہمیشہ ناراض کرتا تھا۔

„Also, was wollen Sie dann?", fragte Frau Samsa bestimmt.

"تو پھر تم کیا چاہتے ہو؟" مسز سمسا نے مضبوطی سے پوچھا۔

Das Dienstmädchen hatte nach wie vor großen Respekt vor Frau Samsa.

ملازمہ ابھی بھی مسز سمسہ کی بہت عزت کرتی تھی۔

„Ja", antwortete sie und lachte freundlich auf.

"ہاں" اس نے جواب دیا اور دوستانہ قہقہہ لگایا۔

Einen Moment lang unterbrach sie ihr Lachen und sie verstummte.

ایک لمحے کے لیے اس کی ہنسی نے اسے بولنے سے روک دیا۔

„Um das Ding nebenan brauchst du dir keine Sorgen zu machen."

"آپ کو اس چیز کے بارے میں اگلے دروازے کے بارے میں فکر کرنے کی ضرورت نہیں ہے۔"

„Ich habe bereits dafür gesorgt, wie wir es loswerden."

"میں نے پہلے ہی بندوبست کر لیا ہے کہ ہم اس سے کیسے چھٹکارا حاصل کریں گے۔"

Frau Samsa und Grete schrieben ihre Briefe weiter.

مسز سمسا اور گرئٹے اپنے خط لکھتے رہے۔

Herr Samsa bemerkte jedoch, dass das Dienstmädchen noch nicht fertig war.

لیکن مسٹر سمسا نے دیکھا کہ نوکرانی ابھی ختم نہیں ہوئی تھی۔

Nun wollte sie alles genauer beschreiben.

اب وہ ہر چیز کو مزید تفصیل سے بیان کرنا چاہتی تھی۔

Doch er streckte die Hand aus, um ihre
Annäherungsversuche zurückzuweisen.

لیکن اس نے اس کی کوششوں کو مسترد کرنے کے لیے ہاتھ بڑھایا۔

Sie erkannte, dass sie an ihren Plänen kein Interesse hatten.

اسے احساس ہوا کہ وہ اس کے منصوبوں میں دلچسپی نہیں رکھتے تھے۔

Und dann erinnerte sie sich an die große Eile, in der sie
gewesen war.

اور پھر اسے وہ بڑی جلدی یاد آئی جس میں وہ تھی۔

„Dann tschüss", sagte sie, sichtlich beleidigt über das
mangelnde Interesse.

"پھر سیاؤ،" اس نے دلچسپی کی کمی کی طرف سے توہین کرتے ہوئے کہا۔

Bevor sie ging, knallte sie die Tür jedoch mit einem lauten
Knall zu.

لیکن اس کے جانے سے پہلے اس نے دروازہ زور سے کھٹکھٹایا۔

„Sie wird heute Abend entlassen", sagte Herr Samsa.

"اسے شام کو نوکری سے نکال دیا جائے گا،" مسٹر سمسا نے کہا۔

Seine Frau und seine Tochter hatten jedoch keine Zeit, ihm
zu antworten.

لیکن اس کی بیوی اور بیٹی اسے جواب دینے میں مصروف تھیں۔

Weil das Dienstmädchen ihren gerade erst gewonnenen
Frieden gestört hatte.

کیونکہ نوکرانی نے ان کی نئی حاصل کردہ سکون کو خراب کر دیا تھا۔

Die Mutter und die Tochter standen auf und gingen zum
Fenster.

ماں بیٹی کھڑکی کی طرف جانے کے لیے اٹھیں۔

Und so blieben sie mit den Armen umeinander liegen.

اور ایک دوسرے کے گرد بازو باندھ کر وہیں ٹھہر گئے۔

Herr Samsa drehte sich in seinem Stuhl um, um sie anzusehen.

مسٹر سمسا اپنی کرسی پر گول گھما کر انہیں دیکھنے لگے۔

Und eine Weile lang beobachtete er sie schweigend, wie sie dort standen.

اور کچھ دیر خاموشی سے انہیں وہیں کھڑا دیکھتا رہا۔

Schließlich rief er ihnen zu: „Willst du zu mir kommen?"

آخر کار اس نے انہیں پکارا، "کیا تم میرے پاس آؤ گے؟"

„Vergessen wir doch einfach all den alten Kram."

"چلو ان تمام پرانی چیزوں کو بھول جائیں، کیا ہم؟"

"Komm her und schenk mir ein wenig deiner Aufmerksamkeit."

"میرے پاس آؤ اور مجھے اپنی تھوڑی سی توجہ دو۔"

Die beiden Frauen taten, wie er gesagt hatte, und eilten zu ihm hinüber.

دونوں عورتوں نے اس کے کہنے کے مطابق کیا، اور اس کے پاس پہنچ گئیں۔

Sie umarmten ihn herzlich und küssten ihn.

انہوں نے اسے پیار سے گلے لگایا، اور اسے بوسہ دیا۔

Sie kehrten schnell zurück, um ihre Briefe fertig zu schreiben.

وہ جلدی سے اپنے خط لکھ کر واپس لوٹ گئے۔

Dann verließen alle drei gemeinsam die Wohnung.

پھر وہ تینوں ایک ساتھ اپارٹمنٹ سے نکل گئے۔

Sie waren seit Monaten nicht mehr zusammen aus dem Haus gegangen.

وہ مہینوں سے گھر سے باہر نہیں نکلے تھے۔

Und sie fuhren mit der Straßenbahn an den Stadtrand.

اور وہ ٹرام کو شہر کے مضافات میں لے گئے۔

Sie hatten den gesamten Waggon der Straßenbahn für sich allein.

ان کے پاس ٹرام کی پوری گاڑی تھی۔

Von draußen strömte Sonnenschein durch das Fenster.

باہر سے دھوپ کھڑکی سے اندر آ رہی تھی۔

Die Familie lehnte sich bequem in ihren Sitzen zurück.

خاندان آرام سے اپنی نشستوں پر لیٹ گیا۔

Und sie besprachen die Aussichten für ihre Zukunft.

اور ان کے مستقبل کے امکانات پر تبادلۂ خیال کیا۔

Bei näherer Betrachtung waren ihre Aussichten gar nicht so schlecht.

قریب سے معائنہ کرنے پر ان کے امکانات خراب نہیں تھے۔

Alle drei hatten Jobs mit dem Potenzial, mehr zu verdienen.

تینوں کے پاس زیادہ کمانے کی صلاحیت کے ساتھ ملازمتیں تھیں۔

Sie hatten einander nie nach ihrer Arbeit gefragt.

انہوں نے کبھی ایک دوسرے سے ان کے کام کے بارے میں نہیں پوچھا تھا۔

Doch nun hatten sie endlich Zeit, solche Dinge zu besprechen.

لیکن اب آخرکار ان کے پاس ایسی چیزوں پر بحث کرنے کا وقت تھا۔

Sie hatten auch die Möglichkeit, in eine kleinere Wohnung umzuziehen.

ان کے پاس چھوٹے اپارٹمنٹ میں جانے کا اختیار بھی تھا۔

Dies hätte den größten Einfluss auf ihr Leben.

اس سے ان کی زندگیوں پر سب سے زیادہ اثر پڑے گا۔

Ihre jetzige Wohnung hatte Gregor ausgesucht.

ان کے موجودہ اپارٹمنٹ کا انتخاب گریگور نے کیا تھا۔

Aber jetzt könnten sie in eine günstigere Gegend ziehen.

لیکن اب وہ کہیں زیادہ سستی منتقل ہو سکتے تھے۔

Eine kleinere Wohnung, aber eine praktischere.

ایک چھوٹا اپارٹمنٹ، لیکن کہیں زیادہ عملی۔

Das Gespräch über die Zukunft machte Grete wieder lebendiger.

مستقبل کے بارے میں بات کرنے نے گریٹی کو پھر سے مزید جاندار بنا دیا۔

Herr und Frau Samsa bemerkten auch andere Veränderungen an ihr.

مسٹر اور مسز سمسا نے اس میں بھی دوسری تبدیلیاں محسوس کیں۔

Ihre Wangen waren vor lauter Sorgen ganz blass geworden.

اس کے گال اس کی تمام پریشانیوں سے پیلے پڑ گئے تھے۔

Doch ihre Tochter entwickelte sich inzwischen zu einer feinen jungen Dame.

لیکن اب ان کی بیٹی ایک اچھی عورت بن کر پھول رہی تھی۔

Sie war mittlerweile wirklich eine wohlproportionierte und hübsche junge Frau.

وہ واقعی اب ایک اچھی طرح سے بنی ہوئی اور اچھی نوجوان عورت تھی۔

Ihre Eltern wurden still und bewunderten ihre Tochter.

اس کے والدین خاموش ہو گئے اور اپنی بیٹی کی تعریف کی۔

Sie wechselten Blicke und kommunizierten unbewusst.

انہوں نے ایک دوسرے کی طرف نظریں چراتے ہوئے لاشعوری طور پر بات کی۔

„Es wird bald an der Zeit sein, einen guten Mann für sie zu finden.“

"جلد ہی اس کے لیے ایک اچھا آدمی تلاش کرنے کا وقت آئے گا۔"

Die Straßenbahn hatte ihr Ziel erreicht und bremste ab.

ٹرام اپنی منزل پر پہنچ چکی تھی اور آہستہ ہو گئی۔

Ihre Tochter schien ihre neuen Träume zu bestätigen.

ان کی بیٹی ان کے نئے خوابوں کی تصدیق کرتی نظر آئی۔

Sie war die Erste, die aufstand und ihren jungen Körper streckte.

وہ سب سے پہلے کھڑی تھی اور اپنے جوان جسم کو کھینچتی تھی۔